売られた聖女は異郷の王の愛を得る

Yun Otohara
乙原ゆん

Illustration:Cocoa
ここあ

CONTENTS

売られた聖女は異郷の王の愛を得る

第一章

「セシーリア。そなたとの婚約を破棄し、本日から新しく聖女となるエミリ嬢と婚約することとなった」

　私が聖女として過ごす最後の日。引退の挨拶のために伺候した王宮の応接室で訪問の挨拶をした直後、頭を下げた姿勢のまま前置きもなく聞かされた言葉に、私は一瞬だけ息を止めた。

　聖女を引退するだけではなく、まさか王太子アルノルド殿下との婚約も覆《くつがえ》るなんて。聞かされた内容も衝撃だけれど、このことを告げるのがアルノルド殿下だという事実が酷く悲しい。

　十二歳で王太子殿下の婚約者に選ばれてから六年、次期王妃教育と並行し、聖女としての務めも果たしてきた。このような場で涙を見せることは意地でもできない。義務的に告げられるアルノルド殿下の言葉に、私もできるだけ感情をにじませないように注意しながら口を開いた。

「かしこまりました。今までご厚情をいただきまして、ありがとうございました」

　アルノルド殿下から愛されていないのは知っていた。殿下は私が殿下の色を身にまとうことも好まれなかった。さすがに公式行事は別だが、こうして普段、殿下にお目にかかるときは、無難な色合いのものを身につけるようにしていた。

　今日の装いも、私の髪と瞳の色に合わせたものだ。白銀の髪を瞳と同じ紫の石を使った髪飾りでまとめ上げ、ドレスは光沢のある白地に薄紫のレースと刺繍《ししゅう》がほどこされている。

「それで、そなたの今後についてだが、こちらから一つ提案がある」

　提案、と言われても、私に拒否権などないのだろう。

「フェーグレーン国は知っているな」

「はい、存じております」

フェーグレーン国は、最近できた国だ。三十年ほど前、瘴気《しょうき》で荒れ果てた土地に散在していた小国をまとめ上げ、国家として名乗りを上げた。その後は、近隣の国に戦争を仕掛け、瞬く間に領土を拡《ひろ》げていった。ここ何年かは戦争の話を聞いていないが、それでも、この国では野蛮な国として扱われている。

「かの国が癒やしの力が使える者がほしいと言っている。そなたさえよければ行ってくれぬか。能力が足らず聖女の席を譲ることとなった者でも構わぬそうだ」

思わず固まった私に、アルノルド殿下は続ける。

「そなたも、聖女としての身分を失い、私の婚約者でもなくなるのだ。しばらくは、居心地《いごこち》が悪いだろう」

ほぼ決定事項のように言われる言葉に、私は冷たくなっていく指先を強く握り、聞かなくてはいけないことを尋ねた。

「しばらくは、ということは、いずれは戻ってこられるのでしょうか」

「フェーグレーン国からは、可能なら無期限で、それが難しくともできるだけ長くいられる者を、とのことだ」

実質、この国を追放、ということだろうか。

「両親には、私から伝えてよろしいでしょうか」

「ロセアン公爵には、今頃陛下が伝えているだろう」

さすがに、私のことは取り替えのきく部品のように軽く扱えたとしても、王家の血筋を汲《く》み、公爵として広大な土地を治めるお父様のことは、そのように扱うことはできなかったのだろう。

ロセアン公爵家は、長い歴史の中、度々王家の姫君の降嫁先として選ばれてきた。一番最近では、先々代の国王陛下であり、アルノルド殿下の曾祖父でもある方の妹君が嫁がれている。

私の曾祖母にもあたるその方は、当時の聖女も務められていたそうだ。私が物心つく頃にはすでに亡くなっていたが、私の聖女としての能力はその方の遺伝もあるのだろうと言われていた。

「力不足の元聖女としてはいい話がきたと思わないか？」

沈黙を続ける私に、アルノルド殿下が続ける。殿下としては、私の承諾の言葉がほしいのだろう。その声音は、私が頷《うなず》くことだけを期待していた。

どう答えるか考え、私はゆっくりと息を吐いた。

ここで、拒否を示すのも良いかもしれない。一旦考える時間をもらったり、言い方を考えればいくらでも逃げ道はある。けれど、無理に残ったとして、一体私に何が残るのかとも思うのだ。

今の私は、能力が足りずに聖女を下ろされ、それにより王太子殿下から婚約を破棄された女だ。どちらか一つだけでも私の今後は暗いというのに、それが二つも重なれば、私の存在は実家でさえ持て余すに違いない。

それよりも、新しい土地で、私の能力を求めているという人のために役に立ちたいと思った。期待されるだけの働きができれば、私のことを必要とする人が現れるかもしれない。

「殿下の、仰せの通りだと思います」

「では、フェーグレーン国へ行ってくれるということだな」

「はい」

「そうか。頼んだぞ。くれぐれも、かの国で我が国の名誉を損なうことがないように」

「承知いたしました」

返事をすると、一刻も早く視界から私を消したいというように、アルノルド殿下は応接室を出ていった。

残された私は、王太子殿下に礼を表すためにお辞儀の姿勢で固まっていた体をゆっくりと起こした。部屋に控えていた侍女たちが、表情の読み取れない眼差《まなざ》しで私を見ている。このやりとりはどんな風に噂になるのだろう。『元聖女がその地位にしがみつき、王子の提案を渋った』とでも噂されるのだろうか。だが、もう関係ないことだった。

父とは別の馬車で来ているので、待つ必要はないだろう。私は自分の馬車の手配を頼むと、一人、王宮から屋敷へと戻った。


私が帰宅して、そう間を置かずにお父様も帰宅された。お父様のお帰りは夕方になると伺っていたのに、早退されたようだった。お父様はとてもお怒りで、私はお母様とお兄様と共に薔薇《ばら》の間に呼ばれた。

「何があったのですか？」

お母様が尋ね、お兄様が頷く。お母様は淡い金髪に水色の瞳の儚《はかな》げな方だ。お兄様は髪と瞳の色はお母様と同じだが、顔立ちはお父様に似ている。お父様は私と同じ白銀の髪に紫の瞳をされていた。

私はまだ王宮で起きたことを二人に話していなかった。一番に話すべきなのは、お父様にだろうと思っていたからだ。そのお父様の瞳が、悲しげに細められている。

「陛下から、セシーとの婚約が解消されフェーグレーン国へと遣わすこととなったと言われた」

「あの野蛮国にセシーをですか⁉」

「そんな……」

お父様の言葉にお兄様が立ち上がり、お母様は蒼白《そうはく》になった。

「セシーも朝から王宮に呼ばれていたな。アルノルドから聞かされたか？」

「お父様！」

敬称をつけずに、それも『アルノルド』と呼んだお父様に思わず驚きの声を上げた。

「あのような者に敬称など必要ないだろう。無理矢理婚約を迫ったのは王家の方だというのに。陛下とは婚約解消ということでまとまった」

「そう、なのですか？」

私は当時聖女の仕事の引継ぎで忙しく、婚約することになった詳しい経緯は聞いていなかった。

「そういえばセシーには話していなかったな」

お父様が続ける。

「六年前、当時の聖女様が急逝されたのは覚えているか」

「はい」

「この国では、聖女様が亡くなられたり、そのお役目を降りられたら、次の聖女様を立てねばならん。だが、あの時は聖属性の魔力を持ち、その役目である泉の魔法陣を一人で起動できるほどの魔力量を持つ者が、まだ幼いセシーの他にいなかったのだ。私達はセシーが聖女となることを許すしかなかった」

お父様は、悲しげながらも怒りをにじませた複雑な表情だ。

「そのうえ、セシーが幼いから王家の後ろ盾があった方が良いとして、あの王太子との婚約も無理矢理に結ばされて、どんなに腹立たしかったことか。今になってより強い力を持つ者が出てきたからと、懸命に励んでいたセシーから聖女の御役目を取り上げ、婚約も取り消すなど許されることではない」

私のためにお父様が怒ってくれているのは嬉《うれ》しい。

「ですが、最近、私の力が落ちていたのも事実です」

「あのシーンバリ伯爵領の件か？」

私を含めた代々の聖女は皆、建国の時から伝わる泉の魔法陣を毎朝起動し、国中の土地の浄化を行ってきた。聖女の力は絶対視されている。聖女が務めを果たしているのに、王国内に瘴気が残るということは誰も考えない。だが、国内の一部の地域で浄化をしても瘴気が残るという事態が発生したのだ。

シーンバリ伯爵領でいつ頃から瘴気が溜まっていたのかはわからない。

ある日突然、その事故は起こった。シーンバリ伯爵領で瘴気があふれ、土地も人も巻き込んだ大事故になりかけたところを、偶然そこに居合わせたエミリ・シーンバリ伯爵令嬢が浄化したのだ。

王宮の調査の結果、その瘴気は私の力が足りずに浄化できなかったものだったと言われ、私は聖女として不適格だと断じられた。そして、私でもできなかった瘴気を浄化したとして、エミリ・シーンバリ伯爵令嬢が新聖女になることとなった。

シーンバリ伯爵令嬢も、もともと聖属性の魔力を持っている。六年前も聖女候補としてあがっていたそうだが、保有する魔力量が足りず候補から外されたそうだ。けれどその後も魔力量が伸びていたようで、自領の危機を救ったことで私よりも力を持つ聖女としてもてはやされるようになった。

「僕にはセシーの魔力が減ったようには見えないのですが。むしろ、聖女としての経験を積んだことで、輝きを増して量も増えているように見えます」

お兄様の言葉に、お父様も頷く。

「ああ。ロイドの言う通りだ。聖女候補に選ばれたら、未成年の場合は成長後の伸び代まで含めて審査される。一度は選ばれなかったご令嬢が、王家の血も汲む公爵家の魔力量に匹敵する力を手に入れることができるとも思えん。だから、きっと何か理由があるはずだ」

私の実力が足りないのに、それでも私を信じてくれようとする家族に、どう頑張ろうとしても涙がにじんでしまう。

「でしたら、僕はもう一度、その件を調べ直してみます」

「頼む。当時は王家の調査に不服があるのかと言われて、詳しく調べることができなかった。王家だ。セシーの後ろ盾として婚約を結んだのなら、こういう時こそセシーの側に立つべきなのに」

私を庇《かば》うようなお父様のお言葉に、とうとうこらえていた涙がこぼれた。お母様がそんな私を抱きしめてくれる。

「セシー。このようなことを許してしまう力ない父で本当にすまない」

「お父様……」

意気消沈するお父様にお母様が言う。

「ルーカス、セシーはどうしても行かなければいけないの？」

「そちらに関しては、どうすることもできなかった。私やセシーの意見も聞かずに、王太子殿下がセシーを派遣するとあちらの使者に伝えてしまっているそうだ。その上、信じられないことに、すでにセシーを遣わす対価として大金を受け取っているという。ここで断ると、戦争の口実を与えることになってしまうと、陛下からは重ねて頼まれた」

「そんな！　酷いわ。王家がそのようなことまでなさるなんて」

お母様が悲鳴を上げる。私も口には出さないものの、どこか他人事のように『まるで売られるようだ』と思った。

「ロセアン公爵家など、そのような扱いで良いということだろう。今まではセシーの務めもあり、王都にいる必要もあったが、もう必要ない。しばらく領地にこもろうと思う」

「あなたに従いますわ」

お母様は涙をぬぐいながらもお父様の言葉に頷いている。

「セシー。本来はこのようなことを言ってはいけないが、私個人の感情としては、あのような王家にセシーが従う必要はないと思っている。だから、向こうに着いてから、すぐに帰ってきてもいい。約束は、向こうに行くということだけだ」

そこまで怒ってくれるお父様の気持ちは嬉しかった。

しかし王太子殿下の話では、できれば長くいることができる者が望まれているようだし、そのようなことをすれば、それこそ戦争になってしまうだろう。

「すでに王太子殿下には、フェーグレーン国へ向かうと伝えています。それに、あちらで私の能力を期待してくださっている方がいらっしゃるというのなら、その方のために力を振るってみたいと思います」

私の言葉に、お父様は深く頷いた。

「そうか。そのように覚悟が決まっているのか。なら仕方がない。もし、あちらで何かあれば、手紙でも何でも、こちらに送りなさい。できるだけのことはしよう。なんとかセシーが早く帰ってこられるように、私達も道を探してみる」

「ありがとうございます」

このような家族に恵まれただけでも私は幸せだ。

そうして、残された出立までの日々を、私は家族のもとで過ごした。

季節は冬が終わり、春に移り変わろうとしている。私は、フェーグレーン国へと向かう馬車の中で、一人外の景色を眺めていた。

侍女は連れてきていない。一緒に来てくれようとする侍女もいたけれど、いつ帰ることができるかもわからない異国に付き合わせるわけにはいかないと断った。それでよかったと思っている。

初めて目にする大地は、私が見たことのない程に荒れ果てていた。これまで緑豊かな自国の様子しか知らなかったけれど、エヴァンデル王国を離れるに従い、うっすらと瘴気が漂いだし周囲からは緑が消えていった。

私は聖女として受けた教育を思い出していた。

神魔戦争以降、何もしないと土地は瘴気を生み出し続けるようになったという。

毎日起動していた、聖女だけが動かせる魔法陣は女神様の加護の力を宿し、瘴気で穢《けが》れた大地を浄化すると聞いていた。その効果を実際に目にするのは初めてのことだった。聖女が起動する魔法陣の力はエヴァンデル王国中に届き、あの国を緑豊かな国に変えていたのだ。

瘴気をはらんだ土地で、植物は育ちにくいという。だからこそこの荒野なのだろう。けれど、このような環境で育つ生き物もわずかだが、存在する。そして、それを育て、暮らす人々も。ほとんど目にすることはなかったけれど、過酷な環境で暮らしているだろうことは容易に察せられた。

休憩の際に、私と共にフェーグレーン国へと帰国する使者から話を聞いたところ、エヴァンデル王国以外は多少の差はあれど、どこの国もここと似たような環境らしい。その中からわずかでも暮らしやすい土地を奪い合うように国が作られているということだった。

力が足りないと聖女のお役目からは外されたけれど、祈りを捧《ささ》げることは禁止されていない。私は、馬車の中で過ごすほとんどの時間を、少しでも彼らの暮らしが楽になるようにと女神様に祈りを捧げることに費した。

馬車に乗り続け、ようやくフェーグレーン国に到着した。国境からさらに何日か進み、王宮のある首都に着く。緑は少ないものの、意外にも、貧しい国ではないようだった。荒野の中に浮かび上がるように壮麗な宮殿が作られており、周りには民家が広がっている。宮殿はエヴァンデル王国の建築様式とは違い、尖塔《せんとう》がいくつも建ち並び、その奥にドーム状の大きな屋根が特徴的だ。

夕焼けに染まる宮殿の門をくぐり、玄関の前で馬車から降りると、長いまっすぐな金髪を背で一つにくくった細面の男性が出迎えてくれた。着ている服は質が良いもので、高い地位に就かれているのだろうということが一目でわかる。

「セシーリア・ロセアンと申します」

「宰相のヘンリク・トルンブロムです。遠いところはるばるお越しいただき感謝します」

この国の形式なのだろう。胸に手を当てる見たことのない礼だった。トルンブロム宰相は続ける。

「まずはここで過ごしていただく部屋に案内します。明日改めてお話しする時間を設けておりますので、詳しい細々とした話はその時いたしましょう」

「国王陛下もご臨席なさるのですか?」

私が尋ねると宰相は首を振った。

「いえ、まずは私からお話をと思っております」

「かしこまりました」

大金を払って招かれたのだ。きっと何か癒やしの力を持つ私にしかできないことを期待されているのだろう。

ここまで通ってきたこの国の状況を見て、使い潰される覚悟も決めていたが、今日は休むように言われ、少しだけほっとした。そんなに酷い扱いを受けるわけではないのかもしれない。

そこまで考えたところで、ふと気がついた。エヴァンデル王国を出てから感じていた、大地をうっすらと漂う瘴気の気配が、この王宮は特に濃い。特に王宮の奥の方から、酷く重苦しい気配がしている。

「ここに、どなたか私の力を必要とされている方がいらっしゃるのですね」

それは確信だった。

「話したのか？」

「いいえ」

「どうしてそれを？」

宰相が使者と短いやりとりをして、私に尋ねる。探るような視線に、口に出さない方が良いことだったと悟った。それでも言ってしまったものは仕方がない。

「この王宮は、ここへ来るまでのどこよりも濃い瘴気に覆われています。そして、王宮の奥には、さらに濃い気配があることが感じられます。私が学んできた中には、瘴気は弱った人や動物に集まりやすいという説があったものですから、それで、つい口にしてしまいました」

「そうですか。ロセアン殿はエヴァンデル王国の先代聖女だったと事前に聞いていましたが、そこまでわかるものなのですね」

頷いている宰相に、続ける。

「もし、癒やしの力を必要とされている方がいらっしゃるのならば、先にその方に会わせていただけませんか」

「長旅を終えられたばかりで、ロセアン殿の負担が大きいのではないですか？」

「かまいません。苦しんでおられる方がいらっしゃる側《そば》で、自分ばかりが休むことはできません」

「そこまでおっしゃるのならば、ご案内いたします。ただ、そこで見たことはご内密に願います」

そして、使者には先に休んでいるように告げて、私だけに付いてくるように言うと、宰相は城の奥へと案内してくれた。


宰相に案内されるまま、私は旅装もほどかず王宮の奥へと進んだ。

お互いに無言である。宮殿の装飾が、華やいだ、人に見せるためのものから、個人の趣味を感じさせる素朴なものになってきたので、王族のプライベートエリアに入ったのがわかった。

トルンブロム宰相は長い廊下の先の、ある一つの扉の前に立つと、ゆっくりと振り返った。

「改めて申し上げますが、ここで見たことは他言無用でお願いします」

「わかっております」

重ねての口止めに、私も覚悟を決める。宰相にここまで言われるのだ。中にいる人物の予想はついていた。

事前にお父様に調べてもらったところ、フェーグレーン国の王は五年前に代替わりしていた。先王は不慮の事故で亡くなられたという。その王は『戦狂い』と言われるほどの戦好きで、この国を興した後も周辺国に戦を仕掛け、国土を広げている。慈悲のかけらもない苛烈な性格だったらしく、戦場に息子を送りこみ、第一王子と第二王子は戦場で亡くなってしまわれたそうだ。

今、この国の王は、その先王の第三子にあたると聞いた。そして、その方も他の兄たちと同じく、戦場で過ごした時間が長いということも。

宰相が扉をノックをすると、重い音が響いた。取り次ぎに出てきた侍従の案内で、続き間を奥へと進む。主寝室のカーテンは閉められ、中央に寝台が置かれていた。

「陛下。エヴァンデル王国の先代聖女殿をお呼びしました」

宰相は返事がないのを知っていたように、私に許可を出すように頷いた。宰相の『陛下』という敬称から、中にいるのは予想していた通り、この国の王であるようだ。

「失礼いたします」

近づくと、寝台に横たわる男性は酷く苦しげで、意識がないようだった。額には汗が浮き、艶めく濃い金の髪が額に張り付いている。普通の人には見えないかもしれないが、私の目には全身を瘴気に蝕まれているのが確かに見えた。

酷い痛みもあるのだろう。体に巣喰う瘴気が脈打つたびに、呼吸が乱れている。この状態で生きていることが不思議なほどだ。どうしても生きたいという願いがこの方を生かしているようだった。

「これは……。この方は、どうしてこのようなことに」

「お倒れになったのは、少し前です。最初はこれほどに酷くはありませんでした。日中のめまい程度だったと思います。ただ、あまりに頻繁にご体調を崩されるため、使者をエヴァンデル王国へ遣わすことにしたのです」

もともとお体が弱かったのだろうか。私の疑問を汲み取ったように、宰相が続ける。

「陛下に持病などはございません。医師がいうには、原因は瘴気にあるようです。陛下は幼い頃より、長年、魔の地と接する国境沿いの地で、瘴気から生まれる魔獣から国民を守るために戦ってこられました。その瘴気の影響で、たびたび体調を悪くされていたのです。毎回、すぐに健康を取り戻されていたので、今回も、少し療養すればいつものようにご回復されると思っていました」

宰相はそこで言葉を区切ると、痛みをこらえるように目を細めた。

「ですが、今回はそのようにはいかず、めまいが始まったあと、徐々にご体調を崩されていき、ついにこのようなことに……。おそらく、体に溜《た》まっていた今までの瘴気が芽吹いたのでは、というのが王宮の医師の所見です」

「魔の地の瘴気が、ですか」

魔の地は、神魔戦争で特に争いの激しかった土地だと、聖女として学んだ知識の中にある。ただ、このように人を蝕む強い瘴気を生んでいるとは思わなかった。

そのように強い瘴気を、聖女としての力が足りないと言われた私に浄化できるものだろうか。けれど、心は決まっていた。

このような体になりながら、王族として国民を守るために国境で戦い続けてこられたという、この方を助けたい。女神様に祈りを捧げると、彼の手を取る。

「ロセアン殿！」

宰相の声が微《かす》かに聞こえたが、その時にはもう魔術を発動する前の集中状態に入っていて、なんと言っているのか頭に入ってこなかった。

私は浄化魔術を発動させた。

「この方を蝕むものを清めたまえ」

一度目の浄化で、溢れ出ていた表面上の瘴気の気配は薄れた。しかし、手に触れたことで、より強く、この方の魂に食い込むように瘴気が侵食しているのがわかった。闇夜に浮かぶ星のように美しい魂の輝きが、混沌《こんとん》とした色合いの瘴気に穢されているように見える。これを取り払わないと、再び今のような状態になってしまうのはわかりきっていた。

「終わられたのなら、その手をお離しください」

「まだです」

怒ったような宰相の声に首を横に振り、浄化を続ける。魔力を注ぐたびに、彼の魂の光をかげらせていた瘴気が少しずつ薄れていく。様子を見ながら施す治療は神経を使った。それでも、すでに傷ついている魂をいためないよう、可能な限り丁寧に浄化の力を注いでいく。

正直、ここまで繊細な魔力の使い方をしたことはない。浄化魔術をくり返し行使したことで魔力も底をつきそうだったが、今度は治癒魔術を施すために再び集中する。瘴気を払って現れた彼の肉体は傷だらけで、そのままにはしておけなかった。弱った体を私の魔力で損なわないよう、注意しながら魔術を発動する。すると、やわらかな光が彼の体を覆い、ゆっくりと傷ついていた肉体が癒えていく。全身の傷を治療し終えたところで、今度は私の体から力が抜けていった。

魔力切れだった。薄れていく意識の端で、意識を失っていたはずの彼のまぶたが薄く開き、青銀の輝きを宿す瞳と目が合った気がした。

気がつくと、見覚えのない部屋のベッドに寝ていた。趣味の良い調度品が置かれ、窓には薄いカーテンがかけられている。窓から差し込む光から、お昼に近い時間帯だろうとわかった。

（私、どうして……）

そこまで考えてはっとした。

（こちらの国王陛下の治療をしていたのに。瘴気は払えたと思うけれど、治癒魔術を使ったところま

でしか記憶がないわ）

　体を起こしたところで、部屋の扉が開き、お盆を手にした侍女が顔を見せた。茶色の髪をきっちりとまとめ上げており、私より少し年上に見える。

「聖女様。お目覚めになられたのですね」

「あの……？」

「医師をお呼びしますので、そちらで少々お待ちください。こちらをどうぞ」

　侍女は、水差しとコップを寝台の側に置かれた机に置くと再び扉から出ていく。

　喉が渇いていたから嬉しい気遣いだった。水をいただき、ベッドの上で辺りを確認すると、少し離れたところに花が飾ってあった。香りが弱いものを選んであるのか、匂いはないが優しい色味の花々に癒やされる。花を眺めていると、侍女は帰ってきた。ベッドの上に起きあがっている私を見ると、羽織るものを準備してくれる。

「これは、着替えも、あなたが？」

　思い当たったことを尋ねると、侍女は頷いた。

「僭越《せんえつ》ながら、私がいたしました」

「そうなのですね。ありがとうございます」

　礼を述べると、侍女は驚いたようにその紅茶色の瞳を瞬かせた。

「お名前を聞いても良いかしら。私は、セシーリア・ロセアンといいます。どうか、名前で呼んでください」

「お名前をお呼びするなど滅相もございません。ロセアン様と呼ばせていただきます。私はマリーと申します」

「マリーさんというのね。これから、どうぞよろしくお願いします」

「そんな、私などにそのようにご丁寧になさらないでください。どうかマリーとお呼びください」

「わかりました、マリー」

その後、マリーから簡単にこの場所について教えてもらった。マリーの話によると、ここは王宮の客室の一つで、私は二日程眠っていたようだ。

話をしていると、老齢の医師がやって来た。

「この王宮で医師をやっておりますパルムと申します。聖女様はどこまで覚えていらっしゃいますか？」

「セシーリア・ロセアンです。確か、私は宰相閣下と一緒にいたはずなのですが――」

陛下のことを話して良いものか迷うと、パルム医師はわかっているという風に頷く。

「宮殿の奥の部屋で起きていたことは私も承知しております。それに、マリーもあちらのことは存じておりますので、お気遣いは不要です」

パルム医師の言葉に、肩の力が抜ける。

「浄化と治癒の魔術を使ったところまで覚えています」

「そうですか。それでしたら、ほぼご記憶されている通りです。聖女様はその後、魔力切れでお倒れになったのです。もう大丈夫と思いますが、念のため明日までは安静にされてください」

「わかりました。あの」

「何か？」

言いかけると、パルム医師が『何でも言いなさい』というように頷く。

「私はすでに聖女ではありませんので、そう呼ばないでいただきたいのです」

「あなたは、私ではどうしようもできなかったことを成し遂げられたのですよ。あれこそまさに聖女の御業だと思います。……ですが、『聖女様』とお呼びするのはお厭《いと》いのようです。今後は、お名前をお呼びしましょう」

「お願いします」

「さて、色々気になるでしょうが、今はロセアン様の方が病人です。私が診察に呼ばれたときには、魔力がほとんど底を尽きかけていました。ご回復されるまで、ゆっくり静養していただかなくては」

使える魔力が尽きても、生命力を削れば魔術を使うことができる。滅多にできることではないが、あの時はそれに近い状態だったのかもしれない。素直に頷くと、パルム医師が立ち上がった。

「それでは、くれぐれも、明日まではご安静にお願いします」

そう言い置いて部屋を出て行かれた。人と話をしたせいか、私は軽い疲労を覚えて、二日も寝ていたのに、また眠ってしまった。


次に目が覚めたのは翌日の朝だった。体を起こそうとしたところで、マリーがやってきてくれる。手伝ってもらいながら体を起こすと、飾られている花が目に入った。昨日とは違う種類の花が増えている。

「あの花は、昨日と違うのですね」

「はい。少しでもロセアン様のお慰めになるよう、部屋に飾るようにと指示を受けております」

「どなたから、でしょうか？」

「陛下からです」

半分予想していた答えに、それでも驚いてしまう。驚いている私を気遣いながらも、マリーはさらに続ける。

「花も、陛下が自ら選ばれたものです」

陛下も病み上がりのはずなのに、このように気遣ってもらえるとは思ってもみなかった。

「ロセアン様がご負担に思われないよう、聞かれるまでは黙っているようにと言われていました」

「そう、なのですね」

陛下は、もうお元気になられたのだろうか。なんだか寝てばかりいるのも申し訳なくなり、何かできることはないかと目をさまよわせたところで、マリーと目が合った。

「ロセアン様はすでに一仕事なさっているのです。堂々と、ごゆっくりなさってください」

マリーの言い方が面白くて、自然に微笑《ほほえ》みを浮かべてしまう。

「心配してくださってありがとうございます。体調はかなり回復していますし、大丈夫ですよ」

「それでも、先生が本日まではご安静にとおっしゃっていましたので」

真面目《まじめ》な顔をするマリーの言うままに頷くと、マリーはほっとした表情になる。

「お食事などはいかがでしょうか？」

時間的には早いけれど、倒れてから何も食べていなかった。

「食べやすいものを、お願いします」

用意されたものは、野菜をすりつぶして作られたスープで、何日か食べていなかった胃にも優しかった。


それから数日。体調がよくなった私は時間を持て余していた。陛下への謁見を調整していると聞いているが、まだ具体的な日付は決まっていない。

準備が整うまでは部屋で待機するよう言われている。

こういう時、何か趣味を持っていたら良いのだろうけれど、私には趣味といえる趣味などない。今までは聖女の仕事とエヴァンデル王国の次期王妃教育で忙しく、まとまった時間を持つことがなかった。最初は部屋に置かれていた本棚を見てみたのだけれど、興味が湧いた本は一通り見てしまい、今は主に庭に出ている。

ここの庭には黄鈴草《イエローベル》という、黄色く球状の花を咲かせる小さな草が各所に植えられ、その花と調和するように様々な草木が配置されていた。エヴァンデル王国では、黄鈴草《イエローベル》は女神の祝福で生まれたと言われていた。弱いながらも、あの花自体が浄化の力を持っているからだ。瘴気を根から取り込み、ゆっくりと浄化していくらしい。意図的に黄鈴草《イエローベル》が使われているのかはわからなかったけれど、馴染《なじ》みある花を使い美しく手を入れられた庭に心引かれた。

「今日も、お庭に下りられますか？」

「ええ。そのつもりです。今日は西側を見てみたいわ」

この数日の間にマリーとは少し打ち解けて、気軽な言葉で話すようになっていた。

「それでは準備をいたします。私もついて行きますが、あまり、奥には入られませんようにお気をつけくださいね」

「まだ朝だから、日傘は不要よ？」

「いえ、必要です」

そう言ってマリーは真面目な顔をして日傘を準備してくれる。

マリーは側について、私の知らない花のことを教えてくれるけれど、私が草木の観察に集中しすぎると黙って見守ってくれている。非常に有能な人だと思う。

エヴァンデル王国での聖女教育で薬草に触れたりもしていたので、庭に出るのは楽しかった。聖女一人の魔力では何かあったときに限界がある。さすがに医師や薬師といった専門家のように、個々人の症状にあわせて本格的に調合することはできないけれど、一般的な頭痛や腹痛、血止めの薬は私も調合できるように学んでいた。

「こちらには、つむぎ草が植えられているのね」

今日見て回っている範囲には、白い花が多く植えられていた。

つむぎ草は腰程までの背丈で、白く柔らかな花弁が重なる花を咲かせる。そして何より、薬の材料にもなる。万能薬とも言われ、花も根も葉も、茎ですら薬の材料になるものだった。

（どこでだって工夫すれば草花は育つし、人も生きていける。私も聖女としては力が足りなかったけれど、できることをして、誰かの役に立ちたい――）

そう考えていたところで、風に乗って動物の鳴き声が届いた。

「何かしら？」

あたりを見回すと、いななきと共に黒い馬が駆けてくるところだった。

馬も私を見つけたのか、一直線にこちらにやってくる。

「――ヒヒン」

「ええ？」

驚いている間に黒馬はあっという間に側にくると、速度を落とし、私の周りをぐるりとまわった後、目の前で立ち止まった。今まで見たことのあるどの馬よりも大きいが、性質は大人《おとな》しいようだ。攻撃的な様子はなく、私のことを興味深げに見てくるだけなので肩の力を抜いた。

「ロセアン様、大丈夫ですか」

マリーは私と黒馬の間に入ろうと奮闘しているけれど、馬にたくみにかわされて近寄れないようだ。

「ええ。大丈夫みたい。私のことが珍しいのかしら？」

「わかりませんが、その馬は陛下の愛馬だと思います。誰か呼びにいきたいのですが、ロセアン様をお一人にするわけにはいきません。きっとすぐ誰かいらっしゃるでしょうから、申し訳ありませんが、そのままお待ちください」

「わかったわ」

マリーは険しい表情で黒馬を見つめている。黒馬の方はマリーの視線を意に介さず、私の匂いを嗅いだりしている。

「あら、あなたも傷だらけなのね」

よく見ると、黒馬の体には薄く古傷が残っている。

「陛下と初陣から一緒だと聞いています」

「そうなの。触れたら、怒らせてしまうかしら」

マリーに尋ねたつもりだったけれど、マリーが答える前に馬がいいよと言うように、いなないた。

そして『さわれ』とでも言うように体の向きを少しずらし、私が撫《な》でやすいようにしてくれる。

「ふふ、賢いのね」

「お、お待ちください」

マリーの声も聞こえたけれど、私が黒馬に手を伸ばすのが早かった。触れると、ビロードのような手触りの毛皮と、その下にあるしなやかな筋肉の温かみが感じられた。嫌がる様子がないので、温かな体を優しく撫でる。

穏やかな気性のようだが、この黒馬は陛下と共に戦場にも立っていたのだ。この目の前の黒馬からも、わずかながら陛下にまとわりついていたのと同じ瘴気の気配がした。

どうしようかと少し考えて、驚かせないよう、触れているところから、ゆっくりと浄化の力を馴染ませることにした。

「瘴気を払いたまえ」

黒馬の見た目は変わらないが、気持ちよさそうに大人しくしてくれている。

「治癒魔術もかけておきましょう」

浄化の後に治癒魔術もかけると、黒馬は満足げに鼻を鳴らした。

そうしていたところで、後ろから、低く深みを持つ声がかかった。

「スヴァルト。ここにいたのか」

スヴァルトと呼ばれた黒馬が、耳を動かし声の主を探す。

私も集中していたために、その人が近づいていたことに気がつかなかった。

「陛下」

先日とは違い、おそらくはこの国の軍服だろう、詰め襟の黒い服をきっちりと着こなしている。鋭い目元はスヴァルトと呼ばれた黒馬に向けて緩められていて、怖さは感じない。きっちりとセットされた濃い金色の髪は太陽の光をはじいて、キラキラと透けていた。

「この場で礼は不要だ」

淑女の礼をしようとしたところで、すかさずそう言われ、出かかっていた挨拶の言葉を呑み込む。

側にいたはずの黒馬が陛下のところへと向かっていた。

「スヴァルトは魔馬だ。普通の馬よりは賢いが、あまり背は向けない方が良い」

「はい」

どうやら、私を気遣ってくれての言葉だったようだ。

「飼育員のところから、脱走したと聞いたが、聖女殿を見にきたのか？」

スヴァルトがいななく。

「そうか。お前も聖女殿の癒やしの力を受けたのか。ああ。私も元気になった。また、お前と戦いに行ける」

会話をしているようなやりとりだ。陛下はスヴァルトの顔を撫で、やってきた飼育員にスヴァルトを引き渡す。

「スヴァルトも聖女殿に会いたかったようだからな。今回は罪には問わぬ」

「はっ」

そうして、スヴァルトは飼育員に連れられて行ってしまった。陛下が鋭い瞳で私を見た。

「聖女殿。少し話がしたい。散歩にお付き合いいただけるか？」

「かしこまりました」

断る理由もなく、私は突然の陛下の申し出に頷いた。

「それでは、聖女殿、お手を」

エスコートの申し出を受けるとは思わなかったので、思わず陛下を見上げる。私のためらいをどう受け取ったのか、陛下は小さく笑いをこぼし、私の右手をすくい上げ、淑女への礼を捧げてくれる。

「そういえば、自己紹介もまだだったな。フェリクス・フェーグレーンだ。以後お見知りおきを」

「セシーリア・ロセアンです。陛下には、お世話になっております。お花も、ありがとうございました」

「礼を言われるほどのことではない。ほんの気持ちだ」

かろうじて挨拶は返せたものの、固まっていると陛下がさらに言葉を続ける。

「私的な場だから遠慮は不要だ。聖女殿にはどうかフェリクスと呼んでほしい」

陛下がものすごく好意的で、戸惑いしかない。どう返すのが正解だろうと考えるけれど、正直に言ってわからない。けれど、一つだけ、どうしても伝えておかないといけないことがある。

「私のことは聖女以外の名で、お呼びください」

「どうしてだ？」

意外なことを言われた、とでもいうように陛下は青銀の瞳をまたたかせた。

「私はすでに聖女の身分を失っています。こちらで私が聖女と呼ばれ、訂正もせずその名が広まれば、それは聖女の名を汚す行為となりましょう」

「そうか。あなたは、能力が高いだけでなく、高潔なのだな」

「高潔、ですか？」

「あなたは、この国の最高の医師でも治療することができず、死を待つばかりだった私をあっと言う間にここまで快復させたのだ。この国の誰もが、その奇跡を聖女の御業というだろう。それなのに、エヴァンデル王国の聖女ではないという理由でそう呼ばれることを好まないとは、高潔と言わずして何と言う？」

真面目な顔をして、説明されたけれど、私はいまひとつ納得できない。それは、ごく当たり前のことではないのだろうか。

「どうやら、陛下は私のことを高く評価してくださっているようですね。ですが、本当にそういうことではないのです」

不敬になるかもしれないと思いながらも、先ほど遠慮はいらないと言われたことを思い出して伝え

ると、陛下はわずかに顔をくもらせた。

「そうではないのだがな。だが、セシーリア嬢のそういうところもまた、好ましく思う」

「えっ……？」

言われた言葉の内容もだけれど、私の名が、陛下の口から出たことにも驚いてしまう。

「ん？　聖女以外であれば、どう呼んでもかまわぬのであろう？」

私の驚きを、さも意外だとでもいうように陛下は告げる。

「セシーリア嬢は、私のことをなんと呼ぶのだったか、覚えているか？」

「覚えて、いますけれど」

「なら、呼んでみてほしい」

笑みを深める陛下に見つめられ、意図せず頬に血が上るのがわかる。からかわれているのだろうか。

「陛下。おたわむれは、おやめください」

「違うだろう？」

「……フェリクス陛下」

「そうだ」

うっすらと笑みをたたえたフェリクス陛下に『よくできました』とでも言うように頷かれる。

「それでは、セシーリア嬢。改めて、エスコートさせていただけるかな？」

今度は返事をする前に手を取られ、庭の奥へと導かれる。強引さはないのに有無を言わせない動きに、思わず誰にでもこうなのかもしれないと、心を引き締めた。

「どうかしたか？」

「いえ、なんでもありません」

考え事をしていることがわかってしまったようで、フェリクス陛下に尋ねられてしまう。エヴァンデル王国にいた頃は、このようなことはなかったのに。

少し気が緩んでいるのかもしれない。

フェリクス陛下が、思い当たったとでもいうように続ける。

「あぁ、さすがに私も誰にでもこのようなことはしない。それに、私には婚約者もいないから、安心するといい」

どうして私が安心するのかと思うものの、陛下の瞳はいたずらげに微笑んでいる。

どうにも陛下に掌の上で転がされている気がするけれど、太刀《たち》打ちのしようがない。私の機嫌が傾いたのを察したかのように、陛下は話題をそらした。

「セシーリア嬢の故郷のエヴァンデル王国からは遠いものな。私のことはどれくらい伝わっている？」

「五年前に王座につかれたということしか。申し訳ありません」

「謝らずともよい。そうか、なら、私の年齢などもわからぬだろう。今年で二十三だ」

ということは、十八になる私とは五歳差になるのか。

「私の即位が急だったもので、婚約者候補はいたが、それどころではなくなってしまってね」

「そうなのですか」

即位して五年ともなると、話が上がっていない方が不思議だ。でもどうして、私にわざわざその話をされるのだろうかと考えていると、建物が見えてきた。

「こちらから中に入ることができる」

導かれるままに進むと、蔦《つた》の這《は》う壁の先に小さな石造りのアーチが見えてきた。そこをくぐり中に入ると、ここでは貴重であろう水がたたえられた池が見える。ちょうど建物の影が落ちていることと、塀の外には高い木が植えられていることから、先程までよりも少し涼しい。

「心地《ここち》好い場所ですね」

「気に入ってくれたようで何よりだ」

池の中央付近には、睡蓮《すいれん》の葉が伸びている。手入れされた居心地のいい庭に、自然と足がとまっていた。

「セシーリア嬢」

「はい」

呼ばれるままに見上げると、私のことをまっすぐ見つめる青銀色の瞳と目が合う。

「私の命を救ってくれたこと、礼を言う」

「私は、私のやるべきことをしただけです」

「それでもだ。セシーリア嬢、あなたがいなければ、今私はここにいない。それに、私のために力を使いすぎて、倒れたと聞いている。そうまでして救ってくれたことに、感謝している。ありがとう」

こうして誰かから直接、お礼を言われるのは初めてで、どう答えていいのかわからない。身を縮めていると、真剣なお顔をされていた陛下の目元がゆるんだ。

「誰にもできないことをやってのけたのだ。どのような方だろうと思っていたが、セシーリア嬢はかわいらしい方だな」

「お、おやめください」

先ほど『高潔だ』と褒められたとき以上に顔が赤くなっているのが自覚できる。

「褒めているだけだ。そうだ。何か褒美をとらせたいが、希望はあるか？」

またも投げられた言葉は、返答が難しいものだった。結論は決まっていたが、どう答えるか少し考えた末に言う。

「褒美はいりません。私をここに呼ぶ対価に、大金を支払われたと伺っています。私は、その分の働きをしたにすぎません」

「見解の相違だな。私は、特に優秀な働きをした者には、特別な配慮がされるべきだと思っている。不要と言われるなら、私が個人的に何か用意しよう。それならば断るなどとは言わぬだろう？」

そうまで言われてしまえば、断ることはできない。私は『承知しました』と返すほかなかった。

「さて、もっと話していたいが、そろそろ時間だ。私はもう行かなければならないが、セシーリア嬢はいかがされる？　ここが気に入ったようなら、もう少しここを見られていてもよいが」

「では、お言葉に甘えます。こちらのお庭をもう少し見てみたいです」

「そうか。なら、ここにいつでも来られるように許可を出しておこう」

そういうと、フェリクス陛下は一人王宮の方へと戻っていった。

私は睡蓮の庭に残ったけれど、結局、風景を堪能《たんのう》するよりも、気がつくとフェリクス陛下のことばかり考えてしまっていた。

幕間　エミリ・シーンバリ　1

私はその時、まだ十歳になったばかりだった。聖属性の魔力を持っているからと王都に呼ばれるまでは領地から出たこともなく、王宮で開かれる夜会はもちろん、お茶会にも出たことがなかった。

同じ年齢の他の子たちよりも何年か早く王都に来ることができて嬉しかったのを覚えている。残念ながら聖女には選ばれなかったけれど、そのことを惜しむのはお父様だけで、そのときまでは聖女について何とも思っていなかった。

初めてそのお姿を見たのは新聖女のお披露目の会だった。光を受け輝く金色の髪に、整った顔立ち。そして、前を見つめる凛々しい表情。王宮のバルコニーに立つそのお方の周囲が、何故か輝いて見えた。一目で、この方と将来結婚したいと思った。そのお方こそが、アルノルド殿下だった。

隣には、薄い色の髪の、大人しそうな少女が立っていた。

『あの場所には私が立つべきなのに、なんであんな子がアルノルド殿下の隣に立っているのかしら?』

と思ったけれど、お父様がおっしゃるには、その少女こそが次の聖女様らしい。

その上、あの薄い髪色を持つ少女が殿下の婚約者にも選ばれているという。

殿下と同じ金髪の私のほうが、隣に立つにはふさわしいのに。

どうしてあの方の隣にいるのが私ではないの?

私にだって聖属性の魔力はあるのに。

あの子ばかりずるい。

そう思って、隣で新聖女を見ていたお父様に尋ねた。

「ねぇお父様、私にも聖属性の魔力はあるわ。どうして、新聖女はあの方なの? やはり、公爵家の方だからかしら」

「お父様も陛下に尋ねたのだがね、残念ながら、私のかわいいエミリは魔力量が足りなかったのだそうだ。なんでも、聖女となるには聖属性の魔力だけではなく、魔力量も大事らしい」

「そうなの……」

魔力量があの少女よりも多かったのなら、あの場所は私のものだったのだ。

「魔力量が多くなれば、私も聖女様になれるの?」

「おそらくはね。エミリは、聖女様になりたかったのかい？」

「うん」

「なら、お父様も協力しよう」

「ほんとう？」

「本当だとも。エミリがあの聖女を超えられるようお父様も手伝うよ」

「お父様大好き！」

お父様は、領地に帰るとたくさんの魔術師を雇ってくれた。

一般的に魔力量を増やす方法は二つあるらしい。

一つは地道な修業だ。

持っている魔力以上の力を使おうとすると生命力を削ることになる。けれど、毎日、限界ギリギリまで力を使うと、体が生命を守るための反応として使える魔力が増えるといわれている。ただしその増え方は人によるそうだ。

そして、もう一つの方法が外部から魔力を取り込むことだ。魔術師達は、特別に手を加えた魔石に自分の魔力をため込んで、いざというとき使っているらしい。お父様が考えたのは、それを通常の魔石にも施す手法だった。詳しい話はよくわからなかったのだけれど、技術的に難しいという理由で外部から魔力を取り込む方法は確立されていないらしい。

そこで、お父様は雇った魔術師達に研究を行わせ、その術式を生み出すと決めたようだ。

魔術師達は最初は『そんなこと不可能だ』と騒いでいたけれど、私が聖属性の魔力を持っていたことと、お父様が研究費に制限を設けなかったことで納得した。

そして、その術式を五年と少しの月日をかけ完成させた。

いた。


「お父様、すごいわ！」

「そうだろう？」

「ええ、これできっとあの子を超えることができるわ！　でも、あの魔石の山はどうするの？」

魔石は瘴気に満ちた大地に埋まっているため、どうしても魔力と共に瘴気も含まれてしまう。雇われた魔術師達も、私が聖属性の魔力で瘴気を浄化できるからこそ、研究を進めることができて

この五年と少しの間に、本当にたくさんの魔石を使用した。使用済みの魔石の山には、魔力を使い果たしながらも瘴気がそのまま残っているものもあり、処分は結構な手間になりそうだった。

「そうだな、さすがにあの量は邪魔だ。だが、使い道も考えておる」

そう言ってお父様は、私を見た。

「ところで、エミリはもう術式を使いこなせるのかね？」

「はい。毎日欠かさず取り込みを行い、魔力はたくさん貯《た》めてあります」

「なら問題ないな」

お父様はそういうと、声を落とした。

「近日中に我が領地で不幸な事故が起こるだろう。聖女によって浄化されているはずの瘴気が大地から吹き出し、それを偶然近くにいたエミリが浄化する。エミリこそが聖女にふさわしいと大衆に見せつけるのだ」

「そんな……それって、とても素晴らしいわ！　これで私が聖女になれるのね！　お父様すごい！　最高だわ！」

「そうか、そうか。エミリが喜んでくれて良かったよ」

その後、日をおかずにお父様の計画は成功し、私達はあの聖女を蹴落とすことに成功した。

今、私の側には、あのとき一目見てからずっと憧れ続けたアルノルド殿下が座られている。

次期王妃教育を受ける私に会いに来てくださったのだ。気軽にお会いできる関係になれたことが今でも信じられなかった。二人だけでお話しする時間は夢のようで、できれば、毎日こうしていたい。

残念なことに、せっかく婚約者にまでなったのに、王太子殿下は忙しく、何日かに一度しかお会いできない。けれど、この次期王妃教育が終われば、私からアルノルド殿下に会いに行っていいと言われている。毎日課せられる、マナーと教養の習得、外国語の学習は、正直、難易度が高く、実家で受けた令嬢教育などとは比較にならないくらい難しい。それでも、私は前向きに取り組んでいる。だって、夢に見た彼との結婚までの道は、もう整っているのだから。

第二章

庭で陛下とお会いしてから数日。ようやく陛下との謁見の準備が整った。

私は実家から持ってきた礼装を身にまとい、謁見の間に向かう。

ドレスは私の瞳にあわせた紫色で、銀糸で華やかな刺繍が施されている。レースもふんだんに使用されていて、上品に見えつつも豪華で、陛下との謁見にも耐えうる品だ。一流の職人に作ってもらった物だった。

エヴァンデル王国から一緒に戻った使者と共に謁見の間に入る。中にはこの国の大臣や重役に就く方々が居並んでおり、奥の玉座には先日睡蓮の庭で話をしたばかりのフェリクス陛下のお姿が見える。

今日も軍服をお召しのようだ。その上に金糸と白い毛皮で飾りのついた濃い青のマントを身につけておられる。こちらを見つめるまなざしはまっすぐで、彫りの深い顔には少しだけ憂いがにじんでいた。謁見の間に差し込む光が金色の髪を輝かせ、まるで神話の軍神が抜け出してきたようなお姿だった。

私はいくつもの視線の中を使者様と共に玉座の前まで進み出て、休んでいる間に教わっていたこの国の作法通りに一礼する。そのまま顔を伏せていると、すぐに頭上から声がかかった。

「顔を上げよ」

言葉の通りに顔を上げると、フェリクス陛下と目が合った。すぐに真面目な顔に戻られてしまったけれど、私をみとめて一瞬だけ目元を柔らかく緩め、微笑んでくださる。

「発言を許す」

陛下が言うと、まずは使者が口上を述べる。

「エヴァンデル王国から、かの国で六年もの間、聖女のお役目を務め上げられ、浄化魔術の使い手でもあるセシーリア・ロセアン様をお連れいたしました」

「大義であった」

使者をいたわったフェリクス陛下が私に視線を向ける。

「セシーリア・ロセアン嬢。はるばる遠いところをよく来てくれた。女神の加護の厚いエヴァンデル王国とは違い、この国に女神の御手はほとんど届いておらぬ。瘴気で苦しんでいる者は多い。稀なる力を持つそなたには、どうか今後もこの国の力になってほしい」

「この身で、できうる限りお手伝いいたします」

私はそのために呼ばれたのだ。背筋を伸ばして答えると、フェリクス陛下が続ける。

「頼もしい限りだ。細かな話などは、宰相と詰めてほしい」

「かしこまりました」

あっさりとした謁見だが、このやりとりをもって、私は正式に客人としてフェーグレーン国に迎え入れられた。証人は、この場にいる人たち全員だ。陛下が頷くと、たくさんの人に見られながら、使者と共に退室した。


その日の午後、私は宰相の執務室に呼ばれた。

滞在している部屋まで迎えの方が来てくれたので、マリーは部屋に残っている。

宰相の執務室は、午後の陽差しが窓から入り、とても明るい部屋だった。窓を背に木でできた大きな机が置かれている。机の手前には、ローテーブルとソファも置かれていて、私はそちらへ案内された。

「どうぞ、おかけになってください」

「失礼いたします」

私が着席したところで、トルンブロム宰相も正面に置かれたソファに腰を下ろした。

宰相の後ろに、ここまで案内してくれた方が黙って立つ。秘書のようなお仕事をされているのかもしれない。

トルンブロム宰相の長い金髪は、今日も後ろで一つにくくられている。

人当たりのよい柔らかな笑顔を浮かべているが、それがかえって何を考えているのか計り知れないという印象を受けた。

「こちらでの生活にご不便などないですか？」

「はい。おかげさまでつつがなく過ごすことができています」

「侍女達ともうまくやれているようで安心しました」

マリーと一番打ち解けることができているが、来てくれている他の侍女とも親しくなってきている。

「では、本題に入りましょう。この国は、ロセアン殿のお力を必要としています。色々と難しい案件をお願いすることもあるかもしれませんが、もしその中に対処が難しいものがありましたら、遠慮なくおっしゃってください。ロセアン殿のお力はお借りしたいのですが、そのお命を危険にさらしてまで助けを得たいとは思っていませんので」

フェリクス陛下の浄化の際に倒れたことを言われ、私は頷く。

「わかりました。先日の件は、私の見込みが甘かったと反省しております」

「お願いします。ロセアン殿に何かあれば、エヴァンデル王国との国際問題になりかねません」

おそらくトルンブロム宰相も、私が国外に出ることになった経緯はもう把握しているだろう。建前上の言葉だと受け取っておく。

「ロセアン殿のお働きに対する報酬についてです。まず衣食住に関しては、王宮が負担します。あぁ、もし今の部屋にご不満があれば部屋替えもいたしますが、いかがされますか？」

「十分に満足しておりますので不要です」

こちらも、遠慮ではなく、今の部屋は気に入っている。

「給与に関しては、こちらの額面を毎月。この国の筆頭医師の扱い、とお考えください」

見せられた紙面に、軽く目を見張る。思っていた以上に高い金額だった。そもそも、給与が支払われると考えていなかったのだ。

「ご不満が？」

「いえ、ただ、このような高額をいただいてよろしいのかと……」

眉を寄せるトルンブロム宰相に、言葉尻が消えていく。

「エヴァンデル王国の聖女には、報酬はないのですか？」

「聖女は、いずれ王族の一員となり、国を守る義務がありますので、報酬は出ないという形になっておりました」

そういう意味では王太子との婚約は報酬だったのかもしれない。

「そうですか。ですが、このフェーグレーン国では、労働には対価が払われるべきという考えでおりますので、御了承ください」

「はい」

「代わりに、たくさん働いてもらいますから、覚悟されてくださいね」

「承知いたしました」

宰相は、手に持った紙をめくる。

「早速ですが、ロセアン殿には、まずは王宮の騎士団にその癒やしの力をふるっていただきたいと思っています。騎士団のメンバーは、即位前から陛下と共に、長い間辺境で瘴気に触れています。浄化や治療が必要な者に手当てをお願いします」

「かしこまりました」

「念のために申し上げますが、先日のように一気に行う必要はありません。人数も多いですし、適度に休みをとりながら治療を行ってください。休日の間隔も王宮の医師と調整して設けていますが、万一、そのペースで体調を崩すようであれば、調整するので教えてください」

念押しされ、この宰相はどれだけ私が無理をすると思っているのだろうと考えながら頷いた。陛下の件は急がなければ危ないと思ったから無理をしたけれど、普段は私だってそんなに無理をしたりしない。

「それと、私は毎日ロセアン殿についているわけにはいきませんから、休日以外は毎日こちらの事務官のエーリクをつけます」

先ほど客室に迎えに来てくれた黒髪のエーリク事務官は、一歩前に出ると少し緊張をにじませた面持ちで一礼する。まだお若いようだが、宰相付きの事務官をなさっているということは、きっと優秀なのだろう。目が合うと、ニコっと笑ってくれた。優しそうな人だ。

「こちらからの仕事の連絡は彼を通して行うことが多くなるでしょう。それでは、今日話した内容はこちらの書面にまとめておりますので、相違がなければサインをいただきたく思います」

そして、私は渡された書面をその場で読んだ。話に聞いた内容と相違がないかよく確認し、サインをする。

「それでは、これからよろしくお願いします」

「こちらこそ、よろしくお願いします」

お互いに挨拶を終え、私は退室しようとしたところで、トルンブロム宰相から声がかかった。

「ロセアン殿」

「はい」

彼は私をまっすぐに見つめ、エヴァンデル王国風の礼の姿勢をとった。

「先日のこと、この国の宰相ではなく、私個人としてお礼を言わせていただきます。ありがとうございました」

トルンブロム宰相は体を起こすといつもの様子に戻った。しかし、よく見るとその耳は赤く染まっている。照れておられるのだろうか。私が驚きに固まっている間に、宰相は続ける。

「引き止めて申し訳ありませんでしたね。エーリク、ロセアン殿を頼んだぞ」

「はい」

そして、宰相は先程の様子が嘘《うそ》のように元の調子に戻った。そのうえ返事は不要とばかりに、有無を言わさず扉の外まで促される。

客室への帰り道、宰相の最後の行動はどういうことだろうと考えていると、エーリク事務官が口を開いた。

「宰相閣下は、仕事人間のように見られることもありますが、とても陛下思いのお方でもあるんです」

「顔に出ていましたか？」

「いいえ。ですが、僕も、昔、宰相閣下の側で働くようになってから、同じように少し意外に感じたことがありまして、その時に先輩が教えてくれた話があるんです」

「私が聞いてよろしいお話でしょうか」

エーリク事務官は頷く。

「宮殿内では知らない者を見つけられないくらいに有名な話ですから、きっと僕が話さなくとも誰かから話を聞くことがあると思います。やめておかれますか？」

その問いに一瞬迷ったものの、私は首を振っていた。今エーリク事務官に聞くのをやめても、気になってきっと誰かに聞いてしまうだろう。

「いえ、聞かせてください」

「わかりました」

そういうとエーリク事務官はちょっと嬉しそうに話しだした。誰かに話せることが嬉しいのかも知れない。

「僕も最初に聞いたときには驚いたのですが、実はですね、宰相閣下は昔、陛下の家庭教師をしておられたそうです」

陛下と宰相はそう年が離れていないように見えたので、確かにその言葉は意外だった。

「僕が宰相閣下のところに来る前、先王陛下の時代の話になるそうです。当時この国では戦争に反対するような人から戦場に送られていたそうです。陛下の兄君であり王太子殿下でもあったお方はすでに戦場に立たれ、もう一人の兄君も学院に入られて、ここは閑散としていたと聞きます」

頷く私に、エーリク事務官が続ける。

「そんな状況ですので、当時、まだ幼かった陛下の家庭教師のなり手もなかなかおらず、当時の王太子殿下のご学友でもあり、首席で学院を卒業された宰相閣下が、先王陛下から指名されたそうです。

その時から、お二人はとても親しくされていたと僕は聞きました」

「難しい時代を、共に過ごされたのですね」

「そうなります」

ここに到着し最初にお会いしたトルンブロム宰相は、丁寧だけれど、どこか探るような含みを持った態度だった。どうしてだろうと思っていたが、それも今の説明で納得できる。陛下の幼少期をご存知で、さらに教え子でもあられるのだ。きっと、単に国王と宰相という肩書き以上に親しくなさっているのだろう。

話をしている間に、滞在している客室の扉が見えてきた。

「ちょうど、お部屋に着きましたね。僕の知る話も以上です。それでは、明朝、お部屋にお迎えに参ります」

エーリク事務官に見送られて部屋に入り、準備をすると、私は明日に備えて早めに休んだ。


翌朝、約束の時間にエーリク事務官は迎えにきてくれた。

「おはようございます！」

人懐こく、にっこりと笑うエーリク事務官に私も挨拶を返す。

「おはようございます。今日はよろしくお願いします」

「こちらこそお願いします。準備は大丈夫ですか？」

「はい」

エーリク事務官の言葉に頷く。持ってきている中でも動きやすく、汚れても良い服を選んだ。長い髪も邪魔にならないよう、マリーにお願いして結ってもらった。仕事中に崩れないよう、かわいらしく編み込んでくれたのが嬉しい。

「それでは、行きましょうか」

エーリク事務官が出発を促すと、マリーが見送りの言葉をくれる。

「気をつけていってらっしゃいませ」

「マリー、見送りありがとう。いってきます」

マリーに答えた後、エーリク事務官について廊下を進んだ。しばらく行くと知らない区画に入り、外廊下に出る。

「こちらの庭は、奥に噴水が設置されていて、お客様にも人気があるのですよ」

そう言って振り向いたエーリク事務官が、立ち止まり首を傾けた。

「少し緊張されていますか？」

「そうですね、少しだけ」

「意外です。宰相閣下より、ロセアン様は到着早々に難しい問題を解決なされたと聞いていました。だから、あまり緊張などされない方だと思っていました」

陛下の件は内密にということだったので、エーリク事務官には具体的な内容は伏せられているのだろう。

「あの時は、必死でしたので」

「そうなのですね」

エーリク事務官が微笑みと共に頷く。

「これから向かうところには、病を発症している方はおられません。予防的な意味合いも強いので、あまり気負われないようにお願いします」

「はい」

「むしろ、皆さん少し荒っぽいというか、癖が強いというか。ロセアン様は驚かれるかもしれませんが、頼りになる方ばかりですので、緊張せずとも大丈夫ですよ」

エーリク事務官の言葉に少し気持ちが楽になった。気になる言葉もあったけれど、これから会うのだからすぐにわかるだろうと別のことを口にする。

「緊張していても、浄化と治癒の魔術に関しては失敗することはありませんのでご安心ください」

「ロセアン様の実力を疑うなんて滅相もありません。僕、ちょっと余計なことを言ったかもしれないですね。騎士団の方にはご内密にお願いします」

「わかりました」

空気が和んだところで、エーリク事務官は『行きましょう』と再び前を向き歩きはじめた。

外廊下の先をいくつか曲がると、別棟への入り口についた。

「こちらの建物が、すべて騎士団のものとなります」

「すべて、ですか」

「はい。騎士団には事前にロセアン様のご希望を伝えています。部屋を準備してもらっているはずですので、そちらで騎士達を診ていただくことになると思います。詳しいことは騎士団長から話があるでしょう」

そうして、エーリク事務官は建物の中を進み、ある一つの扉の前で立ち止まった。

「失礼します。宰相閣下付きのエーリクです。ロセアン様をお連れしました」

「おう、入れ」

部屋の中から太い声が聞こえた。

エーリク事務官はためらいなく中に入り、私も後に続いた。

中に入ると入り口側を向いた机に、体の大きな男性が座っている。短く刈り込まれた麦わら色の髪に、同じ色の瞳、騎士服には勲章がたくさん縫い付けられており、高い地位にある方だとすぐにわかった。

「そっちが、話に聞く聖――っと、あぶね、ロセアン嬢か」

彼が『聖女』と言いかけたことに、一瞬違和感を感じて、すぐに思い至る。思い返すと、フェリクス陛下に聖女と呼ばないでほしいと告げてから、ここで聖女とは呼ばれなくなった。エーリク事務官も最初から私のことを家名で呼んでくれている。思いをめぐらせている間に、男性は音をたてて立ち上がった。

今はじっくり考えている場合ではなかった。

「セシーリア・ロセアンです」

立ち上がった男性に向かって一礼する。

「ラーシュ・グルストラ。フェーグレーン国、王立騎士団の団長だ。話は陛下から聞いている。今日から頼む」

そういうと、グルストラ騎士団長が頭を下げる。お手本のような綺麗な一礼だ。団長は姿勢を正すと続ける。

「騎士団については、何か説明を受けているか？」

「いいえ、聞いていません」

「なら、ロセアン嬢の仕事に関係ありそうなところを簡単に説明しておこう。ここの騎士団は、十五の騎士隊で構成されている。騎士隊の主な任務は魔の地での討伐とこの国の治安維持だ」

私が頷くと、団長は続ける。

「各隊が毎年持ち回りで任務につくことになっている。現在、この王都にいるのは第一騎士隊から第五騎士隊だ。そして第六騎士隊から第十騎士隊までの五隊が魔の地の任務に就き、他の隊は治安維持任務で王国の各地を巡回している。ここまで大丈夫か？」

「はい」

わかりやすい説明に頷くと、グルストラ騎士団長も頷く。

「ロセアン嬢には、この建物内にある医務室で浄化と治療を行ってもらいたい。王都にいる第一から第五までの各騎士隊長に、訓練や仕事の合間にロセアン嬢のところに騎士を向かわせるよう言ってある。簡単に言うと、医務室に騎士がやってくるから、ロセアン嬢はやってきた騎士を治療してくれればいい」

「わかりました」

「よし、なら、案内も兼ねて医務室まで一緒に行こう」

そうしてグルストラ騎士団長の案内で部屋を移った。団長は、きびきびとした動作で私たちを先導してくれた。その歩調は早すぎず、私の歩調を考慮したもので団長の気遣いを感じる。

目的の場所に着いたようで、グルストラ騎士団長は扉の前で立ち止まるとノックをした。

「入るぞ」

中の返事が聞こえる前に団長は扉を開けた。

薬の匂いと共に、こげ茶色の髪の毛の男がゆっくりと振り向くのが目に入った。

「団長、いつも言っていますが、返事はきちんと聞いてください」

「わりいって」

気安いやりとりから、親しい間柄だとわかる。私よりも年長の、まだ二十代半ばくらいの年齢に見えた。ちなみに、彼とエーリク事務官だと、エーリク事務官の方が少し若いようにも見える。彼はどうやら私たちがいることに気がついていないようだ。一歩進み出たグルストラ騎士団長の後ろに私たちの姿を認めると、一瞬驚いた顔をした後、すぐに表情を引き締めた。

「お見苦しいところをお見せしてしまい、失礼しました。ようこそ医務室へ。医務官のサムエルです。どうぞ、サムエルとお呼びください」

「サムエル医務官はこう見えても三十半ばだ。所属は違うが俺と同期で、パルム医師の秘蔵っ子とか言われてたのを俺が騎士団長になった際に引き抜いてきたんだ」

年齢を聞いて驚く。とてもそうは見えない。サムエル医務官の言葉を補足する団長の言葉で、彼らの親しさにも納得がいった。

「セシーリア・ロセアンです。よろしくお願いします」

「よろしくお願いします。そちらは確か宰相閣下のところの方ですよね」

「はい。宰相閣下付きの事務官のエーリクです」

お互いに自己紹介したところで、グルストラ騎士団長がいう。

「ロセアン嬢、ここにいる間、わからないことがあれば、サムエル医務官に聞いてくれ。俺でもいいが、近くにいるやつの方が面倒がなくていいだろう。サムエル医務官、事前に伝えてたが、ロセアン嬢のことを頼むな」

「承知しました」

そう言うと、サムエル医務官は私の方を見る。

「私以外の医務官は、騎士達と共に前線に出ていて不在にしていますから、帰ってきた際にご紹介します。今日からしばらくよろしくお願いします」

好意的な態度に疑問を浮かべる私にサムエル医務官は話を続ける。

「私たち医務官は怪我《けが》の治療はできますが、浄化はできません。瘴気をまとう傷については本人の治癒力に頼る手当てしかできず、日々、どうにかできないかと苦慮しておりました。ロセアン様には、治療もですが、エヴァンデル王国で培われたその知見もいずれお聞かせ願いたいと思っております」

「ご期待に添えるよう励みます。私もフェーグレーン国の治療方法に興味があるので、是非、こちらの国のやり方も教えてください」

サムエル医務官と挨拶を交わしたところで、グルストラ騎士団長が私に問う。

「ロセアン嬢、設備はこんな感じだが、不足はないか？」

医務室を見回すと、南向きの広い部屋に、仕切りつきの簡易ベッドが十台並んでいる。手前には、椅子が数脚と医薬品が置いてあった。

浄化を行った際、まれに体が驚いて倒れてしまう方がおられるので、治療場所はベッドがあるところを希望していたのだ。

「十分です。ご準備いただき、ありがとうございます」

答えると、言いにくそうにサムエル医務官が口を開いた。

「ロセアン様が癒やしの力を振るわれる際は、私も見学してよろしいですか？」

「それは、もちろんです」

「ありがとうございます。女神のご加護があると言われるエヴァンデル王国の癒やしの力を、この目で見られるとは光栄です。奇跡とも呼ばれる魔術を間近で見学できるのを楽しみにしていたのです！」

サムエル医務官はすごく喜んでいるようだ。

『奇跡の魔術』なんて言葉が聞こえたけれど、訂正する前にグルストラ騎士団長が話し出す。

「んじゃ、部下達もうすぐやってくるだろうし、時間内はここにいてくれ。あ、でも、時間いっぱい診ろってことじゃないぞ。無理しない範囲で休憩もとってくれよな」

「わかりました」

「じゃ、俺がいたらやりにくいだろう。部屋に戻るが何かあったら呼んでくれ」

「あ、グルストラ騎士団長、お待ちください」

私はそのまま部屋を出て行こうとした団長を呼び止めた。

「まだ誰もいらっしゃらないので、まずは団長から――」

「俺は最後でいいさ。先に部下を診てやってほしい」

グルストラ騎士団長はきっと部下思いのいい方なのだろう。けれど、私は素直に頷くことができなかった。

「お待ちください。その背中の傷は、私としては放置できません」

「……団長？」

サムエル医務官がいぶかしげに問うが、私にはグルストラ騎士団長の背中に瘴気が集まっているのが見える。陛下ほどには酷くなくても、十分重傷といえる部類だ。放置すれば、次第に体中を瘴気が蝕み、いずれは起き上がれなくなってしまうだろう。団長は決まり悪げに頭をかいた。

「サムエル医務官、黙ってて悪かったな。先にパルム先生に見つかっちまって、そっちに相談していた。けど、どうやっても傷がふさがらないし、パルム先生で無理ならサムエル医務官に診せても手間をかけさせるだけで、どうにもならんだろうと思って黙っていた」

「そう、ですか」

サムエル医務官は、表情はわかりにくいが、落ち込んでいるようだ。

「……怒ってるか？」

「いいえ。ですが、騎士団付きの医務官としては、相談はしてほしかったです」

「そうか。悪かったな」

気まずそうに謝罪するグルストラ騎士団長に、サムエル医務官も肩をすくめた。

「確かに、パルム先生でもどうにもできなければ、私が診ても何もできなかったでしょうから、騎士団長の判断もわかります。ですが、私としては団長の不調を知らないなんてとんだ不手際です」

「次からは気をつける。だから、お前もそう気に病むな」

堂々と言ってのける団長にこれ以上言っても仕方がないと思ったのか、サムエル医務官は深く息を吐いた。

「そういうことではありません。このことについては後でゆっくりお話ししましょう」

「おお、怖っ」

怖がってみせるグルストラ騎士団長をじろりとにらみ、サムエル医務官は私に頭を下げた。

「またお見苦しいところをお見せしました。それではロセアン様、申し訳ありませんが、団長の浄化から、まずはお願いします」

「だから、別に、俺は最後でもいいぞ。ここまでなんとかなったんだ。多少は待てる」

「…………」

この期に及んでそんなことを言う団長を、サムエル医務官は呆《あき》れた目で見つめている。

私は、思い切って口を開いた。

「そのような傷を治すために私が呼ばれたのではないのですか。団長、こちらへおかけください」

「だが」

なおも言いつのろうとするグルストラ騎士団長に、私は静かに口を開いた。

「グルストラ騎士団長が部下の方を優先させるお気持ちはわかります」

そうだろうと頷く団長を見て、私は続ける。

「私の力が足りないせいで、一気に騎士団の全員を浄化することはできません。騎士団の中には、他にも早く浄化をしてほしいと思っておられる方もたくさんいらっしゃるでしょう。その方には、治療が後になってしまうことを申し訳なく思います。ですが、今、私の目の前にいて、浄化を必要としているのはグルストラ騎士団長、あなたです。ですので、団長、私は、まずあなたを治療します」

気がつくと、私はグルストラ騎士団長の目をまっすぐに見つめていた。団長は、真面目な顔で黙っていたが、数秒後、こらえきれないように噴き出した。

「どんなお嬢様かと思ってたけど、なかなか気骨があるな。んじゃ、ぐだぐだ言って悪かったわ。浄化とやらを頼む」

そう言うやいなや、グルストラ騎士団長はどかっと椅子に腰を下ろした。

あまりの変わりように、唖然《あぜん》とする。もしかしたら、私は試されたのだろうか。だが、今はそんなことよりも治療が優先だった。

「患部を診ます。上半身を脱いでいただけますか」

お願いするとグルストラ騎士団長は黙って上半身の服を脱いでくれた。私が気になった背中以外にも、団長の体には古傷が多い。それだけ過酷な環境で戦ってこられたのだろう。

「こちらですね」

患部は、左肩甲骨のあたりにあった。包帯をほどくと、その傷は現れた。かろうじて傷はふさがっているものの、赤黒く腫れている。瘴気のせいで自己治癒力では治りきらないのだ。どこでこのような傷を負ったのか気にはなったものの、今は治療が優先だ。

「まずは浄化魔術を使い、次に治癒魔術を使います」

「ああ」

返事を聞いてから、傷口に手をかざし浄化魔術を発動する。淡い光が瘴気を浄化し、完全に浄化が終わってから治癒魔術を唱えた。効果は劇的で、傷口から腫れが引き、塞がっていく。

「すごい」

手元をじっと見ていたサムエル医務官が思わずと言ったようにつぶやく。

「嘘みてぇに痛みが消えていくぜ」

グルストラ騎士団長が話しかけてくるが、治癒魔術の途中で私に答える余裕はなかった。代わりにエーリク事務官が口を開く。

「この傷はどこで負われたのですか?」

「去年の辺境での魔獣狩りだ。下手《へた》こいてな。魔獣の爪がざっくりよ」

「そうでしたか」

そうしている間に、完全に傷口は塞がった。最後に、今度は軽い浄化を全身にかけて、団長の治療は終了だ。

「以上です。他に痛む箇所などはありませんか?」

「ない。さすがだな。まさか、あれが治るとは」

グルストラ騎士団長は信じられないとでも言うように、肩をまわしている。過剰な期待をさせないよう、できないことも告げておく。

「完全に治りきっていないからこそ、今回は傷も治療できました。こちらの古傷は、元通りに治すことはできません」

「そうなのか。だが、十分だ。世話になったな。部下達のことも、よろしく頼む」

そう言うと、グルストラ騎士団長は今までのくだけた口調を改め、服を着て戻っていった。


グルストラ騎士団長が帰ってしばらくすると、医務室に一人目の騎士がやってきた。その後も続々とやってくる。魔の地の任務があるからか、瘴気を帯びた傷を負った人たちが多い。

エーリク事務官が騎士団の名簿を持ち、治療が終わった人の所属と名前を控えてくれている。幸い、午前中の診察では気分が悪くなる人も出なかった。今のところは順調だ。

その人は、騎士の来訪が途絶え、お昼休みに差しかかろうとしている時間にやってきた。

「あなたが、団長を治療してくれたと聞いた。ありがとう。礼を言いに来た。時間はとらせないから少し話をしても良いだろうか？」

真っ赤な髪をポニーテールにしている女性騎士だ。騎士服は男性が着用しているものと少しデザインが異なり、格好よさと可憐《かれん》さが同居している。空色の瞳でまっすぐ私を見つめ、女性騎士の背筋はピンと糸を張ったように伸びていた。

「あの、あなたは？」

「失礼した。私は、第二騎士隊所属のミア・ソランデルだ」

「セシーリア・ロセアンです」

「宰相閣下付き事務官のエーリクです」

お互いに名乗り合った後、私はひとまず椅子を勧めた。

「ソランデル様、こちらにおかけください」

「わかった。あと、私のことはミアでいい」

「では、私のこともセシーリアと」

「あぁ」

屈託ない笑顔が返ってくる。まっすぐな感情表現が気持ちいい方だ。

しかし、ミアさんは一瞬ためらうように黙った後、表情を暗くした。

「言いにくいことだが、団長の傷は、私に責任があるんだ」

「どういうことですか？」

私が問うと、ミアさんは頷き、続けて話す。

「この国が、魔の地と接していることは知っているか？」

「はい」

「我々は、ローテーションで魔の地と接する土地の防衛任務につく。騎士隊が魔の地の任務につくと、期間中に一度は陛下か団長が視察に来られる。私の所属する第二隊は去年、その任にあたった。そのときのことだ」

視察の話は聞いていなかったが、サムエル医務官が納得がいったというように頷いていた。

「魔の地では、魔獣はここらにいるものよりも強く、しかも、突然瘴気の中からやってくる。前回は私が騎士になってから何度目かの防衛任務で、私としては魔獣との戦いに慣れていたつもりだった。だから、慢心していたのだろうな」

ミアさんは言葉を切ると、当時を思い出すように目を細めた。

「普段ならありえないが、私は同じ班の騎士達とはぐれ、人気のない瘴気の濃いところに入り込んでいた。そして、ようやく自分の状況に気がつき、皆のところに戻らなければと思っていたときに、瘴気の中から魔獣が飛び出してきたんだ。そいつはいつも対応していたやつらよりも強く、攻撃をよけるだけで手一杯で、私はもうだめだと思った。だが、気がつくと、ちょうど魔の地の視察に来ていた団長が私をかばってくれていた」

「なるほど、それで」

私が頷くと、エーリク事務官も深く納得していた。

「団長は、視察中に魔獣と戦ったからだといわれていましたが、そういう事情だったのですね」

ミアさんが続ける。

「団長は、傷を周囲に悟らせないよう、最近はだいぶん無理をされていたように思う。だから、団長を治療してくれてありがとう」

「グルストラ騎士団長は、好かれていらっしゃるのですね」

「あの誰よりも強い団長が私のせいで戦えなくなるなど、あってはならないことだからだな」

胸を張ってこたえるミアさんに、私も思わず笑みが浮かんでいた。

「では、ミアさん。折角来られたのです。あなたも浄化を受けていかれてください」

私はミアさんの手を取った。ミアの手は、女性らしい細さを持ちながら、戦うための力強さもあわせ持っている。

「え、だが、もうすぐ昼だろう？」

「あまり瘴気が溜まっているようには見えませんので、すぐに終わります」

そういうと、ミアさんもそれ以上は断らなかった。

「では、頼む」

ミアさんの手を取ったまま、私は浄化魔術をかけていく。

「あたたかいな」

途中で、ミアさんの口から言葉がこぼれた。浄化を受けた際の感じ方は人それぞれだ。ミアさんにはそのように感じられるのだろう。宣言通り、ミアさんの浄化はあっさりと終わった。

「以上です。お疲れ様でした」

「私のほうも、浄化をありがとう」

笑顔を見せるミアさんに、私も気がつくと微笑んでいた。

「そうだ、一緒に食事にいかないか？　セシーリア嬢はここに来たばかりで食堂の場所はわからないだろう？」

エーリク事務官を見ると、頷いている。

「ちょうどよかったです。僕は昼に一旦宰相閣下のところに戻るよう言われているので、ソランデル騎士、案内をお願いします」

「任せてくれ」

「お願いします。では、僕はそのまま昼食もあちらでとってきます。ロセアン様は食事が終わられましたら、またこちらの医務室に戻られてください。次の鐘が鳴る頃には戻ります」

「わかりました」

「サムエル医務官はどうされますか？」

「私はもう少しやることがあるので」

そうして、私はサムエル医務官を残して医務室を出るとエーリク事務官と別れ、ミアさんと共に食堂へと向かった。移動の途中に昼を告げる鐘が鳴り、廊下に人も増えてくる。

「食堂はこの角を右に曲がる」

ミアさんの案内で廊下を進みながら、騎士団について色々と話を聞いていた。

「騎士団の方は、皆様ご一緒にご飯を食べるのですか？」

「いや、そうではない。隊ごとに時間をずらしてある」

そう言っても、廊下には結構な数の人が出歩いていた。

ミアさんの顔見知りもいるのか、何人かと挨拶をしている。

「あの突きあたりが食堂になる」

入り口を入ってすぐに見本が並んでいる。副菜三皿に、主菜がそれぞれ違うものが並んでいた。

「あの中から、主菜を一つ選ぶことができる。最初に窓口で選んだものを告げ、あちらで副菜を取っていって、最後のあの窓口で最初に注文した主菜が出てくるから受け取るんだ。副菜は三つまで自由に取っていい」

「わかりました」

「何にするか決まったか？」

選べるのは、シチューか、牛肉の野菜炒め、鶏肉のソテーのどれかのようだ。私達の後ろからも騎士が続々と入ってきており、あまり悩んでいる時間はないようだ。

「私はシチューにします」

「そうか。では、行くぞ」

ミアさんが颯爽《さっそう》と進み、その後ろをついて行く。人が多いけれど、前を進むミアさんのおかげで、苦労はしなかった。

「私は鶏肉のソテー、こっちの子にはシチューを頼む！」

「あいよ！」

カウンターの向こうで忙しく食事を作っていた女性が顔を上げる。

「新しい子だね。新人さんかい？」

「サムエル医務官のところに今日から入ることになったお方だよ」

「そうかい。難しいことはわからないけど、かわいがっておやりよ」

会話が一段落したところで、ミアさんの先導でおかずの並んでいる窓口に進んだ。副菜には様々な種類があるようで、私はそのうちの一つに果物の皿を選んだ。同じものをミアさんも取っている。目が合うと、いたずらっぽく笑われた。

「同じのを取ったな。ここの桃はおいしいから好きなんだ」

「そうなんですね。楽しみです」

そして、最後の窓口で私はシチューを、ミアさんは鶏肉のソテーを受け取ると、二人で空いている席を探した。人は多いものの、食事スペースは広く取ってあり、ミアさんは簡単に隣り合った二人分の席を確保した。正面に座る人たちに相席の確認を取ってから、ミアさんが座り私も隣に座る。

食前の祈りを捧げて食べ始めると、途中で正面の席が空き、すぐに人が来た。

「ここいいか？」

「あ、先輩」

どうやらミアさんの先輩達のようだ。ミアさんが私を確認するように見るので、了承の意味を持って頷いた。二人はそれを見て、私たちの正面に腰を下ろす。

「こちら、浄化魔術の使い手のセシーリア嬢です」

ミアさんの紹介に、座ったまま頭を軽く下げる。

「セシーリア・ロセアンです」

「あぁ、サムエル医務官のところに来た人だな」

どうやら私の名前を聞いていたようで、頷いている。

「俺はロレンソ。こっちはヤンネだ。ソランデル騎士と同じ第二騎士隊の所属だ」

ロレンソさんは物腰の柔らかな感じで、ヤンネさんの方は寡黙な感じだ。

「俺らの番はまだ先だが、今後世話になるぜ」

「お任せください」

私が頷くと、ロレンソさんが口角を上げる。

「心強いな」

話している最中にロレンソさん達の後ろを、体格の良い男達が談笑しながら通っていく。そのうちの一人の足がヤンネさんの椅子にあたったようで、ガタンという音が響いた。そのまま詫《わ》びの一言もなく去って行こうとする男達に、ロレンソさんが立ち上がった。

「おまえら、一言もなしかよ」

「はぁ？」

にらみつけてくる男の人に、ロレンソさんは引く様子はない。

「ヤンネの椅子を蹴ったろう」

「足が長いもんでね、あたったかもしれん」

「で？」

「ロレンソ、俺は気にしない」

「だが――」

ヤンネさんはロレンソさんを落ち着かせようとしているけれど、相手の男の人はそれを見て鼻で笑った。

それを聞き取ったロレンソさんがさらに怒り、今にも取っ組み合いの喧嘩《けんか》になりそうだ。ミアさんも、いつでも割り込めるよう、じっと二人の様子を見ている。

ハラハラしながら見ていると、そこに割り込む人がいた。

「部下が何かしたかね」

「隊長……」

抜き身の剣のような雰囲気を持った黒髪の男性だった。背は私と同じぐらいだが、その肉体は服の上からもよく鍛えられていることがわかる。

「そいつが、俺らに高く売りつけたいものがあるみたいだったんでね」

「あぁ？」

再びにらみ合いになったところを、隊長と呼ばれていた男性が割り込んだ。

「そうか、すまなかったね。私が代わりに謝ろう」

「隊長！」

「これでいいかね」

「あ、あぁ」

ロレンソさんも、違う隊の隊長にそう言われてしまえば、それ以上言うことはできないだろう。

戸惑い混じりに頷くと、男は後ろを振り返る。

「おまえらも無駄な喧嘩は売るな。昼食後すぐにミーティングをすると言ったろう。行くぞ」

そうして、さっきの騒ぎが嘘のように静かに出て行った。

「あの方々は、どなたなのですか？」

「第五騎士隊のやつらだ。ヤンネに絡んでいたのがフーゴ。後で出てきたのがクリストフェル・ヤコブソン隊長。あいつらは俺らにやたら絡んでくるんだ」

騎士団といっても一枚岩ではないのだろう。内部の事情に踏み込むつもりはないけれど、今後、騎士団の浄化を進める上で参考になるかもしれないと心に留めた。

「食事を中断させて悪かったな」

「いえ」

首を振ると、ほっとしたようにロレンソさんの肩が下がり、全員食事を再開した。


夕刻。

終業の鐘が鳴り、朝と同じくエーリク事務官に伴われて、私は滞在先の客室へと移動していた。

今日は実りの多い一日だった。エーリク事務官のつけていた記録によると、今日だけですでに三十人近い人数を診ることができたようだ。

休憩時間の雑談では、サムエル医務官とお互いの薬や薬草の知識も交換をした。どうやらフェーグレーン国ではエヴァンデル王国と医療に対する姿勢が違うようだ。エヴァンデル王国は薬効が強い薬草が豊富だからか、即効性のある薬が多い。

しかし、フェーグレーン国では、病に対する即効性よりも、個人の体の力を上げ、治癒に導くような薬が一般的だった。

時間が足りなかったために、具体的な調合方法までは交換できていない。騎士団の浄化と治療が落ち着いた後に、もう少しまとまった時間を取る予定だ。

「体調はいかがですか？」

「まったく問題ありません。心配なさらずとも、無理はしていませんよ」

「そう言われましても、ロセアン様は平気で無理をされる方だと伺っておりますので」

エーリク事務官の声音には心配がにじんでいる。これ程までに心配されると逆に申し訳なくなるが、本当にまだまだ平気だった。

そうして、滞在先の部屋につながる廊下を曲がったときだった。

廊下の反対の方向から、こちらに向かって歩いてきているフェリクス陛下の姿が見えた。後ろに従者の方が一人ついてきている。隣にいたエーリク事務官を見ると、彼はいつの間にか頭を下げていた。私もエーリク事務官に倣い、端に寄り頭を下げる。

フェリクス陛下の気配が私たちの前で止まった。

「二人とも、礼は不要だ」

その言葉に、姿勢を正した。近くで目にするフェリクス陛下の表情は穏やかだ。

陛下は、おそるおそるという感じで顔を上げたエーリク事務官に話しかけた。

「そなた、宰相のところのエーリクか」

「はい」

「宰相から話は聞いている。今日はご苦労だった。セシーリア嬢は私が送るから今日はここまででいい」

「承知いたしました」

「では、行っていいぞ」

陛下が許可を出し、エーリク事務官は『失礼します』と一礼して去っていく。

そして、陛下は私に向き直った。

「今日が初仕事だったろう。様子を見にきた」

「特に問題なく、無事に終わりました」

「そのようだな。元気そうだ」

一呼吸分の間を置き、フェリクス陛下が口を開く。

「疲れているようなら断ってくれてかまわないが、あなたを夕食に誘ってもいいだろうか？」

窺《うかが》うように聞かれるが、私に断る理由もない。

「もちろんでございます」

「そうか、なら、ぜひに。あなたと食事を共にしたいと思っていたのだ」

「光栄です」

フェリクス陛下は安心したように微笑むと後ろに付いてきていた従者に『支度を頼む』と指示を出していた。従者は一礼すると、廊下を反対方向に向かって連絡にいった。

「支度に少し時間がかかる。庭を見てから参ろう」

「かしこまりました」

フェリクス陛下は当然のように私の手を取った。

触れたところからフェリクス陛下の温《ぬく》もりが伝わってきて、それが少しばかり気恥ずかしい。元婚約者とは手をつなぐことなどなかったから、フェリクス陛下の積極的な行動に戸惑ってしまう。

動揺は伝わっているだろうに、フェリクス陛下は私の手を離すことはなかった。

私も自分から振りほどくことなどできない。

困って、フェリクス陛下を見上げた。

けれど陛下は笑みを深くするだけで、目元を楽しそうに細めると、そのまま私を庭へと連れ出した。

「さぁ、こちらだ」

連れてこられたのは、この間とはまた違う庭だった。

小高い丘の上に水路が引かれ、その両脇に草花が茂っている。エーリク事務官が言っていた噴水の庭とは別の庭のようだ。

よく見ると草花は薬草で、水路は睡蓮の庭の方へと続いていた。

夕方の少し冷気を含んだ風が吹き、散策にはちょうどいい気候だ。

護衛もついているのだろうが、見渡す範囲にその姿は見えない。広い庭園に二人きりで、どこか気安い雰囲気が流れていた。

お互いにあまりしゃべらないが、沈黙が心地よい。

フェリクス陛下はゆっくりと庭を進んでいく。手を引かれていなくても、ついて行けるスピードだ。

そうして、庭の中に配置されているベンチの一つへと腰を落ち着けた。

眼下に広がる王都の町並みが夕陽に照らされているのがよく見える。

見事な眺望だが、私は珍しい異国の町並み以上に気になることがあった。

フェリクス陛下と手をつないだままなのだ。重ねられた手の力は弱く、少し力を入れれば引き抜けそうだった。

けれど、いざ手を引き抜こうとすると、陛下の手にも力が込められ、引き抜くことは許されない。

「あの」

「なんだ？」

側に座るフェリクス陛下を見上げると、陛下の青銀の瞳が楽しげにきらめいていて、いたずらな行動は意図してのものだと悟った。言おうとしていた言葉とは別の言葉がするりと出てくる。

「私で遊ぶのはお控えいただきたいのですが」

「遊んではいない」

「では、なぜ？」

「セシーリア嬢のことを、もう少し知りたいと思ったから」

まるで私のことを試すような物言いだ。フェリクス陛下が何を考えているのかわからない。私は素直に聞くことにした。

「それで、何かわかりましたか？」

「そうだな。セシーリア嬢は、意外に意志がお強い方のようだ」

からかうように言われて、反射的に陛下を見つめる視線がきつくなる。すると、フェリクス陛下は小さく笑いをもらした。

「そういうところだが、自覚は？」

「ありませんっ」

フェリクス陛下の余裕が気に入らなくて、勢いよく手を引き抜き顔を背けた。今度は引き留められることなくするりと手が離れる。手に残った温もりが風にさらわれ、なんとなく心もとない。

（気分を害してしまわれたかしら）

いくら気安いやりとりを許されているとしても、さすがにやりすぎたかもしれない。

おそるおそる振り向くと、甘さを含んだ声が耳をくすぐった。

「あなたにも、私のことをもっと知ってもらいたいのだが」

フェリクス陛下の手が伸びて、いつの間にか一筋だけ落ちてきていた髪の毛をすくわれる。陛下は

手に取った髪に口づけると、するりと指を滑らせていった。婚約者でもないのに、なんということをするのだろう。

頬が熱を持ち、きっと私の顔は真っ赤に染まっているはずだ。

わずかに離れた距離に居るフェリクス陛下の瞳が、私のことをまっすぐに見ている。背を向けるのは簡単だが、この瞳から目をそらしてはいけない気がした。夕方の光が陛下の金色の髪を輝かせ、風がはらりとその髪を乱した。

吸い込まれそうなその姿に、私の中の何かが警鐘をならす。なのに不思議と、先ほど引き抜いた手のように、無理に陛下の視線から逃れる気にはならなかった。

どれくらいそうしていただろう。

ふと、私の体のこわばりに気がついたように、フェリクス陛下の方が視線をそらし夕陽を見つめた。

陛下の視線が離れたことにほっとするのと同時に、どこか名残惜《なごり》しくも感じてしまい、私はあわててその思考を打ち消した。

(私ったら何を考えているの)

心を落ち着けている間に、フェリクス陛下から先ほどの空気は霧散していた。

遠くを見ていた陛下が、私の方を見て眼下に広がる町並みを指さす。

「そろそろ日没だ」

言葉の通り、徐々に落ちていく夕陽が影を投げかけ、町の家々の陰影が濃くなっていく。

対照的に、王宮は夕陽に赤く輝いていた。

「……きれいですね」

他の言葉が出てこない。

「これを、見せたかった」

静かにフェリクス陛下の声が落ちる。そのまま、お互いに無言で夕陽を見つめ続けた。太陽はゆっくりと地平に沈み、やがて、完全に日が落ちて星が瞬き始めた。

「さて、戻ろうか」

先に立ち上がっていた陛下に手を取られ、私も立ち上がる。

「暗くなってきた。足下に気をつけてくれ」

「気をつけます。あの、連れてきていただき、ありがとうございます」

「私も、セシーリア嬢が私の好きな風景を気に入ってくれたようで嬉しい」

今度の言葉にからかいの色はなく、優しい響きを宿していた。私はただ黙って頷き、手を引かれるままにフェリクス陛下についていった。素晴らしい夕陽を見たお陰か、今度は手を取られても抵抗しようとは思わなかった。


庭から戻った後、手を引かれるままに王宮内をフェリクス陛下に付いていく。まだ立ち入ったことのないエリアで、案内がなければ迷いそうだ。

廊下の先に扉が見えた。その前に従者が立っている。私たちが近づくと、従者は静かに扉を開いてくれた。陛下は足を止めることなく室内へと進み、私はそこに広がっていた光景に思わず感嘆の声をあげた。

アーチを描く天井からはシャンデリアが吊り下がり、ろうそくの光をはじいて室内をキラキラと照らしている。室内の調度も豪華で、とても二人だけで食事をするための部屋だとは思えない。この王宮の中でも小さめの部屋なのだろうけれど、とてもきらびやかだった。

フェリクス陛下は私の手を離すと、椅子に手をかけた。

室内に控えていた先ほどとは別の従者が進み出てくるが、陛下が首を振る。

「私がいたします――」

「よい、私がしたいのだ。さぁ、セシーリア嬢」

一国の王にこのようなことをしてもらっていいのだろうかと思案する間に、座るように促された。

素直に従い、席に着く。フェリクス陛下は、私の正面に作られた席に移動した。長机の長辺側に席が作られているので、テーブルは広いけれど、手を伸ばすと触れることのできる近さだ。

すでに食卓の上にはいくつかの皿が運ばれていた。この国の名物なのだろう、私が見たことのない料理が多い。ただ、並べられているうちのいくつかの料理は私の故郷のもののようだった。

「飲み物はいかがする？　アルコールもあるが、果実水がおすすめだ」

「では、果実水をお願いします」

「そうか。では、私にも同じものを」

成人の儀は済ませているが、無理にアルコール入りの飲料を勧められなかったことにほっとする。

食事の前の祈りを捧げ終わると、金の杯に入った果実水が運ばれてきた。

フェリクス陛下が杯を手に取る。

「あなたに逢えたこの幸運に」

「陛下のご快復を祝って」

杯を軽く持ち上げた後、口をつける。果実水は昼間ミアさんと食べた桃の果汁のようだ。ほのかな酸味がブレンドされた甘い飲み口で、いくらでも飲めそうだった。

「それでは、いただくとしよう」

陛下の言葉に、給仕の人が、窺うようにこちらを見た。

「食べたいものを言うといい」

どうやら希望を言うと、控えている給仕の人が取り分けてくれるようだ。

「セシーリア嬢は、どのような料理がお好きだろうか」

「そうですね。この食卓の上の料理はどれもおいしそうだと思います。おすすめの料理はありますか？」

「そうだな――」

フェリクス陛下は食卓の上を見回した。

「酸味があるものが大丈夫なら、あちらの蒸し物などはいかがだろうか」

示されたのは、丸く少し深みのある平皿の上に鶏肉と野菜が並び、その上に酸味のある果実の輪切りが載ったものだった。

「では、そちらをお願いします」

「私にも頼む」

鶏肉は食べやすいように薄く切られ、野菜と共に美しく盛られた皿が目の前に給仕された。

「味はついておりますので、そのままお召し上がりください」

口をつけると、鶏肉はやわらかく、上に載っていた果実のお陰でさっぱりとした食べ応えだった。

野菜も口にすると、蒸してあるからか味が濃縮されている気がする。『おいしい』と思わずつぶやいていた。

「我が国の料理だ。気に入ってくれたようで嬉しい」

フェリクス陛下が、目じりの端を柔らかく緩めた。

「人伝てに聞いたものだが、エヴァンデル王国の料理をいくつか再現させてみた。次はあちらをどうかな」

示されたのは、確かに私の故郷の料理だった。細かく刻んだ肉に、同じく刻んだ香味野菜を混ぜこみ、型に入れて焼いたものだ。パイ生地にくるまれて焼かれる場合もある。今回は四角い型に入れて焼かれたものだった。

私と陛下の前に食べやすいよう切って取り分けられた皿が並ぶ。

手元のナイフで切り分けて口に運ぶと、閉じ込められた肉汁が口の中にあふれた。知らない香草の味もして、見た目は知っているものなのに、味わいにはフェーグレーン国風のアレンジがされていて新鮮さを感じる。

「おいしいです。使われている香草はこちらのものですか？」

フェリクス陛下が従者に頷くと、従者が口を開く。

「はい。この国でよく使われる香草も使用しています」

「エヴァンデル王国の料理なのに、こんなに合うものなのですね」

「そうだな。あなたの国と、私の国と、良いところの組み合わせだ」

フェリクス陛下の言葉に、私も微笑み、同意した。

食事の終わりに、フェリクス陛下が口を開いた。

「隣の部屋に、食後のお茶の用意をさせてある。お付き合いいただけるかな？」

陛下は一呼吸置いて、続ける。

「もちろん、気が乗らなければこのまま部屋に帰ってもいい」

フェリクス陛下からのお誘いに私は頷いた。

もう少しだけ、フェリクス陛下と話をしてみたかった。

「では、案内しよう」

フェリクス陛下の先導で、隣室へと向かう。こちらの照明は食事をした部屋より光量がしぼられていた。その代わりに、ガラス戸の外に見える庭にはかがり火がたかれ、落ち着いた雰囲気だ。

庭の景色を見るためなのか、庭に向かって『ハ』の字の形に一人用のソファが二台置かれていた。

「こちらへ」

私がソファに座ると、フェリクス陛下は隣に座る。ソファがお互いを向くように並べられているため、自然と体がフェリクス陛下の方を向く。光の加減か、フェリクス陛下の金の髪が艶を含んでその色味を濃くしていた。

思わずドキリと心臓が跳ねる。雰囲気が良すぎるのだ。まるで婚約者同士の逢瀬《おうせ》のように感じられて何か言わなければと思うものの、こういう時に最適な話題など知らない。目の前で侍女がお茶を入れてくれるのを黙って眺めた。

フェリクス陛下も何も言わない。お互いに黙ったまま目の前でお茶の準備が進み、支度が終わると侍女は壁際まで下がった。

フェリクス陛下がティーカップを口元まで運び、一口味わうと元の場所へと戻し、おもむろに口を開く。

「騎士団はどうだった？」

フェリクス陛下の口から出たのが仕事の話で、私は知らずに入っていた肩の力を抜いた。

今日浄化を行った人達の顔を思い出す。

「心地好い方ばかりでした。活気があり、職務に誇りを持っておられて、皆様がこのお国をお好きなことが少し話しただけで伝わってきました」

「あの者達は私が倒れている間もこの国のために尽くしてくれていた。私などより、余程この国のために働いてくれているのだ。今後もよろしく頼む」

「余程というのは？」

それはどういう意味だろう。

「私がここでいくら命じても、騎士である彼らが手足となって動かぬことにはこの国は立ち行かぬ。特に、魔の地の脅威はこの国の永遠の課題だ」

フェリクス陛下はそこで言葉を区切ると、その青銀の瞳を優しく細め私を見つめた。

「来てくれたのがあなたで、本当によかった」

不意打ちだった。

フェリクス陛下はこれまでずっと一貫して私に優しかったが、ここに来てさらに甘さも加わった。

その突然の変化に、心臓がついていけていない。

（こんなの、ずるい）

陛下の、柔らかいながらも熱のこもった視線に、聖女としての能力ではなく、私自身を見て、そう思ってくださったのではないか、と勘違いをしてしまいそうになる。

とにかく冷静になろうと、私はこれまでのフェリクス陛下の態度を頭の中に並べることにした。

――このフェーグレーン国に来た当初、フェリクス陛下は瘴気に倒れ意識がなかった。

――次に睡蓮の庭で会った時には、陛下はすっかり快復されていた。王らしい強引さの中に年相応の茶目っ気が見え、人に好かれる方なのだろうと思った。

――三度目に顔を合わせた謁見では、お互いの本来の立場で会い、支配者としての姿を拝見した。

（待って。まだ数度しかお会いしていないのに、もしかして、私、この方に惹《ひ》かれているの……？）

私は、出そうになった結論を心の中で慌てて打ち消した。フェリクス陛下のお気持ちもわからない今、私自身が気持ちを定めてしまうのは避けたかった。ひとまず私は陛下のこの優しさは浄化の能力あってのものだと思うことにした。

「お褒めいただき光栄です。先日も申し上げましたが、私を招いてくださった対価の分だけは、しっかり働きます」

フェリクス陛下はわずかに首を傾《かし》げる。

「対価はあなたの国に支払ったもので、あなたに払ったものではないだろう？　セシーリア嬢に払っている対価も、それはセシーリア嬢の働きがあってのものだ。私は、個人的な気持ちを伝えたつもりだ」

そらそうとした話をこれ以上ないほどしっかり戻されてしまった。

そのまっすぐな言葉に、逃げ場を失ってしまう。

個人的な気持ちって、それは、本当に？

このままだと、動揺のあまり何かとんでもない失言をしてしまいそうだった。

私にとってはありがたいことに、不意にフェリクス陛下が視線をそらした。

直後、扉が開き、静かに従者が部屋に入ってきた。陛下はその従者を見ると、わずかに眉を寄せた。

「失礼。少し、こちらで待っていていただけるか」

「かしこまりました」

突然の乱入に、正直なところ少しだけほっとしていた。

従者と共に陛下が隣室に出ていったのを見て、サイドテーブルに用意されたお茶を口に含む。

心を落ち着ける時間が何よりもありがたかった。

けれど少しと言っていた陛下はなかなか帰ってこなかった。おかげで先程まで眺める余裕がなかった庭の様子を堪能することができたが、少しだけ、陛下がどうして呼ばれたのか気になった。

陛下は二杯目のお茶のおかわりがなくなる頃に戻ってこられた。謝罪とともに中座の理由も話してくださる。

大臣が火急の用事でこちらまで会いにこられていたそうだ。

そのような理由ならば納得だった。今日は忙しい中私に時間を取ってくださったのだろう。

その夜は客室まで送ってもらい、お開きとなった。

第三章

騎士団での浄化と治療を始めて、一度目の休暇を終えた。騎士達への浄化は順調に進んでいる。今日は休暇明けということもあり、エーリク事務官に騎士団の名簿を見せてもらっていた。

名簿の記録には、不自然に空白が並んでいた。

第五騎士隊の騎士だ。他の隊については平均的に浄化と治療が進んでいるが、第五騎士隊については浄化者ゼロ名となっている。食堂でのやりとりから、放置しないほうが良いという気がした。

エーリク事務官とサムエル医務官はどう思っているのだろう。記録簿から顔を上げると、エーリク事務官と目が合った。サムエル医務官は包帯や薬品の補充をしているところで忙しそうだ。ひとまずエーリク事務官から話を聞いてみることにする。

「記録を見せていただきありがとうございます」

「いえ、僕の仕事でもありますから」

エーリク事務官に名簿を返却し、どう切り出そうかと思っていると、エーリク事務官の方が口を開いた。

「何か気になることがございましたか？」

「はい。第五騎士隊の方は、まだ来られたことがないのですね」

「気がつかれましたか。その件につきましては僕も調査中なのです」

エーリク事務官はすでに気がついていたようである。『第五騎士隊』というところで、サムエル医務官が顔を上げげた。少し迷ったように視線をさまよわせている。

「サムエル医務官は何かご存知なのですか？」

エーリク事務官が問うと、サムエル医務官は、ためらいがちに口を開いた。

「あの方たちは、いらっしゃらないかもしれません。偶然食堂で話が聞こえたのですが、せっかく来ていただいているロセアン様のことを歓迎されている様子ではありませんでした」

「ですが団長命令は出ているのでしょう？」

疑う様子のないエーリク事務官の言葉に、サムエル医務官は曖昧に首を傾げた。

黙ったエーリク事務官がしばらくサムエル医務官を見つめていると、サムエル医務官は観念したように口を開いた。

「先日、移動している際に、第五騎士隊の騎士が他の隊の騎士に『第五騎士隊のメンバーは浄化にいかないのか』と話しかけられていたのを見たのです」

エーリク事務官が頷く。

「私も、第五騎士隊が来ないのが気になっていたので、聞き耳を立てていました。すると、彼らはヤコブソン隊長が何とかしてくれると話していたのです。その時は、命令が不満でも従わないといけないが故の虚勢だと思ったのですが、実際にこちらにいらっしゃらないとなると、本当にそのつもりかもしれません」

騎士団の指示系統は絶対のはずだ。私の故郷のエヴァンデル王国では、兵士の命令違反は翻意ありということで処罰の対象になる。国や組織は違えど、このフェーグレーン国でもそういった部分は変わらないだろう。

私は気になったことを尋ねた。

「騎士団長のご命令を無視しても罰則はないのですか？」

「懲罰があります。三ヶ月の無償労働だったはずです」

騎士団の規則も把握しているのだろう。エーリク事務官が答える。第五騎士隊のメンバーは処罰が怖くないのだろうか。エーリク事務官がサムエル医務官にさらに尋ねる。

「ヤコブソン隊長に騎士団長より上の権限はないと思うのですが、今までにも騎士団長の意思が軽んじられることがあったのですか？」

「……私が、見聞きしていた限りではありません」

「心当たりはあるのですか？」

「同僚の医務官が、任務中に第五騎士隊所属の騎士に『お前なんていつでもクビにできるんだぞ』と暴言を吐かれたことがあると聞いています。なので、私にも気をつけるようにと忠告をしてくれていました」

私が首を傾けると、エーリク事務官が人事権は騎士団長に属するものだと教えてくれた。

「話しにくいことをありがとうございます。この件は、こちらでさらに調査いたします。お二人は、浄化と、怪我をされた方の治療を最優先にお願いいたします」

「わかりました」

「はい」

返事をしたものの、医務室の中はどこか固い雰囲気が漂っていた。

その日の午後。食堂や廊下で、騎士団の空気がどことなくざわついているように感じた。

何が起きたのだろうかと思いながら食事を済ませて医務室へと戻ると、宰相から使いの人が来ていた。至急の呼び出しだという。サムエル医務官に、騎士がやってきた場合は一旦戻ってもらうようにお願いして、エーリク事務官と使いの人と共に宰相の執務室へと向かう。

「失礼いたします」

宰相室に入ると、中には難しい顔をしたトルンブロム宰相とグルストラ騎士団長がいた。

「仕事中に呼び出して申し訳ありません。単刀直入に用件をお伝えします」

宰相の緊迫した声に、私も何を聞いても驚かないように気を引き締める。

「緊急事態が発生しました。ここから馬で五日間程離れたアーネスという村で魔獣の群れが発生し、村人に多数被害者が出ています。明朝、騎士隊を差し向けることとなりました」

宰相はそこで一旦言葉を切り、私が事態を呑み込めたところで続ける。

「ロセアン殿には、今お願いしている騎士達の浄化は一旦中断し、可能であれば騎士隊と共にアーネス村に向かってほしいのです」

こういう事態は想定していなかったけれど、魔獣による傷なら、瘴気を浄化する必要があるだろう。同行を望まれるのは理解できた。

エーリク事務官も想定していなかったのか、トルンブロム宰相の発言に息を呑む気配がした。私の後ろに立っているので、表情は見ることはできない。

「かしこまりました」

了承の返事をすると、トルンブロム宰相が微かに肩の力を抜いた。グルストラ騎士団長は宰相よりもさらにわかりやすく表情が緩む。だが、何か気になるのか、私の様子を窺うように団長が口を開いた。

「できるだけ便宜を図るが、もしかするとあまり快適な行程ではないかもしれない。それでも大丈夫か？」

「覚悟して参ります。その、不慣れでご迷惑をおかけすることはあると思いますが、私のことでできるだけお手数をおかけしないようにとは思っています」

「そうしてもらえると助かる。それに浄化魔術の使い手であるロセアン嬢が来てくれるとなると騎士達も心強いだろう。よろしく頼む」

「こちらこそ、よろしくお願いいたします」

「ちなみに、ロセアン嬢は馬には乗れるか？」

「いえ、乗れません」

申し訳なく思いながら首を横に振ると、グルストラ騎士団長が頷いた。

「そうか。まぁ、そうじゃないかと思っていた。なら、馬車を用意するか。ロセアン嬢はこれから荷造りをしておいてくれ」

「侍女のマリーであれば、必要な物もわかるはずです」

グルストラ騎士団長の言葉にトルンブロム宰相が続ける。マリーが侍女になったのは歳が近いからだと思っていたけれど、こういう点も考慮されたのかもしれない。

「じゃ、医務室にはこっちから人をやって知らせておく」

「頼みます」

グルストラ騎士団長がトルンブロム宰相に言い、宰相が頷いている。

続いて、トルンブロム宰相はエーリク事務官に声を掛けた。

「それと、エーリクにも確認したいことがあります。アーネスはあなたの故郷でしたね。できればあなたにも行ってもらいたいのですが」

私は驚いて後ろを振り返った。エーリク事務官はトルンブロム宰相の言葉に驚いたようで、言葉が出ないようだ。グルストラ騎士団長が、トルンブロム宰相の言葉に続ける。

「ロセアン嬢とは別に、今夜、まず先発隊を遣わす予定だ。お前がいいなら一緒に連れていくつもりだ。さすがに馬車は用意してやれないがな」

「馬は、下手ですが一応乗ることはできます。ですが、本当によろしいのでしょうか」

信じられないというエーリク事務官の様子に、宰相が付け加える。

「もちろん、仕事はしてもらいます。アーネスは辺境ですし、土地勘のあるものがついていった方がいいでしょう。それに、あなたがいたほうが、騎士団だけで向かうよりも現地での協力が得られやすいのではという期待もしています」

その言葉に、エーリク事務官は覚悟を決めたように口を開いた。

「ありがとうございます。是非、お言葉に甘えようと思います」

「礼は不要です。エーリクのアーネスでの活躍を期待してのものですから、そこは忘れないでください」

「はい！　励みます」

「では、ロセアン殿、引き留めて申し訳ありません。エーリクも、ロセアン殿を送った後は荷造りを急ぎなさい」

そして私たちは宰相の執務室を退室し、それぞれ荷造りを急いだ。


翌、早朝。

朝日の昇る前のまだ暗い時間に、私は集合場所である騎士団の訓練場に荷物を持って到着した。

マリーが整えてくれた荷物には、着替えといくつかの常備薬が入っている。

「来たか」

グルストラ騎士団長他、騎士団のメンバーは、すでに整列していた。自分で荷物を抱えてきた私に、グルストラ騎士団長は若干驚いている。マリーに無理を言って、私が持てる量でまとめてもらった甲斐《かい》があった。

「失礼だが、ロセアン嬢は貴族のご令嬢と聞いていたが、違ったっけか？」

「いえ、違いません」

「荷物、少なくねぇか？」

「私がいることで、騎士団の皆様にただでさえご負担をおかけしていますので、荷物はできるだけ減らしてもらいました」

「つくづく規格外のお嬢さんだな」

グルストラ騎士団長は、肩をすくめた。

「さて、それじゃ、ロセアン嬢はこっちにいてくれ」

並んでいる騎士達とは違う並びに一人整列する。第二騎士隊の人達もいるようで、ミアさんやロレンソさん、ヤンネさんの姿を見つけた。

「よし、もう一人も来たな」

グルストラ騎士団長の言葉にそちらを見ると、そこにはフェリクス陛下の姿があった。こういう場合だからか今日も軍服を着ておられる。

騎士達の見送りにいらっしゃったのだろうか。フェリクス陛下は私たちのそばへと来ると、グルストラ騎士団長の側に並んだ。

疑問に思っていると、グルストラ騎士団長が大声を発した。

「お前達の任務を説明する」

騎士隊の面々は微動だにすることなく、グルストラ騎士団長の言葉を聞いている。

「お前達、第一騎士隊と第二騎士隊の任務は、アーネスを襲っている魔獣の駆除と、起きていることの調査だ。一部の者には先に向かってもらっている。本日出立するお前達には、エヴァンデル王国から来てもらっている、浄化と治癒魔術の使い手であるロセアン嬢の護衛も任務に加える。道中、彼女に危険がないように気をつけてくれ。その分、瘴気や怪我などへの対処はロセアン嬢がしてくださる。わかったな？」

騎士達から大声の返事があり、グルストラ騎士団長は頷く。

「それと、今回は俺が出たいところだったが、陛下が出られるそうだ。これまでも魔の地の防衛任務で何度も一緒に戦ってきているから問題はないだろうが、相手が俺であっても陛下であっても、やることは同じだ。指示を仰ぐ必要があることは、それが何であれ、すぐに陛下に報告しろ。わかったな！」

「はい！」

グルストラ騎士団長の言葉に驚いているのは私だけのようだった。動揺を見せない騎士達の姿に、フェリクス陛下が王位につかれた後も前線に出られていたのだと実感する。いつも身にまとっておられる軍服はその証左なのだろう。

「それでは、以上」

グルストラ騎士団長の声で、全員が敬礼した。一拍の後、移動が始まる。

私はどうしたら良いのかと思っていたところ、グルストラ騎士団長がフェリクス陛下と共にこちらへ近づいてきた。

「昨日伝えたように、ロセアン嬢にはこちらで馬車を用意している」

「はい」

グルストラ騎士団長に返事をすると、陛下が私に手を差し出した。

「私が連れていこう」

フェリクス陛下の言葉にグルストラ騎士団長は頷き、一人すたすたと馬車停めの方へと向かう。その後ろを私達はついていった。

馬車の側にはスヴァルトの姿もあった。ハーネスに繋がれていないから、スヴァルトは馬車を曳くわけではないようだ。陛下も馬車で出立するのだろうか。

馬車の前で足を止めると、グルストラ騎士団長が私達に向き直る。

「二人とも、気をつけて行ってこいよ」

「ああ、もちろんだ」

「行ってまいります」

返事をしたところで、陛下は表情を変えず、馬車に乗り込んでいく。

ステップの最上段に足を掛けて振り向くと、私に微笑む。

「では、セシーリア嬢、お手を」

少し過保護すぎるのではないだろうかと思うけれど、差し出された手を拒むわけにもいかず、私は素直に従った。

馬車に乗り込むと、外から扉が閉められる。フェリクス陛下は私を座らせると、向かいに腰を下ろした。

「陛下は、スヴァルトと行かれるのでは？」

「今からセシーリア嬢と私でタンデムすればスヴァルトも疲れるだろう。乗りたかったか？」

「どうしてそうなるのです」

戸惑う私に、フェリクス陛下は口の端をあげた。

「私が、そうしたいからだが」

フェリクス陛下のあふれる色気に、私はそういう場合ではないというのに脈が早くなるのを感じた。

私がドキリとしたのを読み取ったように、フェリクス陛下は笑みを深めた。

「それに、移動中に、少しこの国のことを話しておきたいというのもある」

「そうでしたか」

付け足された真面目な理由に、私はほっとして、入っていた力を抜いた。

気がつくと、馬車はいつの間にか出発していた。


馬車が王宮を離れ、王都の町を抜けていく。馬車の前後には第二騎士隊の面々が馬を走らせていた。

夜明けが近いのか、空がゆっくりと白んできている。まだ固く戸締まりをしている家々を見ながら、フェリクス陛下が口を開いた。

「そういえば、セシーリア嬢はもう町には下りたか？」

「いいえ、まだです。お休みの日に出かけてみようと思っているのですが」

先日の休みは、サムエル医務官と意見を交換するため、覚えている薬の調合を書き出していたので、結局外出する時間はとれなかった。

「なら、そのうちに私が案内しよう」

「フェリクス陛下がですか？」

意外なフェリクス陛下の申し出に、驚いて聞き返してしまった。

「ああ、私が」

私の視線を受けて、陛下が微笑みゆったりと頷く。この方は、どうして、こう、自分の魅せ方を知っているのだろう。無意識なのかもしれないが、フェリクス陛下がずっとこの調子では私の心臓の方が持ちそうにない。けれどそれを悟られるのも嫌で、できるだけ平静を装った。

「では、楽しみにしています」

赤くなっているだろう頬をごまかすために、私は窓の外を見た。

「夜明けです！」

地平に太陽の光が見えた。フェリクス陛下の視線も窓の外に向かう。大地からゆっくりと太陽が顔を出し、空が朝焼けに染まっていく。今日は天候に恵まれたようだった。

「アーネスまで、順調に進みますように」

「そうだな」

窓の外から視線を戻すと、フェリクス陛下から微笑ましいものを見るような優しげな視線を向けられていた。なんとなく気恥ずかしくなり私が口を閉ざすと、なんともいえない沈黙が落ちる。

ふと、フェリクス陛下は真面目なお顔に切り替えられた。

「もう少し後ででよいかとも思ったが、アーネスについて説明しておこう」

「お願いします」

「知っているかもしれないが、この国は、いくつもの国を併合してきた。アーネスは、そうして併合した国にあった村だ」

私が頷くと、陛下は続ける。

「あの辺りはここよりもさらに瘴気が強く、土地も貧しい。いくつかの集落のまとまりが、かろうじて国という体裁をとっていたところに兄上が攻め込み、ほぼ戦わずに併合を果たした。我が国に併合したことで、かつてよりは豊かになったと思う。なので、彼らに私達への心理的な確執はないと私は思っている」

「そう、なのですか」

事情は呑み込めたが、フェリクス陛下の言われた『兄上』という言葉が気になった。

フェリクス陛下の兄上はすでに亡くなっていると聞いている。

気軽にお話を聞いて良いものだろうか。

「気になることがあるなら、遠慮などしなくてよい」

「その、お兄様、というのは」

「亡くなった一番上の兄だ。私には兄が二人いる。一番上の兄は私が物心つく頃にはすでに戦場に出ておられた。国を拡大することにしか興味のなかった父と違い、二番目の兄と共に今のフェーグレーン国の礎を築かれた。二人とも、年の離れた私のことを、よく気にかけてくれていた」

「お兄様方のことを、尊敬なさっていたのですね」

「ああ。どちらの兄上も、私などより余程王に向いていたと思う」

そういうと、フェリクス陛下は黙り込まれた。

私も、それ以上尋ねることはせず、黙って窓の外で変わりゆく風景を見つめた。


それからも特に大きな問題もなく順調に進み、今日の昼過ぎにはアーネスに到着できると聞いている。フェリクス陛下も元の調子を取り戻し、アーネスのこと以外にも、この国の地方ごとの特色などをかいつまんで教えてくれた。

窓の外の風景は、相変わらずの荒野だ。気になることと言えば、この辺りは黄鈴草《イエローベル》の姿が少ないことだろうか。細い蔓《つる》を持ち、地を這うように広がる黄鈴草《イエローベル》はどこでも見ることができるのだが、この辺りではあまり広がっていないようだ。

そういえば、フェリクス陛下は黄鈴草《イエローベル》に弱いながらも浄化の力があることをご存じなのだろうか。知っていたらもっと有効に活用している気もするし、聞いてみようと口を開いた。

「フェリクス陛下にお尋ねしたいのですが」

「なんだ？」

その時だった。馬車が急停止したようだ。

体が投げ出される。私は咄嗟《とっさ》に何もできず、痛みを覚悟して目をつぶった。

しかし、痛みはなく、代わりに温かい何かに受け止められていた。

心当たりは一つしかなく、おそるおそる目を開けると、私は陛下の腕の中にいた。

戦場にも出陣されるだけあり、見た目よりも意外と筋肉質のようだった。

険しい顔をした陛下が、窓の方を見つめている。

私も外を見ようとしたけれど、陛下にしっかりと抱き留められていて、動くことができない。

馬車自体も、脱輪したのか大きく傾いていた。

「大丈夫か？」

「はい、失礼いたしました」

どうにか体勢を立て直そうと身をよじると、陛下の腕の力が強くなった。

「少し待て」

外を窺う陛下は、息を殺している。私も同じようにできるだけ息を殺した。

そうすると騎士達の緊迫した声と、おびえたような馬のいななきが聞こえる。

「――陛下と、ロセアン殿は無事か!?」

「怪我人は下がれ！」

「血の臭いで興奮しているぞ！」

「今はあいつを馬車に近づけさせるな！」

直後、獣のうなり声と、剣が鋭いものを弾《はじ》く高い音がした。

どうやら、外で何ものかに襲われ、今はそれを迎撃しているようだ。

誰もこちらを見にこないのは、その余裕がないのだと察せられた。

「セシーリア嬢、一人で、ここで待てるか？」

陛下は、外に出るおつもりなのだとわかった。そのために、私が一人で大丈夫か聞いている。

私は今までこのような危険に遭遇したことなどなく、フェリクス陛下が庇ってくださっていても、体の震えが止まらなかった。陛下にもそれが伝わっているのだろう。私ができないと言えば、フェリクス陛下は残ってくださるおつもりなのだ。

けれど、陛下が外に出る必要があると判断されたのなら、それを私が引き留めるわけにはいかない。

努めて冷静に見えるように返事をする。

「大丈夫です」

「では気休めにしかならんが、これを被《かぶ》り、じっとしていろ。必ず、迎えにくる」

フェリクス陛下は着ていた上着を私に被せると、扉を押した。

しかし扉も衝撃でゆがんでいるらしく、押しても開かない。

陛下は扉を蹴破って出ていかれた。

「へ、陛下!?」

「危険です。馬車にお戻りください！」

扉が壊れ、風通しがよくなった分、騎士達の声がよく聞こえる。

騎士達が戻るように言う声を遮り、フェリクス陛下の凛《りん》とした声が響く。

「私を誰と心得るか！　あのような魔獣、お前達も魔の地で戦ってきただろう。落ち着いて、いつものように対処しろ！」

フェリクス陛下の一声で、ざわついていた現場の雰囲気が一気に鎮まる。

「訓練通り第二騎士隊は牽制《けんせい》に専念しろ。あくまで牽制で無理はするな。第一騎士隊はその隙に背後に回り込め」

フェリクス陛下の指示が飛び、それに応える騎士達の返事が聞こえる。

「おい、そこ、あまり突出するな！」

「第一騎士隊、まだか！　急げ！」

騎士達の気合いを入れる声と、魔獣の叫び声、刃物が鋭いものを弾く高い音がしばらく聞こえる。

少しだけ見てみようかとも思ったけれど、うかつな行動をして悲鳴でもあげれば、陛下や騎士達の迷惑になる。私は、ひたすらに膝を抱えて息を殺した。

そうしている間にも、戦況は刻一刻と変わっていく。

「今だ!!」

ひときわ大きい陛下の号令の直後、大きな爆発音が聞こえ、魔獣の悲痛な咆哮《ほうこう》が響いた。

誰かが魔術を使ったのかもしれない。

一拍遅れて、地響きが聞こえる。

直後に、騎士達の歓声が広がった。その歓声の中、陛下の声が再び響く。

「各隊、全員の点呼と怪我の確認をしろ！」

「はい!!」

その声に、私も膝に伏せていた顔を上げた。

迎えにくると言われていたけれど、せめて馬車の外に出た方が良いだろう。

そう思い、立ち上がろうとするけれど、こわばった体はうまく動かない。

そうしているうちに、フェリクス陛下がいらっしゃった。

「セシーリア嬢。無事か」

馬車の入り口に立つフェリクス陛下は、なんとか立ち上がった私を見下ろすと、ほっと肩の力を抜いた。

「無事のようだな。出てこられるか」

陛下の声と共に手が差し出される。私は傾いている馬車の中で、差し出された手を取った。

「手が、冷たいな」

フェリクス陛下は私の手をしっかりと握り、馬車の中から引っ張り出してくれた。

体がよろめいたところを支えてくださる。地上に立つと、無事だったのを実感した。

「悲鳴をあげず、よく耐えた」

ねぎらいの言葉に、横に立つフェリクス陛下を見上げる。陛下もほっとした表情を浮かべている。

「陛下もご無事で何よりです」

「私が倒れれば、責任を取るのは彼らだからな」

その表情は優しい。フェリクス陛下が騎士達を信頼しているのが良くわかる。

「上着を、ありがとうございました」

「もうしばらく貸しておこう」

上着を羽織ったままだった。返そうとしたが、脱ごうとした手を押しとどめられる。

「では、もう少しだけお借りします」

ところで、フェリクス陛下達が戦っていたのは何だったのだろう。視線を巡らせようとしたところで、私の目を陛下の手が覆った。

「フェリクス陛下？」

「あなたには、刺激的すぎるだろう。見ない方がよい」

「ですが、これから行くところで、たくさん見かけるのではないですか？」

「……見ても、倒れないと約束できるか？」

フェリクス陛下の言葉に一瞬ためらう。

けれど、断る選択肢はなかった。これから向かうアーネス村は、魔獣の被害にあっているのだ。その度にこのように目をふさいでもらうわけにはいかないだろう。

「約束します」

答えると、手の覆いが外される。

フェリクス陛下の向こう側に何歩か進むと、それをはっきりと見ることができた。

馬車の進行方向に、私の身長の三倍以上もある大きさで、牙を生やし、猿に似た魔獣が頭部を損傷し倒れている。衝撃的なその光景に、やはり一瞬意識が飛びかけた。

だが、ここで倒れてしまえば、もう二度と私の言葉を信じてもらえないだろう。

私はお腹《なか》に力を入れて、なんとか耐えた。

「……このような大きな魔獣が襲ってきたのですね。倒してくださって、ありがとうございます」

「無理せずともよい」

フェリクス陛下の声色には、心配げな響きが滲んでいた。

「問題ありません。私にもできることを、――怪我をしていらっしゃる方の治療をさせてください」

「無理をするなというのに」

「ですが、そのために私はここにいるのです」

「――そうか。では、頼むとしよう」

重ねて言うと、フェリクス陛下は頷き、大声で問う。

「治療の必要ない軽傷か、無傷の者はいるか！」

すると、その声にミアさんともう一人、話したことのない騎士が進み出てきた。

「二人には、セシーリア嬢が治癒魔術をかけていく間、ついていてもらいたい」

「かしこまりました」

敬礼をする二人に私も『よろしくお願いします』と頭を下げる。

彼らの案内で怪我人が集められている場所に向かうと治療を始めた。


怪我人の治療と魔獣の死骸の片付けに、その日の夕刻までかかった。

馬車は車輪の片方が車軸から外れており、部品が足りないために今は修理は難しいとの話だった。

応急措置も日暮れが近い今の時間からでは日没までに間に合わないらしい。

このままいけば今日はこの場に野営となるのだろうか。

考えていたところ陛下に呼ばれ、陛下と騎士達の話し合いに私も参加することになった。

「野営するべきか、村に向かうべきか、皆の意見を聞きたい。自由な発言を許す」

陛下が話を切り出すと、第一騎士隊の隊長が口を開いた。

「あのような魔獣が出没しているということは、アーネスの状況が気になります」

「だが、馬で駆けたとしても、日没には間に合わないだろう」

第二騎士隊の隊長が続ける。

「野営するにしても、昼間のような魔獣が出た場合、夜の闇の中ではこちらが不利です。猿型はツガイで行動することが多い。遭遇する確率は高いと思われます」

その言葉を援護するように、やや年長で落ち着きのある騎士が発言する。

「あの量の血の臭いはちょっとやそっとじゃ消すことは難しいでしょう。他の魔獣も確実に寄ってくると思います」

「魔獣は夜の方が活発ですし、馬車はまだ壊れたままです」

「野営の準備をし、一部に村の様子を見に行かせるという方法もありますが――」

騎士達から色々意見が出たところで、陛下が私に目を向けた。

「確認だが、馬車には貴重な物や浄化や治癒に必要な道具は乗せていないな？」

「はい。身の回りの物だけです」

「ならば、一旦、持てるだけの荷物を持って全員で村に向かう。今回の襲撃は昼間だったから良いが、夜になってしまえば危険が増すだけだ。それに、私もツガイで行動する猿型の魔獣の習性は気になる。日没は過ぎるだろうが、馬車で半日なら馬で駆ければもっと早く到着できるだろう。馬車は事態が落ち着いてから、村で部品を調達し修理しに戻る。異論のある者はいるか」

フェリクス陛下の声に手を上げる人はいない。

「では、三十分後に出発とする。先頭は第一騎士隊から順に行け。私はしんがりをつとめる」

「はい!!」

「解散！」

そして、各隊長たちはそれぞれの隊に指示を伝えにいった。

馬で行くとなると、私はどうなるのだろう。

側にいるフェリクス陛下を見上げる。

「セシーリア嬢は、私とスヴァルトに乗っていく」

「わかりました」

なんとなく出発前の会話を思い出していると、フェリクス陛下も同じなのか口の端を上げられた。

「よかったな、スヴァルトに乗れるぞ？」

「乗せてくれるでしょうか」

「セシーリア嬢のことは気に入っているようだから問題ないだろう。ああ、一つ注意がある」

「なんでしょうか？」

「騎士団の馬は皆、魔馬だ。魔馬は、普通の馬よりもかなり速度が出る。悲鳴をあげても良いが、気をしっかりもってほしい」

「そんなに速度が出るのですか」

驚く私にフェリクス陛下は意味深に微笑むだけだった。時間になると、騎士達は騎乗し、私もスヴァルトに乗せてもらうとその場を出発した。

事前に聞いた通りものすごい速度だった。後ろにフェリクス陛下がいてくださるからか、心配していた程怖くもなく、こういう時でなければ、楽しむこともできたかもしれない。

アーネスには、日没を少し過ぎた頃に到着した。入り口から、反対側の端にある家が見えそうな小さな村だった。村の外にはテントが張られている。中央の広場で木が組まれ、火が燃やされていた。その明かりで村の様子も少し窺える。

どの家も壊れ、なかには大破しているものも見えた。

怪我人は集められ、騎士達が警戒に当たっているようだった。

すでに到着している騎士達と合流して、点呼を取っている。

「お前達、点呼が終わればテントを張れ。隊長は終わり次第こちらに集合せよ」

待っている間に、フェリクス陛下が私に尋ねる。

「セシーリア嬢は、本日あとどのくらい浄化魔術と治癒魔術が使えそうだ？」

「治療する方の症状にもよりますが、少なくともまだ魔力は五割以上残っております」

「そうか。頼もしいな」

そうして話している間に、村から隊服を着た男性がこちらに近づいてきた。

男性はフェリクス陛下に向かって敬礼した。

「第三騎士隊隊長ヨーラン・リードホルム、報告に参りました」

「先行してもらいご苦労だった。各隊長が集まり次第聞こう」

「はい！」

リードホルム隊長が私の方を見る。

「ロセアン殿、はじめまして。この地まで足を運んでいただき感謝します」

「はじめまして、リードホルム隊長。怪我をなさっている方は、多いのですか？」

「残念ながら。詳しい話は報告の際にいたします」

「わかりました」

そう待つことなく隊長たちは集まった。

リードホルム隊長の話によると、異変があったのは今から約十二日前。農作業中に魔獣に襲われ、その日だけで村人のうち五人が負傷している。一旦は魔獣を追い払えたらしいが、時間が経つと共に魔獣の数が増え、今は群れになっているという。

今まで育てていた野菜や、村の周りに生えていた草木が枯れたことから、おそらく村の周りの瘴気の濃度もあがっているのだろう。

魔獣達は、最初は村の周囲を徘徊《はいかい》していただけだったが、瘴気が濃くなるにつれその数を増やし、凶暴さも増しているようだ。少し外に出ただけでも魔獣に襲われて怪我をしてしまった人もおり、そちらも重症だという。彼らは村長宅に集められ、家族が交代で看病に当たっているという。

人数は十三名とのことだった。

「瘴気を含む傷を負い、村長宅で治療を待っている村人についてはこれからセシーリア嬢に向かってもらい、軽傷者については明日、改めて各家々を回ってもらう予定とする」

「到着早々よろしいのですか？」

リードホルム隊長が、気遣わしげに言う。

「そのために来たのです。魔力もまだ残っていますし、重傷の方だけでも本日治療いたします」

私が答えると、フェリクス陛下は頷いた。

続いて、フェリクス陛下はリードホルム隊長に視線を戻した。

「魔獣の群れは、どのようなものが集まっているか具体的な話が聞きたい」

「犬や狼《おおかみ》の姿をしたものが多いです。数は十から三十。一部を削っても、すぐに数を増やして戻ってきます」

「そうか。私達もこちらに来るまでに、我々の身長の三倍ほどもある大きな猿型の魔獣に襲われた」

「大丈夫だったのですか⁉」

「怪我をした者もいるが、全てセシーリア嬢が治療をしてくれている。気になるのは、あの大きさの魔獣は、我々が倒したその一体だけなのかということだ。魔の地で、猿型はツガイで出てくるだろう」

リードホルム隊長は、息を呑んだ。

「そのようなものにこの村が襲われれば、ひとたまりもありません」

「そうだ。だから、警戒をおこたるな」

「はい！」

フェリクス陛下は頷くと、各隊長に告げる。

「では、リードホルム隊長と第三騎士隊は引き続き警備に当たれ。私はセシーリア嬢と共に村に入る」

私はフェリクス陛下と共に村に向かった。


村に入ると、フェリクス陛下に気づいた騎士が、村長の家に案内してくれた。

リードホルム隊長の報告通り、重傷の人はそこに集められているそうだ。村長の家に入ると、中にはエーリク事務官と、彼と話している高齢の男性がいた。怪我人の姿は見えないので、奥にいるのだろう。

「陛下！　ロセアン様！　無事ご到着されたのですね！」

エーリク事務官がこちらに気がつき声をあげる。

「ああ、状況はリードホルム隊長から聞いた」

エーリク事務官が村長の方を振り返る。

「村長、こちら、フェーグレーン国王陛下と、浄化魔術の使い手のロセアン様です」

「まさか国王陛下が自ら来てくださったのですか！　村長のダンです。早々に騎士様を遣わしてくださり、本当に助かりました。感謝いたします」

「私の方こそ、過去の遺恨を捨て、よく王宮を頼ってくれた。できるだけのことはしよう」

「過去のことなど、この村では気にする者はおりません。所属する国は変わりましたが、待遇は遥かによくなりました。此度のこと、陛下に全てお任せします。どうかこの村をお救いください」

「もちろんだ。その信頼に応えられるよう、我々も精一杯つとめよう」

「陛下がそこまでおっしゃってくださるとは、恐れ多いことです」

話に区切りがついたところで、気になっていたことを尋ねる。

「早速ですが、お怪我をされている方々はどちらにいらっしゃいますか？」

「エーリクから話は聞いています。ロセアン様、どうか怪我をした人々を、よろしくお願いします」

そういうと村長のダンさんが頭を下げた。

「おまかせください」

そう答えると、ダン村長の頭がさらに下がる。

フェリクス陛下が口を開いた。

「エーリク、案内を頼めるか。私はもう少し村長と話をしたい」

「承知いたしました」

陛下の言葉に、エーリク事務官が頭を下げた。フェリクス陛下が私のほうを見る。

「セシーリア嬢、わかっていると思うが、無理はしないように」

「はい」

ここで私が倒れてしまえば、色々な人を困らせてしまう。

フェリクス陛下が付け加える。

「もし、私の言うことを守れないようなら、それなりに考えがある。そのことを忘れぬように。エーリク、セシーリア嬢に無理をさせないよう、頼んだぞ」

「かしこまりました」

無理しすぎないよう釘《くぎ》を刺された。言われた内容は怖いが、その声音には心配がにじんでいたため、私は神妙に頷いた。

エーリク事務官が私に視線を向ける。

「それでは、僕がご案内します」

エーリク事務官の案内で村長宅の奥にあるという講堂に向かう。講堂には村に直接出入りできる扉が別にあり、普段はここで集まったり飲み会をしたりするそうだ。中に入ると、板の間に簡素な布団が並べられ、そこに重傷者たちが横たわっていた。若者から高齢の男性、さまざまな年齢で、十名以上いるようだ。その看病をする家族の姿も見える。

「彼らです」

エーリク事務官の言葉に頷く。

皆、放置できない程に重傷だが、最初の陛下ほどには酷くなく、少しだけ肩から力が抜けた。これなら今晩中に全員に浄化魔術をかけることができるだろう。

「ロセアン様？」

「大丈夫です。どの程度の強さの浄化魔術が必要か見ていました」

「そうですか」

エーリク事務官が頷く。

そして、怪我人の家族達から視線が飛んできていることに気がついた。

「エーリク、その人は、どなただい？」

その中の一人が、意を決したようにエーリク事務官に尋ねた。

「ペールさんの奥さん！　こちら、王都から来ていただいた浄化魔術の使い手のロセアン様です」

「ロセアンと申します。これから、一人一人浄化と治癒魔術をかけていきます。ここにいる全員を、今晩中に治療します。怪我が酷い方から順に回りますので、少々お待ちください」

「その浄化というのを受ければ、ペールはよくなるのかい？」

皆、不安そうに私を見ている。

それはそうだろう。彼らは浄化魔術など今まで受けたことはないのだ。それどころか、その存在も知らないかもしれない。

私が答えるよりも先にエーリク事務官が口を開く。

「それは保証します。このお方は、皆さんと同じ、瘴気にあてられた騎士様達も治療されています。ご安心ください」

「医師みたいなものかね。まぁ、コニーさんところのエーリクが言うなら、そうだろう。けど、ただでさえペールは苦しんでいるんだ。これ以上酷くしたらただじゃおかないよ」

奥さんの言葉に頷き、私は最も重症の男性の側に膝をつき、何か言いかけたその人の家族に「大丈夫です」と一言添えて、その手を取る。その方の意識はなく、あまりよい状態とはいえなかった。

「この者の身を蝕む悪《あ》しき力を浄化したまえ」

傷ついている体に負担をかけないよう、ゆっくりと魔力を注ぐ。浄化魔術をかけた男性の呼吸が明らかに落ち着いていったため、ご家族は目を見張っている。私は続けて治癒魔術を施した。

「浄化と傷の治療が終わりました」

「し、信じられない。あぁ、あんなに酷かった傷が本当に治っているよ……」

瘴気に蝕まれた傷は通常の治療では効果がない。

ご家族も、きっと今まで不安だったのだろう。

「つらかったですね。でも、もう大丈夫ですから」

「あ、ありがとうございました……」

治癒のために握っていた患者の手を、ご家族にお返しする。

「きっとすぐに目覚められるはずです。側についてあげてください」

私は次の方の治療もある。怪我の重症度はエーリク事務官が把握しているようで、私は案内されるままに次の人へ向かった。そうやって浄化と治癒の魔術をかけていき、普段就寝している時間帯には無事、全員の治療を終えることができた。

治療が終わるとエーリク事務官は私が休めるよう講堂の近くの部屋に案内してくれた。彼はそのままフェリクス陛下のもとに報告に向かったので、今、この部屋には私一人きりだ。

椅子に座ると、なんだかどっと疲れを感じた。治療の最中はそんなこと考えもしなかったけれど、昼間の騒動もあり、思っている以上に疲れているのかもしれない。

休息をとっていると、閉じられている扉がノックされた。

入室の許可を出すと、ペールさんの奥さんがやってきていた。

「さっきはかみついて悪かったね。差し入れを持ってきたよ」

奥さんは湯気の立つカップとパンに総菜をはさんだ食べ物をお盆に載せ、それらを私に持ってきてくれたようだ。お腹が減っていたから心遣いが嬉しい。夕食をとるのを忘れていた。

「これ、どうぞ。お口にあわないかもしれないけどね」

「いただきます」

温かいお茶には蜂蜜が入っているようで、まず一口飲むと疲れた体に甘みが染みわたる。

次にパンもいただいた。奥さんは私の正面に腰かけ、私が差し入れの食事をすべて食べてしまうと目を丸くしている。

「おいしかったです」

「そうかい」

奥さんは、私が食べ終わると口を開いた。

「ペールを、主人を治療してくれてありがとう」

「……そのために、来ましたので」

ペールさんの奥さんのまっすぐな言葉に、何と言っていいかわからずそう答えると、奥さんも笑った。

「あんた、不器用だね。そういう時は、そのお人形みたいに綺麗《きれい》な顔でにっこり笑って、どういたしましてって答えとけばいいんだよ」

「どういたしまして、ですか？」

問い返すと、ペールさんの奥さんは、眉尻を下げた。

「こんな素直なお嬢さんに、あたしゃ自分が恥ずかしいよ。最初見た時、こんな苦労も知らないようなお嬢さんに何ができると思って、ついかっとなっちまったんだ。悪かったね」

「謝罪は先ほどいただきました。それに、それこそ、こういうことはわざわざ言わなくてもいいと思います」

「ドリスって呼んでおくれ。ま、私なりのけじめだよ」

「では、私のこともセシーリアと呼んでください」

「私なんかが名前を呼んでいいのかい？　あんた、どっかいいとこのお嬢さんだろう？」

「関係ありません。私がそう呼んでほしいのですから」

「……そうかい。今日はこんなのしかないが、明日は、うんとたくさんご馳走をつくるからね」

「楽しみにしています」

ドリスさんと話をしていると、エーリク事務官が戻ってきた。

「戻りました。一緒にフェリクス陛下もいらっしゃっています」

「失礼する」

私が返事をする前に入室したフェリクス陛下は、ドリスさんを見て、誰か確認するように私を見た。

「本日治療した方の奥様で、私に夜食を持ってきてくださいました」

「そうか。世話になるな」

「ここ、こちらこそ、主人を治療していただきありがとうございます」

ドリスさんは陛下にそう答えた後、飛び上がるようにして平伏しようとした。

「よい。突然来たのは私だ。だが、楽にせよといっても難しいか。行ってよいぞ」

「し、失礼いたします」

ドリスさんは頭を上げるのが怖いのか、頭を下げたまま部屋を出て行った。

エーリク事務官も、なぜかドリスさんと一緒に廊下に出ていく。

フェリクス陛下はその姿を見送り私に向き直った。

「全員の浄化と治療が終わったと聞いた。今日は昼間に騎士の浄化と治療も行っただろう。エーリクから思った以上に消耗している様子だったと聞いた。無理をしたのではないか?」

なんとなく、フェリクス陛下の気配が怖い。

嘘はつかないほうが良いだろうが、素直に『無理をしてしまったみたいです』とも答えにくい。

側に立つフェリクス陛下を見上げると、頬を陛下の両手のひらでつつまれそのまま固定される。

これでは顔がそらせない。

「少しクマができているな。セシーリア嬢が怪我人を放置できないのを知って連れてきたのは私なのだが、あなたには自分を大切にするということも知ってほしいものだ」

フェリクス陛下のお顔が近い。

「あなたが頑張ってくれたおかげで、今のところ重傷者はいなくなった。この国の王として、感謝はしている。けれど、最初に言った言葉は覚えているか?」

青銀の瞳に見つめられ、私は目もそらすことができずに微かに頷いた。

「なら、わかっているな」

その言葉と共に、フェリクス陛下のお顔が更に近づく。思わずぎゅっと目を閉じると、ふっと笑う気配がして、額に柔らかな物が微かに触れ、離れていった。

「……へい、か?」

「そう簡単に目を閉じてはならぬ。いたずらをしてくれというようなものだ」

そっと手のひらが顔から外され、そのまま顔の側に落ちてきている髪を一房陛下の指がすくう。

「仕置きは終わりだ。客用の寝台が一つ空いているそうだ。セシーリア嬢が使うと良い」

「陛下を差し置いて私が使うわけには――」

「私なら慣れている。それにセシーリア嬢には明日も期待しているのだ。ゆっくり休み、回復してほしい」

『それとも、共に休むか？』と耳元で低く囁《ささや》かれ、私はあわてて首を横に振った。

「良い子だ。では、案内しよう」

立ち上がるよう促され、陛下の案内に従い客間に移動する。心臓がバクバクと音を立てていて、眠れるだろうかと思ったけれど、疲労のおかげで、気がつくと朝になっていた。


翌日、起床し身支度を整えていると、ドリスさんが起こしにきてくれた。

ドリスさんの話によると、昨日私が治療を行った人たちは皆目が覚めて、元気になったそうだ。本人もその家族もとても感謝してくれていると聞いた。朝食をとり終えた頃にエーリク事務官がやってきてくれて、ドリスさんとは別れ、フェリクス陛下と村長のところに向かった。

「おはようございます」

挨拶をして、昨日、フェリクス陛下と村長が話し込んでいた部屋に入室する。

「おはよう」

村長は不在で、そこにいたのはフェリクス陛下だけだった。

「よく眠れたか？」

「はい、おかげさまで、魔力も回復しています。陛下はお休みになられましたか？」

「ああ、大丈夫だ」

けれど、そう答える陛下の目元には、少し疲労が滲んでいた。

もしかしたらあの後も打ち合わせなどをしていたのかもしれない。

そういえば村長の姿が見えない。

「あの、村長様は？」

「村長は、昨日セシーリア嬢が治療した村人の様子を見にいった。問題がないようなら、全員この後自宅へと帰すそうだ」

「そうでしたか」

頷くと、陛下が真面目な顔をする。

「私もこれから一旦騎士隊へと戻る。セシーリア嬢には、今日は村を回ってもらいたい。軽症者は自宅で療養しているそうだ。彼らの治療を頼む」

「わかりました」

「エーリクは、セシーリア嬢についていてくれ」

「かしこまりました」

そして、私達は一緒に村長宅を後にした。


エーリク事務官の出身の村ということで、迷うことなく昨日診ることができなかった人たちの家を回ることができた。全員の治療が済んだ後、エーリク事務官の実家も教えてもらい、ご両親に挨拶をさせてもらう。戦争で併合された村だと聞いていたけれど、皆好意的で、確かにフェーグレーン国の中枢とは確執がないようだった。

早めに全員の家を回り終えたので、一旦フェリクス陛下に報告に行こうと騎士隊の野営地へと向かう。

その途中に、気になっていたことを聞くことにした。

「そういえば、どうしてエーリク事務官は王宮に出仕しようと思われたのですか？」

「僕ですか？」

そうですねと言い置いて、エーリク事務官が話し出す。

「戦争の時、僕は十二歳前後だったのですが、この村にフェーグレーン国の騎士隊がやってきました。その時、騎士隊を率いていらっしゃったのが、今の陛下のご兄弟で一番上の王子殿下です。それで、その殿下がおっしゃったんです。『私は、この村を滅ぼしたいわけではない。戦争に明け暮れる日々は、この荒れ果てた大地をさらに荒廃させるだけだ。そうではなく、我々は、力を寄せ合い、もっと協力すればさらに豊かな生活が許されるはずだ。そういう世界を目指している。賛同するなら、降伏してくれ。だが、戦うというなら容赦はしない』ってね。しかも、それを、村を騎士に囲ませたうえでおっしゃるんです」

「えぇ!?」

「殿下は、当時まだ今のロセアン様よりもお若かったはずです。その若者が武力をちらつかせて、理想を語って。僕はそのときに思ったんです。彼の作る国はどんな国になるんだろうって。だから聞いたんです」

エーリク事務官の言葉にあいづちを打つ。

「『僕でも、協力できるんですか』って。そしたら、『できる』っておっしゃるんですよ。『軍人でも、ただの村人でも、誰もが欠かせない我が国の人材だ。この国で生きている限り、協力してもらっていることになる』って」

エーリク事務官は続ける。

「まだ僕は不満そうな顔をしていたんでしょうね。こうも言われました。『国を動かす力を少しでも多く得たければ、登用試験を通って文官になるか、騎士隊に入団して騎士になるとよい。その門は誰にでも開かれている』って。大人達はどうせ反対しても皆殺しになるだけだし、所属する国が変わるだけならいいだろうって、降伏しました」

ずいぶん革新的な考え方だが、その考え方は嫌いではなかった。

「僕はその考え方に感銘を受けて、あの方のお側に仕えたいと思いました。両親は文句を言いながらも町の学校に通わせてくれて、何年かかかりましたが、こうして王宮に仕官することができました。残念ながら僕が王宮で文官の登用試験を受ける頃には、すでに殿下はお亡くなりになっていましたけれど、陛下も宰相閣下も亡き王兄殿下の思いを受け継いでおられました。だから、恐れ多いことですが、僕もあの時の王兄殿下の思いを、少しでも後世につなげていこうと思ったのです。って、あらためて語ると恥ずかしいですね」

エーリク事務官は少し照れたようにうつむいた。馬車の中で少し話を聞いた限りでも、フェリクス陛下は王兄殿下をかなり慕っていらっしゃったようだ。そのような立派な方なら納得だった。

「話してくださってありがとうございます」

「いいえ、僕も、ロセアン様にお話ししたいと思ってのことなので」

話しているうちに、村の端に着いていた。

その時だった。後方から、誰かが走り寄ってくる声と甲高い声が聞こえた。

「おねえちゃん！」

振り返ると、七、八歳くらいの少女と、その後ろをドリスさんが追いかけてきているのが見えた。

「イーダ、待ちなさい！　セシーリア様、申し訳ありません」

「かまいません。少し話をしてもよろしいですか」

少女に追いついたドリスさんから了承をもらい、向き直る。

イーダちゃんは、私の前に来ると、にっこり笑って手に持った黄色の花を差し出した。

見慣れた花弁の形に黄鈴草《イエローベル》の花だとすぐにわかる。

「おねえちゃん、おとうさんを治してくれてありがとう！　これ、どうぞ！」

「ありがとう。このお花、どうしたの？」

「うん。これ、おとうさんが元気になるようにって育ててたの。でも、おねえちゃんが元気にしてくれたから、だから、これ、あげるね！」

「もちろん、いただくわ。ありがとう」

イーダちゃんの目線に腰を落とし、花を受け取ると、少女は嬉しげに笑った。

「それじゃあ、おねえちゃん、お仕事がんばってね！　ばいばい」

イーダちゃんは言うが早いか、道をかけていった。

ドリスさんは再び謝罪しながらもイーダちゃんを追いかけていった。その姿を見送り、私達も騎士隊の野営地へと向かった。

もらった黄鈴草《イエローベル》の花をどうしようかと考え、胸の飾りポケットに挿し込んだ。

騎士隊の野営地に着くと、どこか慌ただしい雰囲気だ。しかし、魔獣が出たわけではないらしい。

エーリク事務官と共にフェリクス陛下のところへ向かうと、陛下は騎士隊の隊長たちとリードホルム騎士と共に打ち合わせをしているところだった。

「――では、リードホルム隊長は引き続き村に残り、防衛任務に当たれよ。残る第一騎士隊と第二騎士隊は私と共に魔獣の討伐に向かうことにしよう」

陛下の言葉が途切れたタイミングで、話しかける。

「フェリクス陛下、ただいま戻りました」

「……セシーリア嬢。早かったな？」

じろりとフェリクス陛下がエーリク事務官を見るので、私は一歩前に出る。

「終わりましたので、一旦指示を仰ごうと戻って参りました。何か進展があったのですか？」

フェリクス陛下は、探るような瞳で私に問う。

「――どこから聞いていた？」

「リードホルム隊長に村の防衛をお命じになっていたところからです」

正直に話してほしいと思って見つめると、フェリクス陛下は一瞬考えた末に、深く息を吐いた。

「……そうか。セシーリア嬢が治療をしている間に出立しようと思ったが、そちらの方が早かったようだな」

気持ちを切り替えたのか、フェリクス陛下が難しい顔をして私に言う。

「先に来ていた班の調査により、瘴気の発生源がわかった。我々は一旦、発生源にいる魔獣の群れを掃討しにいく。完了し次第、セシーリア嬢には浄化をお願いする予定だ。それまでは村長宅に待機を命じる」

「どうしてですか。私も一緒に行けば、魔獣との戦いで傷ついてもすぐに治療できます。それに、魔獣を倒した後に私を呼びにくる間にまた新しい魔獣が出現するかもしれません」

正論を言っているという自覚はある。他の班長たちは興味深げに私たちのやりとりを窺っていた。

「セシーリア嬢が一緒に来ることにより、その護衛に人手が割かれるが、それについてはどう思う。昨日の猿の魔獣を忘れたわけではないだろう？」

「村にいても、別の魔獣がこちらを襲ってくれば、それは一緒ではないですか？」

フェリクス陛下は厳しい目つきで私を見る。

「昨日よりも遥かに怖い思いをするかもしれないのだぞ。私がいない場面では他の騎士の指示に従い、悲鳴など、魔獣を呼び寄せるような大声を出さないと約束できるか？」

「できます」

きっと怖い思いをするだろう。フェリクス陛下は、そういったものから私を遠ざけようとしてくれているることはわかる。

だが、私も覚悟して、ここにいるのだ。確かにフェリクス陛下達は魔獣を倒すことはできる。けれど、途中で誰かが大怪我をしたら、どうだろうか。私が自分の安全を優先して、できることをしなかったばかりに、誰かが傷つくのは嫌だった。

まっすぐにフェリクス陛下の目を見つめる。

私が折れるつもりがないと知ったのか、陛下は一つ息を吐いた。

「仕方ない、か。エーリク事務官はどうする？」

「僕も、何もできないかもしれませんが、ご一緒させてください。僕の村のことです。宰相閣下にも、できるだけ自分の目で確かめてくるように言われています。騎士隊の皆様にはご迷惑をおかけしてしまいますが、許していただけるなら共に参りたいです」

フェリクス陛下は重い息をついた。

「……お前まで無理をせずとも良いのだぞ。だが、そこまでいうなら連れていこう。ただし、先程セシーリア嬢に伝えたとおり、こちらの指示に従ってもらうからな」

「かしこまりました！」

こうして私達も陛下達と共に魔獣の討伐へ向かう許可が下りた。

瘴気の発生源は、なんとこの村が生活用水や農業用水にしている池だった。この水源があるからこそ、アーネスは村として存続可能なようだ。エーリク事務官によると、あまり雨の降らない時期でも、この池は水を絶やしたことがないそうだ。それが瘴気の発生源となれば、今後の村の存続にも関わる。確実に対処する必要があった。

池へは魔馬で向かうという。私はフェリクス陛下に抱き込まれるようにして、スヴァルトに乗って進んだ。

今は水を止めているのか、干上がっている用水路を遡り、池に向かう。

途中、魔獣の群れが襲ってきたが、その大半は槍《やり》などの長い得物を持つ騎士たちによって倒されていた。群れを作るだけあって犬のような魔獣が多い。

池に辿り着くと、周囲には真新しい土が盛られていた。土手の部分も焼き払われていて、黒焦げの草花の跡が残り見通しが良かった。聞いていた通り、確かに池の上を濃い瘴気が漂っている。その瘴気によって生まれた野犬や狼の魔獣が焼けた野原の上を歩いていた。数も多く、凶暴そうだ。状況を見て、フェリクス陛下が指示を下す。

「第一騎士隊は二手に分かれ、池の外周に沿ってそれぞれ反対の方向に進み、魔獣を退治しろ。第二騎士隊はここで、討ち漏らしが村の方にいかないよう牽制、可能なら退治しろ。もし状況に変化があれば再度指示を出す」

「はい！」

「では、作戦開始！」

フェリクス陛下の指示のもと、戦闘が始まる。

私とエーリク事務官は戦闘に巻き込まれないよう、陛下と共に残った数名の騎士と共に全体を見渡せる場所に待機している。全員、異変にすぐに対応できるよう、魔馬に乗ったままだ。

池の端から魔獣を追い立てるような形になるので魔獣が畑の方に逃げないかとも思ったけれど、それは杞憂《きゆう》だった。

魔獣は好戦的で、戦闘が始まるとすべての魔獣が騎士に向かっていく。体が傷ついても戦い続ける姿は恐ろしかった。

戦闘が一番激しいのは、やはり池の近くだ。第二騎士隊の方にも、群れを外れた魔獣が襲ってくる。そうした魔獣は騎士が危なげなく倒してくれたので、私達がいるところまではやってこない。

一通りの戦闘が終わると、討ち漏らしがないか確認しながら騎士達が戻ってくる。

あたりに濃い血の臭いが漂っていた。

「魔獣は、逃げたりしないのですね」

「事前に調べさせていたからな。戦闘が始まれば興奮してこちらに襲いかかり、逃げる個体が少ないのはわかっていた」

さすが、手際が良い。

「セシーリア嬢には、確認が終わり次第、ここ一帯の浄化を頼みたい」

「お任せください」

待っている間に、どう浄化を進めようかとプランを練る。

母国では、人を浄化するよりも土地を浄化することの方が多かった。人にかけるよりも気持ち的には楽なのだが、一瞬、シーンバリ伯爵領の浄化ができていなかったことを思いだす。ここは、私がよく知らない土地なのだ。浄化したと思っても、後であのようなことが起こらないよう、念を入れよう。

そう思って待っていると各騎士隊長が問題がないことを報告にきた。

「確認が取れたようだ。セシーリア嬢、頼む」

「大地に直接触れたいので、降ろしていただけますか」

「少し待て」

フェリクス陛下はもう一度周囲を見渡し、魔獣の姿が見えないことを確認しているようだ。

「よかろう」

許可が下り、スヴァルトから陛下が降ろしてくれた。

大地に触れると、ここの大地が思っていた以上の瘴気を生み出していることがわかる。

（ここの水で農作物を育てたりしていたのよね）

これほどの瘴気を含んでいる水で植物が育つことはないだろう。つまり最近まではこれほどの瘴気を含んでいなかったということで、きっと、何か理由があるはず。

ふと、真新しい斜面や、池の周りが焼かれていたことが気になった。

「エーリク事務官、池の周りが焼かれている理由をご存じですか。工事か何かなさったのでしょうか」

いつの間にか馬を降りていたエーリク事務官が答える。

「それについては聞き取りを行っています。村に人が増えて、溜めておける水の量を増やしたいから池を全体的に拡張したそうです。工事をするのに草陰に魔獣が潜んでいると危ないから、一旦焼いてしまおうという話になったと聞いています」

「そうなのですね」

燃え残った葉を手に取ると、黄鈴草《イエローベル》と思われる葉の形をしている。おそらくは間違いないだろう。

胸にさしていた花を取り出し、エーリク事務官に見せる。

「もし覚えていたらでよいのですが、かつてこの村にいらっしゃった頃に、この花をこの池の周辺で見かけませんでしたか？」

「僕の記憶が確かなら、その花はこの池の周りと畑の周りにたくさん生えていたと思います。今は畑の周りにちらほら咲いているくらいですが、僕が小さい頃は、その花でよく女の子たちが遊んでいたんです」

エーリクの言葉に、私の後ろで見守ってくれていたフェリクス陛下が顔をのぞかせる。

「その花は？」

「村で、少女にお礼としてもらいました」

「何か意味があるのか？」

「祖国では、微力ですが、この花は根から大地が生み出す瘴気を取り込み浄化するといわれていました」

「えぇ⁉」

「花が？　そんなことがあるのか？」

エーリク事務官は驚愕《きようがく》の声をあげ、フェリクス陛下もにわかには信じられないようだった。

「この国の王宮の庭にも、浄化を意図してのものかはわかりませんが、この花が植えられています。馬車の中でフェリクス陛下にお伝えしようと思ったのですが、タイミングが悪く魔獣に襲われてそれどころではなくなってしまいました」

「あの時か。そうか。そう言われてみればその花は見たことがあるような気がするな」

フェリクス陛下は考え込んでいるようだった。

「おそらくですが、この池の瘴気は、池の周りに生えていたこの花が浄化していたのではないかと思うのです。しかし、工事により焼かれ、今まで働いていた浄化の力がなくなってしまったのではと思います」

「なら、その花が芽吹けば、この土地は元の通りに戻ると？」

「おそらくは」

私は続けて口を開く。

「今は一度浄化を行います。後でこの花を植えるにしても、元通りになるには時間がかかるでしょう」

浄化の状況次第では、しばらくは息を吐《つ》く間が与えられるはずだ。

「そうだな。まずは魔獣の発生を抑えなければならないか。セシーリア嬢、頼む」

「それでは、すぐに」

フェリクス陛下の言葉に頷くと、準備に取り掛かる。

池に向かって進み、その縁でひざまずき女神様に祈りをささげる。

（女神様、どうかお力をお貸しください）

そして、大地に手をつくと、浄化を始める。

「この土地を蝕む穢れし力を清めたまえ」

力を流し、大地が生み出し抱えている瘴気をほぐし、浄化していく。

わかりやすいものに例えるとするなら、瘴気の塊は角砂糖だ。角砂糖が温かい飲み物に溶けるように、私の魔力を注ぐことで瘴気の塊の結合をゆるくし、その姿を消していく。飲み物に溶かす場合と違うのは、角砂糖は形が消えても水に甘さが残るけれど、浄化の場合は瘴気はそのまま消えていくところだ。

続いて、この土地にもともと生えていた黄鈴草《イエローベル》の生き残っている根を探し、魔力を与えていく。

（知らずに焼いてしまったけれど、悪意があってのことではないの。どうか再びこの地を守って）

その時、背後で、恐ろしい咆哮が聞こえた。

「あ、あの魔獣は！」

「やはりもう一匹いたのか！」

「血の臭いが引き寄せたか……！」

騎士達が騒ぐ声が聞こえるが、頭の中では意味を持たない音として処理されていく。

『『聖女』は身動きがとれない！　第二騎士隊、前に出ろ。第一騎士隊は、二手に分かれて後ろに回り込め。総員、なんとしても彼女を守れ！」

地響きがする。

馬が駆け、大きいものが暴れている。そんな音だ。

どこかで聞いた気がする。

そうだ。昨日、馬車の中で、聞いた声と酷似している。

「そこ、危ない！　前に出すぎるな！」

危険を告げるのは、陛下の声だ。

大丈夫だろうか。

昨日は、守ってもらった。今回も、私は守ってもらっているのだろうか。

昨日の魔獣との戦いでは、皆、傷を負いつつも無事だった。

今度は、どうだろう。

毎回、無事にすむとは限らない。運が悪ければ、誰かが消えない傷を負うこともある。

現に、この国に来た当初、陛下は傷つき、その命は消えかけていた。

誰かが、生きて戻らないこともあるかもしれない。

私は守られるだけで、何もできないのに。

（それは、嫌――――！）

その時だった。

黄鈴草《イエローベル》に注いでいた魔力が引っ張られ、ごっそりと持っていかれる。

「な、これは！」

「奇跡か……!?」

「今がチャンスだ！」

「全力で行くぞ――――！」

複数のものが大地を駆ける響きが聞こえた後、悲鳴がとどろく。

その直後、ドシンという振動と共に何か巨大なものが倒れた音がした。


まどろみの中、私は柔らかな布の感触に包まれていた。

なんだか少し肌寒くて、左の頬に触れる暖かい温度に思わずすり寄ると、耳に心地よい低い声が降った。

「起きたのか？」

（あれ、この声は、フェリクス陛下……？）

「そうだ、私だ。なんだ、起きたわけではないのか？」

「え――？」

私ははっと気がついて体を起こそうとした。

けれど、体ごと柔らかな布に包まれていて、自由に動かせない。

頬に触れる空気は冷たく、辺りは暗かった。

「……？」

混乱する私の背中を、フェリクス陛下が『安心しろ』とでもいうように撫でる。

「大丈夫だ。変なことはしていない」

「………」

「池で浄化を行っていたのは覚えているか？」

「は、い」

「あの後、セシーリア嬢は倒れたのだ。村に連れて帰ろうとしたのだが、足に黄鈴草《イエローベル》が巻き付いている。無理に動かして良いかわからなかったので、ここで野営した」

「あの、この体勢で、ですか……？」

「動けないそなたに風邪《かぜ》を引かせるわけにはいかないだろう？」

フェリクス陛下は、毛布でくるんだ私を膝に乗せてくれている。

「陛下は寒くなかったのですか？」

「スヴァルトがいてくれたからな」

言われて背後をのぞき見ると、暗闇に溶けるようにスヴァルトが座り込んでいた。陛下はスヴァルトに体を寄せて暖を取っていたようだ。スヴァルトが長い首を伸ばし、心配げに私たちを見ている。

急にこの体勢が恥ずかしくなり、私は立ち上がろうとした。

「あの、もう大丈夫です。スヴァルトも、ありがとう」

「急に動くな」

けれど、立ち上がろうとした体は何かに足を引っ張られてバランスを崩した。

倒れかけたところをフェリクス陛下にぎゅっと抱き留められる。

「…………!?」

「足に黄鈴草《イエローベル》の蔓が巻き付いているといったろう」

暗くてはっきりとは見えないが、足下から伸びた黄鈴草《イエローベル》が私の足に絡みついているようだった。

ゆるく巻いているので、蔓が巻き付いているという自覚はなかった。

「もう少し明るくなれば、ほどく方法も見つかるだろう」

「はい」

頷くと、乱れた毛布を整えられ、再度しっかりと抱き込まれる。

「寒くはないか？」

「大丈夫です」

さっきまで肌寒さを感じていたというのに、今は頬が熱を持っていて、寒さを感じる余裕などなかった。フェリクス陛下が続ける。

「……今回もそなたの力に助けられた」

「実際に魔獣を倒されたのは、陛下と騎士隊の皆様です」

「覚えていないのか？」

「なにがですか？」

「セシーリア嬢が池の浄化をしている最中、ここに来る途中に出た魔獣と同じ、猿の魔獣が出たのだ。その動きを、突然大地から伸びてきた黄鈴草《イエローベル》の蔓が封じた。お陰で、こちらは怪我人もなく倒すことができたが、あれはセシーリア嬢の力だろう？」

そうだったのだろうか。途中、魔力をごっそり持っていかれた記憶はあるけれど、よく覚えていない。

それを伝えると、フェリクス陛下は少しだけ嘆息した。

「そなたには、もう少し、自分がどれだけのことをしているのか自覚してほしいものだ。だが、その無垢《むく》さを女神は好むのかもしれぬな」

フェリクス陛下の声に反論しようとした時だった。暗い空の果てが、じんわりと光を帯びてきているのが目に入った。徐々に明るくなる空に目が奪われる。夜明けだ。

「きれいだな……」

私の声がこぼれたのかと思ったけれど、それはフェリクス陛下の言葉だった。

ゆっくりと世界が光に照らされていく。私の意識がない間に、この辺りの風景は様変わりしていた。昨日は土が剝《む》き出しのただの荒野だったはずなのに、今は見渡す限り黄鈴草《イエローベル》の葉が覆っている。ところどころでは黄色い可憐な花が咲いていた。これだけの黄鈴草《イエローベル》が生えていれば、しばらくは瘴気など気にしなくて良いだろう。

「この光景を、あなたが作り出したのだ」

実際に見てしまえば、否定するわけにもいかなかった。

私に黄鈴草《イエローベル》の蔓が巻き付いているから無理に動かして良いかわからなかったという、フェリクス陛下の言い分も呑み込める。私の浄化でこのような光景が広がったのであれば、下手に触って何かあればと思うのも当然だ。

しばらくは朝陽に見とれていたが、太陽が昇ったところではっと我に返った。

なんとなくできるような気がして、足下の黄鈴草《イエローベル》に魔力を流し、蔓をほどいてくれるようにお願い

する。

するど、巻き付いていた黄鈴草《イエローベル》はするりと私の足から離れた。

「植物も操れるのか？」

「わかりません。やろうと思って触れたのは、今が初めてです」

「そうか」

頷いた陛下が私を抱えたまま立ち上がる。

「へ、陛下？」

「怖いのなら、首に手を回せ」

恥ずかしすぎてとても無理と思ったけれど、フェリクス陛下が歩き出すと、揺れが怖くて結局その首筋に腕を回した。

少し離れた場所で、ミアさんを含め見知った騎士が何人か野営していた。人数からして、ここには第二騎士隊のみが残っているようだ。あちらも私の目が覚めたのに気がついたのだろう。立ち上がり、出発の準備を開始している。

フェリクス陛下の後ろをスヴァルトが大人しく付いてきていた。

「セシーリア嬢が目を覚ました。村へ帰還する」

騎士達の視線が痛い。陛下に抱えられているこんな状態を見られるのは恥ずかしい。それに、なんだか視線には強い熱がこもっている気がする。

フェリクス陛下はその視線に気づいているだろうに特に何も言うことはなく、帰りも行きと同じくスヴァルトの背に二人で乗って帰った。

村に着くと、先に戻っていた騎士隊が準備していた朝食をいただき、休息をもらう。

野営地では撤収の準備が始まっているようだ。

今日のうちに馬車の修理も行い、明朝出立すると聞いている。

魔獣の残党に襲われたときのために、第二騎士隊の騎士が何人かもうしばらく残るようだが、他はフェリクス陛下と共に帰還するらしい。

私はというと、休息した後は、エーリク事務官と共に最後にもう一度治療した人たちを見て回ることにした。皆、問題ないとのことで、野営地へと戻ろうと引き返していると、イーダちゃんが駆け寄ってきた。

「おねえちゃん！」

「イーダちゃん、おはよう」

「外、すごいの！　きいろのお花が、たくさんあるの！」

「うん、お姉ちゃんも見たよ。たくさん咲いていたね」

そう言うと、イーダちゃんは尊敬のまなざしで私を見てくる。

「あれ、おねえちゃんがしたんでしょ？」

「どうして知っているの？」

「きのうの夜、騎士さまと一緒にエーリクのおにいちゃんが来て教えてくれたの。おとうさんも、おかあさんも、隣のおじちゃんも、その隣のおばちゃんだって知ってるよ」

「そうなんだ」

「うん。とってもだいじなお花だから、むやみに抜きすぎないようにしないといけないんだよ」

どうやら、陛下が村中に伝えるようすでに指示を出してくださったようだ。

「あのお花が、きっとこの村を守ってくれるから、大切にしてね」

「うん、大事にする！　おねえちゃん、わたしたちのこと、たすけにきてくれてありがとう！」

そう言ってイーダちゃんは来たときと同じように駆け去った。

その後ろ姿を見送っていると、ふいに声が落ちた。

「あのような幼い子にも、セシーリア嬢は好かれるのだな」

「フェリクス陛下」

そこにいたのは、騎士達のところにいるはずのフェリクス陛下だった。

「何か問題が起きたのですか？」

疑問を浮かべる私に、陛下は首を横に振る。

「いや。あちらが一段落したので、セシーリア嬢の様子を見にきたのだ」

「そうだったのですね。私たちも野営地へと戻るところでした」

「そうか。では、私が送ろう。エーリク事務官。セシーリア嬢の付き添いは一旦ここまででよい」

「承知しました。それでは、僕は実家にもう一度、顔を出してきたいと思います」

「ああ。そうするといい」

フェリクス陛下の言葉に一礼して、エーリク事務官は村へと踵を返した。

私も陛下にうながされ、ゆっくりと歩き出す。

「少し遠回りしてもよいか」

「かまいませんが」

「そうか」

そういうと、フェリクス陛下は村の縁をまわって野営地へと戻る道へと足を進めた。小道には黄鈴草《イエローベル》の花が咲き、昨日までの様子とは打って変わって穏やかな空気が流れている。何かお話があるのだろうかと、少し緊張していると、陛下が口を開いた。

「セシーリア嬢に謝らなければいけないことがある」

「何をでしょうか」

申し訳なさそうに言う様子に、私は驚いて立ち止まりフェリクス陛下を見つめた。

「セシーリア嬢は覚えていないようだが、あなたのことを『聖女』と呼んでしまったのだ。言わぬと約束していたのに、申し訳ない」

「……いつですか？」

「昨日、セシーリア嬢が浄化魔術を発動し、魔獣に襲われたときだ。咄嗟に出てしまった」

「危急の際でしたら、呼び名にこだわっている場合ではなかったでしょう」

そう答えながらも、私は胸の奥にとげが刺さったような痛みを感じていた。

どうしてだろうか。

咄嗟に出るということは、フェリクス陛下は私のことを『聖女』として見てくださっているということだ。エヴァンデル王国では能力が足りないからと聖女の地位を降り、フェーグレーン国に来ることになった。そんな私を高く評価してくださっているのは喜ぶべきことなのに。

困惑が表情に出てしまっていたのか、フェリクス陛下が申し訳なさそうに言う。

「そう言ってくれるとありがたい」

頷くと、陛下はほっと肩の力を抜いた。

「それでは昼食も近い。戻るとしよう」

陛下にうながされ、再び歩き出す。

私はどこか納得できない気持ちに、内心首を傾げながら陛下に続いた。

幕間　エミリ・シーンバリ　2

あの薄い髪色の聖女を押しのけて新聖女となった日、私はアルノルド殿下に聖域へと案内された。

エヴァンデル王国の王宮から馬車で一時間ほど行ったところに、王家の管理する森がある。その中に聖女と王族のみが入ることができる聖域があるという話は聞いたことがあったけれど、本当にそのような場所があるなんて。私はわくわくしながら森に足を踏み入れた。

森の中には、石畳が敷かれた道があり、そこを進むと、うっそうとした木々の奥に、泉が現れる。

石畳は泉の中央にある円形の台座まで続き、一段高くなった台座にはリレーフが刻まれた石柱が六本、円を描くように等間隔に並んでいた。台座は広い所で人が三人立てそうな幅がある。

アルノルド殿下いわく、この泉と石柱こそが建国の時から伝わる浄化の魔法陣なのだそうだ。

不思議なことに、石柱は野ざらしだというのに、ほとんど形を保ったままだった。

「ここで聖女が魔力を注ぐのですね……！」

「そうだ」

感動する私とは違い、アルノルド殿下は見慣れているのか無感動だ。殿下の指示に従い、私は泉の中央の台座の上に立った。

アルノルド殿下によると、そこは聖女のみが立つことを許されているそうだ。

「エミリ嬢。その場所から石柱に魔力を注ぐと魔法陣が起動し、王国に浄化の力が行き渡るそうだ」

「やってみます」

胸の前で手を組んで、集中しやすい体勢を取る。台座が魔力を導く回路になっているようで、魔力を注ぐ方法は直感的にわかった。それだけでも、私には想像もつかないくらいの高度な魔術が組み込まれていることがわかる。

呼吸を整えて、ゆっくりと魔力を注いでいく。すると、台座が起動し、私が注いだ魔力が円柱の間を巡っていった。円柱の間を走る魔力は光として知覚され、とても神秘的な輝きを放っている。

魔法陣は信じられないほどの魔力を消費するようだ。どれだけ注いでも魔法陣は完成せず、結局、私の持つ六割ほどの魔力を注いで、ようやく完成した。

魔法陣が必要とする魔力を込め終わると、自然と台座の魔力回路が閉じられた。強く輝きを放つ石柱が、泉の上空に光の線を描き出す。そのまましばらく待つと魔法陣は複雑な図形を描いて完成し、柱と共にひときわ輝くと、浄化の力を持つ魔力が空へと解き放たれた。光の尾を残して四方へ散る魔力を、私はかなりの疲労を覚えながらも眺めていた。

「ご苦労だった。調子はどうだ？」

疲労のあまり、少しぼうっとしていたようだ。

アルノルド殿下にかけられた声に振り向くと、殿下は私を推し測るような目で見ている。

ここで「疲れました」と言おうものなら、前の聖女に戻そうという話が出るのが簡単に想像できた。

努めて、なんでもない風を装い答える。

「……問題ありませんわ」

「なら、この調子で毎日頼む」

私の回答は問題がなかったのか、アルノルド殿下は満足げに頷いた。

聖女の務めを始めたあの日から、まだ三ヶ月もたっていない。

だというのに、私は危機感を覚えていた。

毎日、継続して六割以上の魔力を魔法陣に注ぐというのは、思った以上に消耗するものだった。

そして、聖女の仕事はそれだけではない。王家から求められれば、人々のために浄化を施す。体調によっては魔力が底をつきかける日もあり、私は魔石から補いつつギリギリでやりくりしていた。

私の魔力が底をつきかけてから、魔石に内包する瘴気の量が多いと浄化が追いつかないことがあった。そのような場合は、魔力と共に瘴気も取り込んでしまう。若干の気持ち悪さもあり、魔石から魔力を取り込むのは最終手段として可能な限り避けていた。

疲れてどうしようもない時には、ふと、前の聖女のことを考えてしまうことがある。

今、私は十六歳。でも前の聖女がこの勤めを引き継いだ時は、まだ十二歳だった。私と二歳しか変わらない前聖女は、最近まで、このような激務を軽々とこなしていたのだ。何度か会っただけだが、彼女は特に消耗しているような様子も疲労している様子もなかった。子供でもできていたことだからと考えていたけれど、もしかして、私とあの前聖女には、とんでもない力の差があるのではないだろうか。

一瞬浮かんだ考えを振り払う。

私が『お役目がつらい』と言えば、どうなるのか結果は目に見えている。おそらく、アルノルド殿下との婚約は破棄され、次の聖女を探すか、前聖女が呼び戻される。せっかく手に入れたアルノルド王太子殿の婚約者の座を手放すのは嫌だ。せめて、結婚するまでは聖女でいる必要がある。でも、このまま、続けることができるだろうか。

不安と疲労に揺れる、そんなある日のことだった。

アルノルド殿下に呼び出された。入室すると、執務室の机に向かうアルノルド殿下は見るからに不機嫌で、私は一体何をしてしまったのだろうと思う。長い間、頭を下げたまま待たされ、執務室内にはアルノルド殿下が羽ペンを動かすカリカリとした音だけが響いた。どれだけそうしていたのか、気がつくとペンの音が止まっていた。

「顔を上げよ」

体を起こすと、逆光の中、机に頬杖をつき、アルノルド殿下がこちらを見ている。黙ってその視線に耐えていると、アルノルド殿下が短く息を吐き、口を開いた。

「国境から、作物が枯れ始めたという話があがってきた。聖女の浄化の力が及んでいないのではないかと言われたのだが、申し開きはあるか？」

まさかの事態に、息を呑む。ありえない。毎日、あれだけ必死にやっているというのに、それでもまだ足りないというのだろうか。

「わ、私は精一杯やっております！」

アルノルド殿下は、私の頑張りをわかってくださる。そう思って訴えると、アルノルド殿下は鼻を鳴らした。

「お前がどれだけ頑張っているかは関係ない。結果が全てだ」

突き放された一言に、思わず涙がにじむ。

しかし、ここで涙をこぼせば、王太子殿下の婚約者としての教育さえ身についていないのかと更に叱責されるだけだろう。私は涙をこらえて、アルノルド殿下が満足する答えを探す。

「力が及ばず申し訳ありません。以後、このようなことは起こしません」

「わかっているならよい。誰にでも過ちや失敗はある。一度目は許そう。次期王妃教育は無事に終わったと聞く。今後は聖女としての役目に集中しろ」

「かしこまりました」

「明日以降、期待している。話は以上だ」

退室を促され、部屋を出る。

涙は、なんとか王宮内の私の部屋までこらえた。あんなにもお慕いしていたのに、私の好意はアルノルド殿下にとっては何の価値も持たず、ただ、聖女としての能力を満たすかどうかだけを量られていた。そのことが酷くショックだった。けれど、それでも、私はアルノルド殿下の隣を離れたくない。

私は、涙を拭った。結果を出せねば、次は切り捨てられるだろう。

私はお父様に運んでもらう魔石の量を増やすように手紙を書いた。

そして、部屋の奥に運ばせている魔石に手をつける。これらは、魔力は高いけれど瘴気の内包量も多く、手をつけるのをためらっていたものだ。できるだけそのような魔石は避けていたけれど、今は手持ちがこれしかないのだ。

明日のために、少しでも魔力を増やす必要があった。


翌日、私は聖域へと来ていた。

私の様子を見るためか、初日以降、来られていなかったアルノルド殿下もいらっしゃっている。

失敗はできない。

いつもより多くの魔力を注ぐ。これで大丈夫なはずだ。

ふと、魔法陣を組み始めた石柱を見ると、石柱の間を走る魔力に、若干黒い影が混ざっている気がした。

よく見ようと目をこらした時には、黒い影はすでに光に呑み込まれ霧散していた。

疲れているから、気のせいかもしれない。

それに、魔法陣から飛び立った光は、いつもより光量も強く、光の尾の数も増えていた。

問題はなさそうだと芽生えかけた不安を押し殺す。

数日後、再び王太子殿下の執務室に呼び出された。

今回は、すぐに頭を上げることを許される。

「国境の緑が活力を取り戻したそうだ。よくやった」

私は、アルノルド殿下の言葉に笑顔を作った。

「何よりでございます。これからも、励みますわ」

「期待している」

お父様が持ってきてくれた魔石は、どれも瘴気の内包量も多い。

これからの日々を思い、私は「まだ、耐えられる」と自分に言い聞かせた。

第四章

行きと同じ時間をかけ、私たちはアーネスの村から帰還した。

王宮に到着したのは日没間際の時間帯だった。

陛下と騎士隊の皆様とは騎士団の建物の前で別れ、私はエーリク事務官と共に王宮に向かう。

私はそのまま休暇に入るよう言われている。

部屋に辿り着き、ノックをして中に入ると、マリーが戸締まりをしてくれているところだった。私がいない間もカーテンの開け閉めや空気の入れ換え、清掃をしてくれていたようで、部屋は行く前と同じ状態を保っている。マリーは私達を見ると、無事に戻ってこられたことを喜んでくれた。

エーリク事務官はマリーに私を休ませるように伝えると、トルンブロム宰相の元へと報告に向かった。報告が終わったら、彼もお休みをとるそうだ。

エーリク事務官を見送った後、マリーが改めて私に向き直る。

「おかえりなさいませ」

「ただいま戻りました」

『おかえり』の言葉が嬉しくて、思わず笑みがこぼれる。

「心配しておりました。ご無事で何よりです」

「ありがとう。陛下と騎士隊の皆様のおかげで何事もなく戻ってこられました」

「何よりでございます。ご不在の間に、お手紙が届いております。お持ちしますか？」

「ええ。お願いします」

「こちらです」

明日読むことも考えたけれど、誰からの手紙かも気になるので先に読むことにした。

マリーが持ってきた手紙を受け取ると、薔薇の封蠟印が目に入る。ロセアン公爵家の印章だ。家族からだろう。

開封された痕跡はない。封蠟を割らぬよう、手紙の上部をペーパーナイフで切り開く。

中に入っていたのは、やはり、家族からの手紙だった。ソファに移動して、ゆっくりと手紙を読み進める。

まずはお父様の筆跡で数枚。

私を心配する言葉に始まり、私が出国した後の王国の様子が記されている。

私が出国してしばらくしてから、国境で植物が枯れるなどの異変が起きたのだそうだ。

原因は書かれていない。すぐにその騒動は収まったということだが、そのことについてお父様が『やはり、私達のセシーが聖女なのだ』と記されているのが気にかかった。

国境の異変とは、どの程度のものだったのだろうか。ここからでは何もできないけれど、家族が無事であるようにと祈った。

続いてお兄様の調査状況について書いてあった。

なんと、お兄様は従者を連れて自らシーンバリ伯爵領へ向かわれているそうだ。詳しくは書けないと前置きされているが、どうやら調査は順調のようだ。今は私が帰れるように動いているところだという。『どうか信じて待っていてほしい』という言葉が共に記されていた。

お母様からも私の体調を気遣う内容が添えられている。

読み終わると、もう一度始めからゆっくりと読み直す。

（お兄様が、自ら調査に向かわれているなんて……）

無茶をされていないだろうか。お兄様は学園を優秀な成績で卒業され、お父様もお兄様のことを次期公爵として期待なさっている。だとしても、このように行動力がある方だなんて知らなかった。

（……帰ることができるかもしれないのね）

その知らせは、本来ならきっと、もっと嬉しいはずだ。

けれど、素直に喜べない自分がいた。

（どうして、かしら……）

手紙を手に考え込む私に、マリーが心配げに声をかけてくれた。

「なにか、良くないことが書かれていたのですか？」

「いいえ、家族の近況と、私が苦労していないかという心配を伝える内容が書かれていました」

「ロセアン様はお一人でこちらにいらっしゃるのです。ご家族もさぞ心配でいらっしゃるでしょうね」

「皆様によくしていただいているから、何も心配することなどないと、返事にもそう書くつもりよ」

「そう思ってくださるのは嬉しいことです」

心配をかけないよう、あえて明るく振る舞ってみたけれど、マリーは心配げな様子を崩さない。手紙を読んだことで、私が故郷が恋しくなったと思っているのかもしれない。けれど気落ちしている理由を深く追求されても、私にもわからないのだから、ただ大丈夫という他なかった。

「少し、疲れが出てきたみたいです。いつもよりもまだ早い時間ですが、お風呂の支度をお願いできますか？」

「ロセアン様は、お戻りになられたばかりでしたね。至らず申し訳ありません。すぐに支度いたします」

実際、座り心地の良いソファに座っていると眠気を感じる。思った以上に疲れているのかもしれない。手紙に書かれていたことについて、もっと考えないといけないと思うのに、その日はお風呂と夕飯をいただくとすぐに眠ってしまった。

翌日は、ゆっくりと朝寝をさせてもらい、起きると昼に近い時間だった。ブランチをいただき、午後からの時間をどうしようかと思いつつ、文机の上におかれた小さな花瓶に生けられた黄鈴草《イエローベル》に目を向ける。アーネスでイーダちゃんにもらった花だった。ここへ帰ってくる間に枯れてしまわないよう、魔術を使ってできるだけもらったときのままの状態を保つようにしていたのだ。

華奢《きゃしゃ》な茎を手にとると、爪の先程の黄色い花が小さく揺れる。可憐な花を眺めていると村での出来事が思い起こされた。魔獣に襲われフェリクス陛下に庇ってもらったり、土地を浄化し黄鈴草《イエローベル》を蘇《よみがえ》らせたり。

たくさんのことがあったけれど、その経験が私に自信を持たせてくれていた。

エヴァンデル王国で聖女としての能力が足りないと言われたことは、心の中のトゲが抜けたように、いつの間にか、気にならなくなっていた。

(代わりに違うことが、気になるようになってしまったけれど)

私は、ここへ帰る途中にすでに何回も繰り返し考えてきた、フェリクス陛下から『聖女』と呼ばれたことにどうして胸が痛んだのか、ということを改めて考えた。

――フェリクス陛下に、名前を呼ばれることが、普通になりすぎていたから？

――普段、あれだけ私が『聖女』と呼ばれないですむよう気を遣ってくださっていたのに、それが表面だけのものだったのかと、残念に思った？

けれど、どちらも今の心情にうまく当てはまっているとは思えなかった。

私は考えるのをやめて、手元の花をどうするか決めることにした。

「マリー、この花を押し花にしてみたいのだけれど、やり方を知っていますか？」

「はい。おそらく、大丈夫と思います。そちらは？」

「アーネスの村で、女の子からもらったの」

「さようでございましたか。では、準備をいたしますね」

イーダちゃんがくれた花は、私が成したことの証《あかし》だ。『聖女』と自ら名乗ることはなくとも、『聖女』と呼んでくれた人たちのために常にその言葉に恥じることのない私でいたい。その気持ちを忘れないために、形として残すことにした。

そうやって休日を過ごしていると、陛下からの手紙が届いた。

手紙は、次の私の休みに共に王都の町に出かけようというお誘いだった。

アーネスの村に行く途中に結んだ約束を果たそうとしてくれているのだろう。それが嬉しい。

(けれど、町に陛下と出かけられるような服を持っていたかしら……？)

持ってきている服は王宮で過ごすには問題ないが、町に下りるとなるとエヴァンデル王国風の仕立てで悪目立ちしそうだった。考えていると、マリーが声をかけてくれた。

「いかがなされましたか？」

「陛下から、次のお休みに町に行こうと誘われたのだけれど、どのような服がよいのかと思って」

「お二人でお出かけになられるのですか？」

「ええ。この間、陛下が町を案内するとお約束してくださったの」

「そうでしたか。でしたら、私の方に手配を任せていただけませんか？」

「よいのですか？」

こちらには伝手《つて》も何もなく、マリーがそう言ってくれるなら頼りたい。

「ロセアン様にお似合いになるものを、必ずやご準備いたします」

「ありがとう。でも、そんなに気合いを入れなくても大丈夫よ？」

マリーはきっぱりと首を振った。

「いいえ、ロセアン様の魅力を引きたてつつも、町にいて差し支えない服を何としても探してまいりますから」

陛下へ返事を書いた後は、マリーから今こちらで流行している服の形についてのレクチャーが始まった。

一通り話を聞いた後、私の意見も聞かれる。できるだけ私の好みに寄せてくれようとする気遣いが嬉しい。どのような服を探してくれるのか、とても楽しみだった。

そうしているうちに数日あったお休みはあっという間に終わってしまった。

休み明けは、宰相から執務室に寄るよう連絡が来ていた。黄鈴草《イエローベル》について詳しく話を聞きたいそうだ。

エーリク事務官の迎えで朝一番に向かう。許可を得て入室すると、中にはトルンブロム宰相の他に、パルム医師、サムエル医務官が控えていた。

「お待たせいたしました」

「いいえ、時間通りです。こちらの二人は、話すことがあったため先にお呼びしていただけですから」

トルンブロム宰相に勧められて、椅子に座る。

エーリク事務官は、私の後ろに立っている。

「陛下から、黄鈴草《イエローベル》が瘴気を払うという話を伺いました。そのことについて、詳しく聞かせていただきたいのです」

トルンブロム宰相の瞳がまっすぐに私を見つめる。

「国家機密で、お話しできないということでしたら、可能な範囲でかまいません」

「いいえ、秘密でも何でもありません。エヴァンデル王国では黄鈴草《イエローベル》の根は瘴気を取り込み、少しずつ大地を浄化していくと言われていました。ですから、黄鈴草《イエローベル》は女神様の祝福で生まれたとも伝えられています。こちらの王宮のお庭にも黄鈴草《イエローベル》が植えられているので、ご存知だと思っていました」

「そうなのですか!?」

驚愕しているサムエル医務官とパルム医師に、宰相が頷く。

「エーリク事務官、依頼していた記録の調査結果はどうだった？」

「宰相閣下のおっしゃるとおり、過去の書類に記載がありました。こちらが、この宮殿を建てた当時の書類です。黄鈴草《イエローベル》を混ぜて植えないと庭木が枯れてしまうということで、庭のデザインを変更するための申請書類と草木の購入履歴が残っていました」

「そうですか。では、詳しいことはわからずとも、現場では体感としてその効果を知っていたのですね……」

宰相はエーリク事務官が差し出した書類を見て呟《つぶや》いた。

なんとなく必要だということは実感としてわかっていても、誰もあの草にそんな効能があるというのは考えもしなかったのだろう。

「至急、その花の効果がどれほどのものか、検証をさせましょう。ロセアン殿にもお話を伺うことがあるかもしれません。その時はご協力お願いします」

「かしこまりました」

頷くが宰相の表情はまだ硬い。

「もう一つお尋ねします。報告によれば、アーネス村で、ロセアン殿のお力で黄鈴草《イエローベル》が一面に生え、花が咲いたとありますが、そのようなこともできるのですか？」

「いいえ。私だけの力ではあのようなことはできません。もともとあの場所には地中に黄鈴草《イエローベル》の根が残っていたので、大地の浄化の際に魔力を一緒に注いでいたのです。すると、黄鈴草《イエローベル》の方から魔力を引き出された感じがして、気がつくと一面に黄鈴草《イエローベル》が蘇っていました」

「では、足に巻き付いた黄鈴草《イエローベル》を操ったというのは？」

「それは、私にもわかりません。どうしてか、できたと言うしか――」

「でしたら、黄鈴草《イエローベル》のこともありますし、パルム医師とサムエル医務官と共に、その件の解明にご協力いただけたらと思うのですが。よろしいですか？」

「願ってもないことです。私も、自分のことですので、是非知りたく思います。よろしくお願いします」

　そういうと、トルンブロム宰相は頷いた。パルム医師は興味深げに私を見ているし、サムエル医務官も目をきらめかせている。

「でしたら、時間の方はこちらで調整します。騎士団の治療と浄化は大分進んでいましたね。午前中か午後からか、騎士団の業務をどちらかに絞り、しばらくはパルム医師たちとの研究にあてててください」

「わかりました」

　私が了承の返事をすると、宰相はわずかに肩の力を抜いた。

　そして、パルム医師とサムエル医務官の方に向き直る。

「パルム医師とサムエル医務官もこの件について、よろしくお願いします」

「もちろんでございます」

「加えていただけて光栄です」

「では、おふたりと、もう少し話を詰めますので、ロセアン殿は本日は通常通りの業務をお願いします」

「わかりました。失礼いたします」

そして私はエーリク事務官と共に執務室を後にした。

午前中の終わり頃に、サムエル医務官がトルンブロム宰相からの伝言と共に医務室に戻られた。

伝言は明日以降の予定のことで、午前中は今まで通り騎士団に通い、午後からはパルム医師の医務室に向かうようにということだった。

グルストラ騎士団長とも調整済みだそうだ。

王都にいる騎士隊の浄化の進捗率が半分を超えているため、医務室の滞在時間を減らしても騎士団長からは不満は出なかったらしい。

むしろ、黄鈴草《イエローベル》が瘴気を浄化するのであれば、この国へのメリットは計り知れない。騎士団の方でもできるだけ協力することで話はまとまったそうだ。

黄鈴草《イエローベル》の浄化の効果については、すぐに実験が始まった。

王都の郊外で、周囲に草が生えていない場所を選定し、黄鈴草《イエローベル》を近くに植えた場合と、植えなかった場合で植物の育成試験をするそうだ。また、一株でどのくらいの範囲を浄化できるのかも確認するという。

翌日には、広大な土地が必要だけれど、王都の周囲は荒野なので問題はないそうだ。私の能力の検証も始まった。

まず、何もないところから黄鈴草《イエローベル》を生み出せるかどうかから確認が始まる。

しかし、もちろん、そんなことはできなかった。けれど、黄鈴草《イエローベル》に限らず植物の種に魔力を注ぐことで、発芽させることはできた。

今は私が魔力を注ぎながら育てた黄鈴草《イエローベル》と、普通に育てた黄鈴草《イエローベル》に違いはあるのか、というところを試している。日数がかかることなので、並行して普通に育ってきた黄鈴草《イエローベル》に途中から魔力を注いで変化があるのかも調査をしている。こちらは、王宮の庭で区画をわけて行われていた。毎日、少しずつ魔力を注ぐだけなので、負担はない。

こちらにきて無茶ばかりしているので、もしかしたら私の魔力量も上がっているのかもしれなかった。研究が落ち着いたら、その確認もさせてもらおうと思っている。


そうして、あっという間に休日となった。

マリーに準備してもらった服は、明るい朱色の足首までの長さのフェーグレーン国風のワンピースだった。町娘というよりは、良家の子女風の装いだ。

下に白いシャツを合わせるようになっていて、襟と袖の部分に抽象的な草木の文様が刺繍されている。自分ではまず選ばない色だけれど、服の色味が肌に合うようで、顔色が明るく見えるとマリーからはものすごく褒めてもらった。自画自賛となってしまうが私も似合っているように思う。

お誘いを受けてから、陛下とは何度か手紙でやり取りをしていた。

今日は陛下が部屋まで迎えにきてくれることになっている。

約束の時間少し前にフェリクス陛下がいらっしゃった。

マリーが陛下の来訪を取り次いでくれて、出迎えると貴公子風に装った陛下の姿があった。黒いジャケットに銀糸で刺繍が施され、その下から白いシャツが覗いている。隠し切れない高貴な雰囲気で、どう見ても貴族のお忍びにしか見えない。

「おはようございます」

「ああ。おはよう」

フェリクス陛下は、私のいでたちを見ると、満足げに頷いた。

「よく似合っているな」

「ありがとうございます。フェリクス陛下も、お似合いです」

そういえば、陛下が軍服以外の服をお召しになっているのを見るのは初めてかもしれない。思わず見とれていた。

「今日はお忍びだ。今からここに戻ってくるまでは陛下ではなく、フェリと呼んでほしい」

「でしたら、フェリ様、とお呼びします」

「それでいい。私は、セシーリア嬢のことを何と呼ぼうか？」

「では、セシーとお呼びください。家族はそう呼びますので」

私の答えに、フェリクス陛下は微笑んだ。

「わかった。ではセシー、こちらに」

自分で言っておきながら、陛下に愛称で呼ばれるのは少し照れる。

機嫌のよい陛下に手を取られて、廊下を進んだ。今日は王都の目抜き通りの近くまで馬車で行き、そこから町を回ることになっていた。王宮を抜けて町を走る馬車の中で、私は窓から外の様子を眺めていた。ここに来た当初も思ったけれど、町並みは清潔で、人々には活気があり、瘴気という脅威があるのに栄えている。

「何か気になるものが？」

「豊かな町だと思っていました」

「どのようなところをそう思うのだ？」

「人々にも、町にも、活気があるように感じます」

「そうか、活気がある、か」

陛下は一つ頷くと続ける。

「治世を褒められているようで嬉しいが、この国は案外恵まれているのだ。瘴気という問題はあるが、お陰で手付かずの豊かな大地がそのまま残されていたりもする。そういった恩恵が大きいのであろう」

『豊かな大地』ということは、おそらくは何かの特産物があるのだろうか。農作物の生産力という点ではエヴァンデル王国が抜きん出ているはずなので、鉱脈とか、そういったものかもしれない。エヴァンデル王国に大金を払い、そのうえ私にもお給料をくれている。お金はどこから生まれているのだろうと、少し疑問に思っていたのだ。

話をしている間に目的地についたようで馬車が止まった。フェリクス陛下のエスコートで馬車を降りると、そのまま陛下は私の手をとった。しっかりと手を繋がれる。

「人が多いから、はぐれるといけない」

アーネスの村では、抱きしめられたりもしたのに、どうしてか今の方が気恥ずかしさを感じてしまう。

けれど、そう思ったのも裏道を出るまでだった。一本通りを移動すると驚くほどの人の多さだ。今まで、これほどの人波の中に入ったことはない。思わず手に力が入った。

後ろからは、護衛の騎士がそうとわからないように付いてきてくれているから、陛下とはぐれても迷子にはならない気がするけれど、それでもこの人の多さには圧倒される。

私の手の力が強くなったからか、陛下はこちらを見て、けれど何も言わずに手を握り返してくれた。

「せっかくだ。一通り見て回ろう」

そう言って、フェリクス陛下は人波を進んでいく。陛下のただならぬオーラが感じ取れるのか、他の人の方が避けてくれるので歩きやすい。今歩いている通りの両側には私が両手を広げた位の幅のお店が並んでいて、服や小物、靴、鞄《かばん》などを売っている。その突き当たりからアーケードが始まっていた。

石造りの背の高い建物が集まり、通路は、これまた高いアーチ構造で、人が多くとも圧迫感はない。

入り口付近にランプ屋さんがあるようだ。

大小様々なランプが天井から吊《つ》り下がり、近づくと壁や平台にも並んでいる。小さな色ガラスを組み合わせて模様が作られていて、一つとして同じデザインはなかった。見本として、ろうそくが灯《とも》されているものもあり、壁にカラフルな影を投げかけていた。

奥には香辛料のお店や、食材を扱うお店も見えている。眺めながら歩いていると、入り口に一抱え程の大きな塊が並び、中の台に小さなかけらが山のように積まれたお店があった。かけらは入り口で見たランプの色とりどりの光を閉じ込めたような色合いをしている。

「あれはなんですか?」

「飴《あめ》だ。この国の伝統菓子でロクムという」

並べられている飴は量り売りになっているようで、買い物をしている他のお客さんがその飴を秤《はかり》に載せてもらっている。

「見てみるか」

フェリクス陛下の先導で店の中に入ると、モザイク模様の飴だけではなく、砂糖をまぶされた少し高級そうな飴や、一色で作られた飴などがガラスの器に入って飾られていた。見ているだけで楽しくなる。

「お客様、こちらご試食はいかがでしょうか」

前のお客さんの対応を終えた店の主人とまだ若い店員がやってきた。主人は揉み手をし、店員の方がうやうやしく小皿を差し出している。皿の上には売り物よりは一回り小さい、砂糖のまぶされた桃色の四角いかけらがいくつか載っていた。

「これは？」

フェリクス陛下が説明を求めると、店の主人が話す。

「薔薇のロクムとなります。ここ最近、一番売れている商品となります」

「これは食べて良いのか？」

「こちらはお客様にお味を確認していただく分ですので、お代などもいただいておりません」

主人がそういうと、フェリクス陛下が頷き、手を伸ばした。

毒味などは気になさらないお方のようだ。一瞬、店の入り口に居る護衛の騎士が陛下を止めようとしたけれど、制止が入る前に陛下は飴を口に入れられた。私も差し出された飴を手にとると、口に含んだ。

食感は意外に軟らかい。甘みは優しく、口の中にふわっと花の香りが広がった。私は好きな味だった。

「花を食べているようだな」

「そういうところが、特にご婦人方に人気のようです」

陛下は頷いているがあまり好みではなかったようだ。わずかに眉根がよっていた。

「あちらは？」

「はい、あっちは、レモンのロクムになります」

主人が説明している間に、店員の方がさっと小皿を取り出してきて、ガラスの容器から黄色の小さなかけらをとりだす。食感は一緒だが、こちらは酸味が強く、さっぱりする味だ。

陛下は以前の夕食の時も、鶏肉の上に酸味のある果物の輪切りが載っていたものを好まれていた。甘いものよりは酸味のあるものの方がお好きなのかもしれない。表情は変わらないものの、見ている限り、陛下はこちらの方がお好きなような気配だった。

「なるほど」

陛下は頷くと続ける。

「セシーはどう思う？」

「最初の薔薇のロクムが好きでした」

「そうか、ならそちらをいただこうか」

陛下があまりにもあっさり決めるので、思わず見上げる。

「フェリ様？」

「気に入ったのだろう？」

「自分で買います」

「私がセシーに贈りたい」

そう言われると、固辞しづらい。

自分で買うつもりでこちらでいただいたお給料からお小遣いを持ってきていたのに。

「通常ですと紙袋でのお渡しとなりますが、別料金であちらの瓶に詰めることもできます」

お店の主人が、にこにこしながら壁際に並べられた透明なガラスの器を指し示す。

透明の瓶だけれど、香水瓶のように華麗な装飾がされていた。

とってもかわいい。ねだるつもりはないのに、一瞬視線が止まったのを見られてしまったようだ。

「そうか。ではそちらで」

「デザインがどれも若干異なるのですが」

「セシー、どれがいい？」

陛下はあっさりと頷き、店員がいくつか私が目をとめた品をカウンターに並べる。

私はその中から二つ、器を選んだ。

「こちらは私が支払いますので、あちらのレモンのロクムをお願いします」

「セシー？」

「私もフェリ様に贈りたいので」

そう答えると、フェリクス陛下が何か言うよりも先に店の主人が『かしこまりました』と返事をして、ニコニコしながら包み始める。フェリクス陛下は、目を丸くしているが、それも一瞬のことで、すぐに楽しげに微笑まれた。

「食べる度に、あなたのことを思い出しそうだ」

どうやら陛下の方が一枚上手のようだった。答える前に、品物の用意ができて、それぞれ購入したものを手渡される。私はレモンのロクムを受け取った。

「では、今日の記念に、これをセシーに差し上げよう」

「ありがとうございます。私からは、こちらを」

プレゼント交換のようなやりとりに楽しくなって笑ってしまう。

それはフェリクス陛下も同じようだ。

「お買い上げありがとうございました」

店を出ると、背後で店主の上機嫌な声が聞こえた。


その後も商店を見て回り、目についた店で昼食を取った後、王宮へと戻った。

お互いに贈り合ったロクムや町で購入してきた品は、王宮に到着した時点で従者が預かってくれた。部屋に運んでおいてくれるそうだ。

フェリクス陛下が見せたいものがあるということで、少し遠回りをする。

玄関口からいくつかの廊下を進み、初めて通る角を曲がると、いつも騎士団へ行くのに通る外廊下に出た。そのまま庭へ下りる階段を使い、奥へと向かう。ここで仕事を始めた日に、エーリク事務官から噴水があると聞いた庭だ。

目隠しとなっていた木々の間を回り込み、先に進むと、その庭はあった。

噴水は、想像していたよりもはるかに大きい。庭は、左右対称となるよう木や花が植えられ、石畳が敷かれている。そして、庭の中央に噴水があった。計算されて作られた風景は、一枚の絵画のように見事だった。

私たちは石畳の上を歩き、噴水へと近づいた。

「すごい……！　大きな噴水ですね！」

近くによると、噴水の大きさがより実感できた。

私の腰ほどの台座から、背丈よりも高い水が跳ねていた。

空へと跳ねる水が光をはじいてきらめいている。

思わず、跳ねるしずくに手を伸ばした。

「濡れるぞ」

けれど、そういうフェリクス陛下も私を本気で止めようとはされない。

「意外と冷たいのですね」

「ここの水は、地下から引いている。だからだろう」

「そうなのですね」

噴水を堪能して振り向くと、フェリクス陛下はまぶしげに私を見ていた。

陽光を受けた陛下の金色の髪は美しく輝き、青銀の瞳は今の空を切り取ったような色合いをしている。まっすぐに私を映している瞳に、心臓がドキリと跳ねた。

「少し話がある」

なんだろうか。動揺を表に出さぬよう慎重に首を傾けると、陛下が続ける。

「今度、夜会がある。騎士団の慰労もかねて毎年春のこの時期に王宮で開いているものだ」

「夜会……」

「そこで、セシーリア嬢、あなたにも私と共に出席してほしい。今回はあなたのお披露目と私の無事を知らせるのが主な目的になるだろう。箝口令《かんこうれい》は敷かれていたが、私が寝込んでいたのは一部の大臣などは知っているだろうからな」

改まった雰囲気で切り出されたので何を言われるのかと思ったけれど、気負うほどのことではなかった。

夜会向きのドレスも一応は持ってきている。出席に問題はない。

「それはかまいませんが」

「そうか。あなたがそう言ってくれて助かる。それと、もう一つ話があるのだ。あなたがこのフェーグレーン国に対して行ってくれた功績はかなりのものだ。フェーグレーン国の聖女として称号を設け、セシーリア嬢を遇してほしいという要望が宰相や騎士団から上がってきている。セシーリア嬢はどう思う？」

「フェーグレーン国の聖女……」

「あなたは、それだけのことをしたと思う」

聖女ではないと言われて母国を出たのに、こうして『聖女』の名が与えられようとしているのは不思議な感慨があった。驚きもあるけれど、それだけこのフェーグレーン国の人たちの役に立ち、受け入れられたのだと嬉しくも思う。少し考えて、フェリクス陛下を見た。

「断れば、どうなりますか？」

陛下はただ首を横に振る。

「何も。これは、私たちの希望であり、押しつけるつもりはない。あなたの意見が優先されるべきだと思ったから聞いている」

「でしたら、称号は辞退させてください」

「……そうか」

残念そうな陛下の低い声に、私も伝える。

「先日もお伝えしたとおり、私がこちらで聖女を名乗れば、どうしてもエヴァンデル王国はよく思わないでしょう。エヴァンデル王国を刺激してまで、私のことを持ち上げる必要はありません」

「戦になったとて、安全で綺麗な場所で暮らしてきて、魔獣とすら戦ったことがない者に、我々が負けることなどありえん」

「それでも、私はそのようなことを望みません」

戦慣れしている、という意味ではフェーグレーン国に分があるだろう。

だが、エヴァンデル王国の兵士は、魔術を使える者が多い。魔術師が戦に出るとなると、いくら武を誇るフェーグレーン国でもどこまで通用するかわからない。というのも、フェーグレーン国の騎士団に所属する魔術師は少数のようだからだ。フェーグレーン国の騎士団の方が実力は上かもしれないが、魔術師の人数という点ではエヴァンデル王国に負けるだろう。実際に戦ってみないと勝敗はわからないけれど、『聖女』という呼び名のために戦が起きてほしくはない。

「その答えは予想はしていたが、やはりあなたは高潔すぎる」

「……そういうわけではありません」

「そういうことにしておこう。だが、夜会には出てくれるだろう？」

「それは、お約束しましたから」

そうすると、陛下は頷く。

「セシーには、私から一式、ドレスと装飾を贈る。そのつもりでいてくれ」

瞬時に、断らなければと思う。けれど私が遠慮の言葉を口に出す前に、陛下が続ける。

「聖女の件はこちらが折れたのだ。睡蓮の庭で個人的に礼をしたいと伝えた、その礼だと思って受け取ってほしい」

フェリクス陛下は美しい微笑みを浮かべた。それは今までの柔らかなものではなく、口元に浮かべる微笑みとは対照的に視線は射貫くような鋭さを持っている。その眼差しの強さに、これについては陛下も折れるつもりはないのだと悟った。

思わず固まった私に、フェリクス陛下は目元を和らげた。

「あなたの能力が目当てだと勘違いされたくないので黙っていようと思っていたが、やはり、これも伝えておこう」

不穏な前置きに、少しでもフェリクス陛下の真意を探ろうと、吸い込まれそうな深い色合いを宿したその目を見つめた。何をお考えになっているのか探る間もなく、陛下の大きな手が私の頬に触れる。振りほどこうと思えば振りほどける強さだが、そうしてしまえば私がフェリクス陛下を意識していると伝わってしまうかもしれない。

一瞬ためらった隙に、フェリクス陛下の優美な指先は私の輪郭をたどり、頤《おとがい》に添えられた。

陛下を見上げるような形に縫い止められる。

戸惑う私に、フェリクス陛下は見たことのもないほど柔らかく微笑んだ。

まるで今の陽差しのように暖かで、いつもどちらかというと厳しい雰囲気をまとっている陛下の素の表情を垣間《かいま》見《み》てしまった気がして、私の呼吸が止まった。

噴水の水が跳ねる音だけが響いている。

「セシーリア、私はあなたが好きだ」

低い声でささやくように甘く告げられた言葉が、私の中に静かに響き、反響する。

初めに感じたのは、『嬉しい』という感情だった。

そして、心の中に染みこむように広がっていく嬉しさに、私の中で育っている感情が陛下に対する好意なのだと、確信する。

(でも、だから、アーネスの村で陛下に『聖女』と呼んでしまったと聞いたときにショックだったのね)

自覚したばかりの感情は『まさか』という戸惑いと、『だから』という納得をもたらしていた。

陛下を見つめたまま身動きもしない私から、陛下は視線を逸らさない。

「あなたの高潔さは稀に見るべきものだと思う。だが、それ以上に私はあなたという個人に惹かれている。その責任感の強さも、意志が強いところも好ましい。あなたの母国とこの国とでは比べるべくもないが、それでも私はセシーリア嬢の幸せを、私の手で作り出せたらと思うし、あなたに私の隣にいてほしいと思っている」

まっすぐな瞳から、そこに嘘など含まれていないことは痛いほど伝わってきた。

どこか乞われるように告げられる言葉は、私の心を震わせていく。

この間、家族から帰ることができるかもしれないという手紙が届いたばかりなのに。

(たとえ、どんなに嬉しくとも、陛下のお気持ちは受け取るべきではない)

そう思うのに、陛下の告白を嬉しく思う気持ちは止まらない。

自覚してしまったこの気持ちは、ただ胸に秘めておくしかないのに。

不意に涙がひとしずくこぼれた。

戸惑って、まばたきをすると、さらにあふれていく。それをどう受け取ったのか、フェリクス陛下はそのまなじりを下げた。触れていた手が離れ、今度はあふれた涙をぬぐってくれる。

早く泣き止《や》まなければと思うのに、それでも涙は止まらない。

「泣かせてしまったな。迷惑、だっただろうか?」

「……いいえ」

もっと、自分の気持ちも、家族からの手紙のことも、きちんと伝えなければ。

でも、どうしてか口から言葉が出てこない。

泣き止まない私に、陛下の表情は、どこか後悔をしているようにも見える。

その顔を見て、私は『そうではない』と伝えたかった。

フェリクス陛下が私の涙をぬぐう手に、手を添え、指を絡ませた。

陛下の動きが一瞬止まる。

「セシーリア……？」

「本当に、嫌では、ないのです」

「……わかった。信じよう」

言葉と共に、指先を絡ませたままの手をすくい上げられて、陛下の口元に引き寄せられる。

そして、その唇が私の指先をかすめていった。

「……っ」

思わず揺れた体に、フェリクス陛下は少しだけ目元を緩めた。

「今は返事を求めぬ。だが、いつか、セシーリア嬢の気持ちを教えてほしい。私はいつまでも待とう」

絡めた手を優しく解かれ、今度は改めて手の甲へと口づけられた。

すぐに離れていったけれど、思った以上に柔らかな感触だった。

呆然《ぼうぜん》としている間に、フェリクス陛下はいつもの調子を取り戻されたようだ。

喉の奥で笑われて、私の涙を取り出したハンカチでぬぐってくださる。

「涙は、止まったな。では、部屋まで送っていこうか」

そのまま手をひかれ、私は客室へと送ってもらった。

部屋に帰ると、泣いた跡のある私に、マリーが一瞬心配げな表情を浮かべた。

しかし何も言わずに迎え入れてくれる。フェリクス陛下は私を送ると、執務に戻っていかれた。

部屋には、フェリクス陛下にいただいたロクムと自分で購入した他の品物がすでに運ばれている。

私はマリーにお茶の支度をお願いすると届いている荷物を見にいった。

日光が直接当たらない文机の側に積まれている。いただいたロクムの入ったガラス細工の瓶だけ、文机の上に置かれ、中に入った桃色の飴が透けて見えていて美しかった。

町歩きも楽しかったのに、つい噴水の庭での出来事が思い出されてしまう。

あの時の陛下はいつにも増してきらめいて見えた。

(結局、家族からの手紙のこと、お伝えすることができなかったわ――)

眺めていると、マリーが控えめに声をかけてくれた。

「お茶の支度が整いました」

「ありがとう。そうだわ。マリーにもお土産《みやげ》があるの」

そう言って、積んである荷物の中から、やや大きめの箱を取り出した。

中には色とりどりの布が詰められている。

「こちらでは、女性はスカーフを使っておしゃれをすると聞いたの。お菓子もあるから、マリーと他の侍女のみんなとで分けてね」

「まぁ、よろしいのですか?」

「ええ。いつもお世話になっているお礼だから」

「ありがとうございます。では、後で他の侍女と分けますね」

マリーは嬉しげに笑った。

お茶を飲みながら、夜会に出席することになった件も話して、こちらの儀礼などについても聞いておく。やはり、エヴァンデル王国とは、いくつかの違いがあるようだ。次の休みにドレスの採寸や夜会での立ち居振る舞いを教えてもらうことになった。こちらでは踊り子が招かれることが多いようで、自分たちで踊ることは少ないそうだ。

騎士団の人達の浄化と治療、私の能力の検証と並行して夜会の準備も行うこととなり、忙しいけれど、毎日、楽しい。

私の能力については実験を重ね、ある程度のことがわかってきた。

わかったことは大きく二つ。

一つは、浄化の力を使いながら魔力を注ぐと、成長促進の効果があるということ。

もう一つは、そうして大きくなった植物は私がある程度操ることができるということだ。

植物にただ魔力を注いだだけでは何の効果もなく、操ることができるといっても、植物の葉や根を少し操作できるくらいで、地面から根を抜くとか、そういうことはできなかった。検証していて思うけれど、あまり使いどころはなさそうな能力だ。

そうしているうちに、夜会の当日となった。その日は朝からマリーを筆頭に侍女達に支度をしてもらう。フェリクス陛下から届いたドレスは陛下の瞳を思わせる深い青の布地に銀糸と金糸で刺繍がほどこされていた。形はフェーグレーン国風だけれど、エヴァンデル王国風のデザインも取り入れられている。本来なら袖口が大きく広がっているはずの部分を、薄絹を重ねた作りに変えてあった。

装飾品は豪華なネックレスが、耳飾りと共に届いていた。ネックレスは幅広の金の地金に青い大きなサファイアがはめ込まれている。サファイアの周りには透明なきらめきを放つダイヤモンドが無数にちりばめられていた。耳飾りは水滴型の大きなサファイアがダイヤモンドに囲まれ、金の鎖に吊り下がっている形だ。

ネックレスだけでも見たことのないくらいの大きさなのに、耳飾りにつけられている石もかなりの大きさだ。普段は髪色に合わせて銀色の装飾品を身につけることが多いけれど、ドレスにアクセントとして金糸が使われているので、トータルのコーディネイトとしても違和感はなかった。

髪飾りは私の持ってきていたものを身につけ、ドレスと装飾品に負けないよう普段よりも濃いめの化粧をして髪を結ってもらうと完成だった。

鏡の中には異国風の装いをした私が背筋を伸ばして立っている。一筋の乱れもなく、完璧な仕上がりだ。

鏡越しに、マリーと目が合う。

「綺麗にしてくれてありがとう」

「ロセアン様がお綺麗だからです。よくお似合いです」

マリーに感激したように言われると、照れてしまう。

「そんなに褒めても何も出ないわよ？」

「いいえ。本心ですから。きっと陛下も、ロセアン様の美しさに驚かれるはずです」

いたずらっぽく笑うマリーに、私も笑みを浮かべた。その時だった。

「失礼します。陛下のお越しです」

フェリクス陛下の来訪を告げる声に、出迎えにいく。けれど私が向かうより先に、陛下が入室してこられる方が先だった。

「迎えに参った」

「お待ちしておりました」

フェリクス陛下の姿に、思わず固まる。見慣れているはずの軍服姿なのだが、いつもよりも装飾が多い。黒い布地に、勲章と金鎖が映えていた。青いマントは謁見をした日に身にまとわれていたもののようで、白い毛皮で縁取られ、布地には金糸で刺繍がされている。頭上には金の王冠が輝いていた。あのときも思ったけれど、フェリクス陛下自身の研ぎ澄まされた気配もあいまって、神話から抜け出してきた軍神のようなたたずまいだった。

その陛下は私を見て、目元を緩めた。

「綺麗だ。よく似合っている」

「素晴らしいドレスと装飾品をありがとうございます」

「私がセシーリア嬢を着飾らせたかったのだ」

フェリクス陛下が手を差し出す。

「さぁ、行こうか」

「よろしくお願いします」

その手を取ると、夜会の会場へと向かった。

会場は、宮殿の表側にある広間だった。フェリクス陛下に伴われて入室すると、一瞬会場が静まりかえる。結構な人数の騎士達の姿が見える。騎士団の人以外は私を見て『誰?』という顔をしている人もいるし、納得するように頷いている人もいる。陛下が壇上へと進む。私も手をひかれ共に進んだ。

壇上に着くと、陛下が立つその一歩後ろに私も立つ。

「今年もこの春の夜会を開くことができたことを嬉しく思う。まずは宰相をはじめ、この王宮及びこの国の各地で、変わらず私を支えてくれている皆に感謝を。そして、いつもこの国を脅威から守り続けてくれている騎士団の者達にも、感謝を。諸君らの働きを私は誇りに思う。皆のお陰で、我が国は平和を保つことができた。礼を言おう」

陛下の言葉に、来賓の貴族や大臣、文官達は胸に手を当て敬意を示し、騎士達は敬礼で答えた。

「もうしばらくすると例年通り騎士団の辺境任務の交代がある。私も可能な限り共に戦うつもりだが、主に戦場を駆けるのは諸君ら騎士だ。今後も変わらぬ働きを期待している。今日はしっかりと羽を伸ばしていってくれ」

騎士達は感動したような面持ちで陛下を見つめている。

「例年はここで宴を始めるところだが、今年はもう一つ嬉しい知らせがある。すでに知っている者も多いが、先頃、エヴァンデル王国から癒やしの力を持つ客人を招くことができた。セシーリア・ロセアン殿だ。彼女もまた、アーネスの村での魔獣の討伐に同行してくれており、その貴重な力をふるってくれた。これからは更にこの国の発展が望めるだろう。よろしく頼む」

前に進み出て一礼すると、拍手を受けた。顔を上げ、一歩下がると、フェリクス陛下が杯を掲げた。

私も従者が差し出してくれたグラスを手に持つ。

「ではここに、このたびの夜会の開幕を宣言する」

乾杯の音頭の後、陛下万歳と唱和し、夜会が始まった。


夜会は騎士達の出席も多く、立食形式のようだ。私はもう壇上を下りても良いだろうか。確認をしようと陛下を見上げたところで、いかにも身分が高そうな壮年の男性がやってきた。

「陛下とロセアン様におかれましては、ご機嫌うるわしく存じます」

「ああ、ベイロン公か。変わりはないか？」

「年に一度しかお会いしない私のことまでお気にかけていただいていたなど、もったいないことです」

そういって相好を崩す姿は人当たりがよいのだが、どこか油断ならない気配もする。

陛下の『ベイロン公』という呼びかけで、このフェーグレーン国でも比較的広く恵まれた土地の領主だとわかった。この国では領地持ちを一律貴族として扱っているようで、エヴァンデル王国のように爵位を定めてはいないらしい。領主間の力関係は土地の広さや生産力の高さで序列が決まるようだ。

「先日、興味深い風の噂を拾いましたが、陛下におかれましてはご健勝のようで安心いたしました」

「その件か。さすが、貴公は耳が早いな。そのような時期もあったが、彼女のお陰でこうしていられる」

陛下とベイロン公の視線に、礼を取る。

「セシーリア・ロセアンです」

「これはご丁寧に。ニコラス・ベイロンと申します」

「彼女の浄化の力は、闇の神モルケの御手に手を伸ばしていた私を引き戻すほどのものだ。何かあれば、彼女も相談に乗ってくれるだろう」

「もちろんでございます」

「それは心強いことですな。そうならないよう気をつけたいところですが、万一の際は頼りにしております。それでは、後がつかえておるようですな。私はこれで失礼します」

ベイロン公が立ち去ると、また次の領主がやってくる。同じようなやりとりが続いて、ようやく途切れたと思った時だった。若い女性を連れたふくよかな体格の中年の男性がやってきた。

「――レンネゴード大臣か」

フェリクス陛下は女性を見ると一瞬だけ、不快げに目を細めた。次の瞬間にはすぐにその表情は消え、見慣れた笑みを浮かべている。陛下がここまであからさまに不快を表す相手を見たことはない。

気をつけようと引き締める。

だが、レンネゴード大臣も女性も陛下の変化には気がついていないようだ。

「陛下におかれましては、ご機嫌うるわしく存じます」

まるっと無視された私の存在に、フェリクス陛下は、片眉を上げてみせる。

「そう見えるのなら何よりだ。貴公らにも紹介しておこう。こちら、セシーリア・ロセアン殿だ」

「セシーリア・ロセアンと申します」

「お話はかねがね伺っておりますとも。お会いできて光栄です、聖女様。私はこの国の大臣のバッティル・レンネゴードです」

「わたくしは、マルティダ・レンネゴードよ。陛下の婚約者候補でいずれは婚約者となり、そして結婚するの。今後お会いする機会も多くなると思うわ。よろしくお願いいたしますね」

『婚約者候補』という言葉に、以前睡蓮の庭で伺った話を思い出す。

この方がそうなのか。だが、陛下は『婚約者候補がいた』といっていた。どういうことだろうか。

私とは違い、マルティダ嬢は波打つ金髪の、華やかな美女という感じだ。

「レンネゴード大臣。その話は、何年も前にこちらから断りを申し渡したはずだ。申し訳ないが、その勘違いを吹聴《ふいちょう》しないでくれるか」

言葉は柔らかいが、フェリクス陛下の声は背筋が凍りそうなほど厳しい。

「おやおや、陛下はまだそのようなことをおっしゃっているのですか。陛下には御世継を早くもうけていただきませんと。陛下がお倒れになれば、この国の血統は絶えてしまうのですぞ」

「貴公に心配されるいわれはない」

レンネゴード大臣の視線が、私に向かう。笑顔なのに、目の奥には鋭い光があり、本当には笑っていない。隣でマルティダ嬢も私を値踏みするように見ている。

「そちらの聖女様に、陛下のお心も骨抜きにされましたかな？」

「彼女を聖女と呼ばぬようにという、私の簡単な指示にも従えぬ貴公には、何を言っても同じであろうな」

「話には聞いておりましたが、見事なご寵愛《ちょうあい》ですな。親子二代、私の領地から取れる金を散々しぼり取っておいて、よくもそのようにおっしゃられるものです」

「税はどの土地にも公平に課している。不満なら領地替えも検討するが？」

「私の土地を、取り上げると？」

「撤回の言葉が欲しいのなら、セシーリア嬢を侮辱する言葉は撤回してもらおう」

「はて。私の言葉のどこにそのようなことがありましたかな？」

言い合う陛下と大臣の言葉は平行線だ。会場の視線がちらほらとこちらに向いている。

「わからぬのか。どれほど言葉を重ねても、貴公には無駄なようだな。私達の方が失礼するとしよう」

フェリクス陛下は私の手を取って、壇上を下り、会場へと向かった。

広間を進むと、早々にトルンブロム宰相がエーリク事務官と共にやってきた。

宰相はどこか諦めたような顔だ。

「私のいるところにまでレンネゴード大臣とのお声が届いておりましたよ」

フェリクス陛下は、若干言葉をにごす。

「……少々頭に血が上っていたかもしれん」

「自覚がおありならばよろしいでしょう」

「だが、ああも言われる筋合いはない」

きっぱりと言い切るフェリクス陛下に、宰相はふうと息を吐いたものの、それ以上陛下を諫《いさ》める言葉は出なかった。そうしていると、グルストラ騎士団長が近寄ってきた。

「挨拶が終わったんなら、こっちで隊長達にも顔見せてやってくれねーか？」

見ると、各騎士隊長と騎士がフェリクス陛下を遠巻きに見ている。

「グルストラ騎士団長、その言葉遣いは――」

「あー、わりぃ。ついいつもの癖でな。ま、でも、今日は無礼講だろ」

宰相に注意をされながらも、団長は直すつもりはないようだ。そのままの口調で答えている。

その横で、陛下は私に尋ねる。

「しばらくは、宰相達といてもらうことになるが大丈夫か？」

「はい。皆様いらっしゃるのです。それに、陛下の開かれた夜会で何かあるはずもありません」

答えると、フェリクス陛下は目元を和らげた。

「嬉しいことを言ってくれる。では、二人ともセシーリア嬢をくれぐれも頼む」

「かしこまりました」

フェリクス陛下は宰相の返事を聞くと、グルストラ騎士団長と共に騎士の元へと向かわれた。

エーリク事務官が通りかかった給仕を呼び止め、三人分、飲み物をもらってくれる。お礼を言い、飲み物を受け取ってのどを潤すと、宰相が口を開いた。

「ロセアン殿は、夜会を楽しまれていますか？」

「はい。祖国とは大分趣向が違いますが、たくさんの方にお会いできて、楽しいです」

「この夜会は、騎士団の活躍を讃えるとともに、陛下が地方に住む領主たちとの交流を図るものでもあります」

「そうなのですね」

頷きつつも、あのレンネゴード大臣との言い合いは大丈夫だったのか心配がよぎる。

宰相はその件に関しては気にしていないようだった。さらりと次の話題をその口に乗せた。

「もう一つ、普段異性と出会う機会の少ない騎士達は、この機会に花嫁を見つけるそうなのです」

確かに、会場に目を向けると、着飾った女性と話をしている騎士の姿をところどころで見ることができた。

「私は、陛下の婚姻に関しては口をはさむつもりはありません。ですが、ロセアン殿に一つ伺っておきたいのです。ロセアン殿には、どのくらい覚悟がおありでしょうか」

トルンブロム宰相は、まっすぐに私を見つめて問うた。

まるで私の中の迷いを見抜いているかのような質問に、背筋にひやりとしたものが走る。宰相はどこまで事態を把握しているのだろうか。知っていての、問いかけだろうか。

私は結局まだ陛下からのお気持ちに返事することができていない。

手紙で知らせてもらったエヴァンデル王国の状況や、家族のことを考えれば、陛下のお気持ちを受け入れることはできないとはっきりと断り、帰国した方がいいのだろう。

けれど、それは自覚してしまった陛下への好意を捨てることと同義だ。

その覚悟をしなければいけないと思いながらも、私は決断できずにいた。

何もかもを取っ払ってしまえば、好意を告げられたことは嬉しいのだ。私の能力だけではなく、私の性格や気質も含めて、私自身を見てくれようとしているフェリクス陛下に、同じ気持ちを返せたらどれだけ良いだろうと、つい考えてしまう。何も考えないならば、陛下に私の気持ちを伝えてしまいたかった。きっとフェリクス陛下は私の好意を喜んで受け止めてくださるはずだ。そこに疑いはない。

けれど、もし、フェリクス陛下と家族が同時に私の力を必要とした時――どちらかを助けることができないという選択にさらされた時、私にフェリクス陛下を選ぶという決断をくだすことはできるのだろうか。その決意もなく、フェリクス陛下に自分の気持ちを伝えてよいとは思えなかった。

定まらない私の心を、宰相はどこまで見通しているのか。即答できない私にトルンブロム宰相は底の見えない微笑みを浮かべた。

「ご存じかもしれませんが、私は幼い頃、陛下の家庭教師をしていました。なので、どうしても過保護になってしまうのでしょうね。あなたはまだお若い。今なら傷は浅いでしょう。どうか、後悔のないようによくお考えください」

婉曲《えんきょく》にフェリクス陛下を諦めろと言っているようにも聞こえる宰相の言葉に、私は『よく考えます』と返事をすることしかできなかった。

そうしていると、近くで騒ぎが起こったようだ。派手な音が響き、会場にいる騎士達が場を仕切る声が聞こえる。どうしたのだろうと思っていると、文官がこちらに向かってくる。

「ご歓談中、申し訳ありません。あちらで、ステンホルム公とトーレソン公が言い合いを始めまして、乱闘が起きました。お二人は『陛下に裁定をしていただこう』と言い合っていますが、このようなことで陛下に声をかけていいかわからず宰相閣下のご判断を仰ぎに参りました」

会場を見回しても陛下の姿は見えない。庭も開放されているので、そちらにいるのかもしれない。

宰相は思案げな顔をしている。おそらくは、陛下に言われていることもあり、私のことが気にかかるのだろう。

「私は大人しくしておりますので、どうぞお話をされてきてください」

「そういうわけには――」

「エーリク事務官がいてくだされば、大丈夫ですから」

「……そうですね。ありがとうございます。すぐに戻ります。エーリク事務官、ロセアン殿を頼みましたよ」

私の言葉に宰相は決断したようだ。エーリク事務官に指示を出し、文官について現場へと向かった。

私はエーリク事務官と共に、目立たない位置へと移動した。


宰相が喧嘩の仲裁に向かわれてから、エーリク事務官がステンホルム公とトーレソン公について話をしてくれた。お二人は隣り合う領地で、特産物も生産量も同じくらいなため、いつも競っているらしい。それが良い方向に働けば領地の発展につながるが、悪い方向に働けば今回のような騒動につながってしまう。しかし、利の方が多いため、普段はできるだけ二人を鉢合わせないようにと手を回しているらしい。

今回のような夜会の場合は、いくら手を回してもどうにもならない部分があり、仕方がないのだとエーリク事務官は諦めた目をしていた。エーリク事務官も、色々と迷惑をかけられたのかもしれない。

会場を見ながら、エーリク事務官は目に留まった人物についての話をしてくれた。

気がつくと、ステンホルム公とトーレソン公は宰相と共に別室に行ったのか、姿が見えなくなっている。周囲を眺めていると、先ほどお会いしたばかりの派手な女性がまっすぐにこちらに向かってきているのが見えた。エーリク事務官が私をかばうように一歩前に進み出てくれる。

「レンネゴード様、何かございましたでしょうか」

「あなた、確か宰相閣下のところの人だったかしら。わたくし、こちらのセシーリア嬢にお話があるの。邪魔しないでくださる？」

「ですが――」

「うるさいわね。平民ごときがわたくしに話しかけるなと言っているのよ」

レンネゴード嬢はエーリク事務官を鋭くにらみつけた。

先程フェリクス陛下とレンネゴード大臣が話をされていた時にも思ったけれど、父娘そろって難のある性格のようだ。

「エーリク事務官、レンネゴード様はお話にこられただけのようですので、大丈夫ですよ」

「……かしこまりました」

「ふぅん。あなた、平民にも優しいのね。わたくしのことはマルティダで結構よ。その代わり、わたくしもセシーリア嬢と呼ばせてもらうわ」

「承知しました」

私の返答に、マルティダ嬢は満足げに頷いた。

「さっきも思ったけど、そのドレスは少し斬新すぎるのではなくて？　ここでは、女性は肌を見せるものではないのよ」

確かに薄絹で覆われた私の腕は、目をこらすと肌がうっすらと透けて見えるかどうか、という感じだ。マルティダ嬢は、黄金の髪が映える真紅のドレスで、袖口から覗く白い飾り袖がしっかりと指先まで覆い隠している。けれど私のドレスも伝統的な形は崩しておらず、少しその素材を変えているだけだ。

会場に入った時も、嫌悪の視線は感じられなかった。

「それにその色。陛下の瞳と同じだわ。そんなドレスを身に着けるなんて、あなた、陛下からご自分が愛されているとでも言いたいの？　自意識過剰だわ」

そう言われても、これは陛下にいただいたものだ。エーリク事務官や私への振る舞いから、そのことを告げればマルティダ嬢は激昂するだろうとは察せられた。マリーから事前にこちらの暗黙のルールについて色々と聞いてきたはずだが、さすがに国賓として出席する夜会でドレスについて文句を言われるとは思わなかった。考えた末に私は正直に告げることにした。

「こちらはフェリクス陛下よりいただいたものです」

「なんですって⁉」

大きな声をあげるマルティダ嬢に、まわりの視線が興味深い色を宿してこちらに向いた。

だが、興奮しているマルティダ嬢は気がついていないようだ。

「あなた、わたくしを差し置いてそんなことが許されると思っているの」

「許される、ですか？」

「さっきも聞いていたでしょう。わたくしは陛下の婚約者候補なのよ！　だいたい、あなた、そこの平民はかばうし、辺境の村まで騎士隊と共に出かけたんですって？　どうせ血筋もたいしたことがないのでしょう。立ち居振る舞いから貴族だろうとは思っていたけれど、もしかして、あなたも平民の御出身なのかしら。だったら、なおさらわたくしの言うことを聞いて大人しくしていればいいのよ！」

「いえ、私は――」

「わたくしに、逆らうというのね」

訂正しようとしたところで、マルティダ嬢が手を振り上げる。

私は衝撃を覚悟して目をつぶった。

だが、衝撃は来ない。

おそるおそる目を開けると、目の前には、エーリク事務官が私をかばう背が見える。

そして、マルティダ嬢の手は、振り上げた姿勢のまま静止している。

振り上げた手を、フェリクス陛下がつかんでいた。

先程、壇上で父娘に向けていたものよりも何段階か低い温度を宿す視線が、マルティダ嬢を射貫いていた。

「何をしようとしていた」

「あ……、わ、わたくしは……」

地の底を這うような低い声に、フェリクス陛下の怒り具合が窺われた。いつの間にかトルンブロム宰相も戻ってきている。フェリクス陛下はやってきた近衛《このえ》騎士にマルティダ嬢の身柄を預け、手を払った。

「娘が何か？」

そこに、レンネゴード大臣が、大きな体をゆすりながらやってきた。

「ロセアン殿、これはどういうことですかな！」

近衛騎士にマルティダ嬢が拘束されているのを見て、フェリクス陛下とトルンブロム宰相もいるにもかかわらず、レンネゴード大臣の怒りが何故か私にぶつけられる。思わず身をすくませたが、陛下が一歩前に出て、私をレンネゴード大臣の視線から隠してくれた。

「見当違いな怒りをセシーリア嬢にぶつけるというのなら、レンネゴード大臣、そなたも娘ともども王宮への立ち入りを禁じよう」

「陛下、そのような異国の女に入れあげたあげく、道理を失われるとは！　見損ないましたぞ！」

レンネゴード大臣が怒鳴り声をあげる。宰相が大臣とマルティダ嬢に向かって声をかける。

「ロセアン殿は、陛下と私がお招きした大事なお客様です。それに、どうやら大臣もお嬢さんも勘違いをしておられるようですが、ロセアン殿はエヴァンデル王国の王族の血を引くご令嬢です。あなた方にそのように罵られるいわれはありません。宮廷で話題にもなっていましたし、知ろうと思えばすぐにわかったはずですが」

「え、そんな、まさか……！」

涼やかな声で告げられた宰相の言葉に、大臣とマルティダ嬢は顔色を青く変えた。

そこに陛下が低い声で続ける。

「セシーリア嬢のお父上はエヴァンデル王国の公爵閣下だ。爵位を持っているのは彼女自身ではないし、招いた理由も彼女自身の癒やしの力によるために、あえて吹聴する必要のないことだと思っていた。そもそも、私が招いた客人に、こんな無礼な真似をする者がいるなどと思いもよらなかったからな」

「そ、そんな、知らなかったのです！」

「知っていたら、どうだというのだ」

陛下が、低い声で発した。

「今日の夜会だけでも幾多の無礼を重ね、あげくこのような事態を起こすとは、お前のような者にとても大臣の職など任せられぬ。レンネゴード大臣には、本日をもって職位を返上してもらう」

「へ、陛下、どうかお慈悲を！」

「早く大臣を拘束し、二人を牢《ろう》へと入れろ」

フェリクス陛下は大臣の嘆願を聞き入れるおつもりはないようだ。

駆けつけた近衛騎士は陛下の指示に従い、冷静にレンネゴード大臣を拘束した。

騎士に命じるフェリクス陛下の声音は厳しい。大臣がすがりつくように陛下を見ているが、陛下はそちらに視線すら向けない。マルティダ嬢は陛下の怒気に顔色を青くし震えていた。

「へ、陛下、申し訳ございません。どうか、どうか……！」

「謝罪をする相手が違うだろう。早く連れていけ」

「はい！」

悲鳴を上げる大臣に、陛下は冷たい声で近衛騎士に指示を出した。

騎士が大臣らを連れていくと、フェリクス陛下が振り向かれ、改めて私に謝罪される。

「セシーリア嬢、我が国の者が不快な思いをさせ申し訳ない」

「私の方こそ、かばっていただきありがとうございます」

「彼らは我が国の法に則《のっと》ってしっかりと罰を受けさせる」

「私の素性は、大々的に喧伝《けんでん》していたわけではありません。私個人としては、あまり強い罰は望みません。そのことをご一考くだされればと思います」

「配慮に感謝する。だが、だからといって許されることではない。この件については、こちらに任せてもらおう」

フェリクス陛下の声は、断固としたものを含んでいた。

陛下は私に歩み寄ると、手を取った。

「このことで、我が国を嫌いにはならないでほしいと思う」

「もちろんでございます」

私が答えると、夜会の会場の雰囲気から張り詰めたものが弛んでいった。

陛下はあたりを見回すと声を張り上げる。

「さて、少々騒がせた。問題はないので、皆は引き続き夜会を楽しんでくれ」

そして、夜会は再開された。

騒ぎが落ち着きしばらくすると、フェリクス陛下は私の手を引き、夜会の会場を抜け出した。

連れてこられたのは、夜会の客向けに用意されていた休憩室の一つだった。こぢんまりとした部屋だが装飾は豪華で、もしかしたらフェリクス陛下のために準備されていたのかもしれない。長椅子に二人並んで座る。

「抜け出してよろしかったのですか？」

「ああ、しばらくは持つはずだ。セシーリア嬢も休憩をいれたほうがよいだろう」

確かにまだ夜会は続くのだ。色々なことがありすぎたために、この休憩は嬉しかった。

「先程はすまなかったな」

「もう気にしておりませんので、これ以上の謝罪は不要です」

「そういってくれるとありがたいな」

陛下は私の感情を推し量るようにじっと見つめた後、ふと表情をゆるめた。

「ところで、会場では、何も食べることはできなかっただろう。私は何か口にしておきたい。軽いものを少し用意させようと思うが、セシーリア嬢はいかがする？」

「私もお願いいたします」

頷くと、陛下が控えていた従者に命じ、一口サイズの料理が何種類か盛られている皿がいくつも運ばれてくる。どの料理も種類が違い、サイズも小さくてかわいらしい。

一緒に、こちらで好まれている飲み物も運ばれてきた。

フェリクス陛下が遠慮なく料理に手を伸ばされるので、私も食べたいものを選びやすい。いくつかの料理を口にすると、だいぶん空腹も紛れてきた。フェリクス陛下は、一通り料理を召し上がると、長椅子にゆったりと背をもたせかけた。

人心地つくと、今度は中座した夜会の会場のことが気になってくる。いつ戻ってもいいようお化粧を直しに一旦席を外し、戻ると陛下に手招きされた。

再び元の位置へと座ると、私はまだ戻る気配のない陛下に話しかけた。

「夜会に戻らなくてもいいのですか？」

「私がセシーリア嬢との時間をもう少し楽しみたい」

言葉に詰まる私に、フェリクス陛下は楽し気に喉の奥で笑うと、その手を伸ばした。

陛下の温かい手が、私の指先を軽く握り込む。

「緊張が取れぬか？　少し冷えている気がする」

そのまま、陛下の指が私の手の形を確かめるようになぞっていく。

くすぐったくて、手を引こうとするけれど、陛下の力は案外強い。

「フェリクス陛下……？」

「どうした？」

見上げると、陛下の瞳が楽しげに細められている。

私の反応がそんなに面白いのだろうか。

表情に出たのか、陛下の手が離れ、頬の輪郭を指の腹でなぞられた。

「そう怒るな。手は温まっただろう？」

「それは、そうですけれど」

確かに陛下の言う通りだがどこか納得がいかなくて、その横顔を見つめる。

陛下には気にした様子はない。

「許されるならば、セシーリア嬢とずっとここでこうしていたいものだ」

それは、私も同じだった。不意に陛下の反対側の手が、耳飾りに伸びる。

そして、そっと耳元を飾るサファイアの宝石をすくい上げた。

「フェリクス陛下？」

「夜会の前にも伝えたが、よく似合っているな」

フェリクス陛下が、ゆっくりと私の方に身を乗りだす。

ダメだと思うのに、私は反射的に目を閉じてしまっていた。

「目を閉じてはならぬと言っただろう」

小さく笑う気配と共に、陛下に耳元でささやかれ、軽いリップ音が鳴る。

耳元で陛下の吐息を感じ、思わず目を開くと、陛下のお顔がすぐ近くにあった。

陛下の方は、どうやら耳飾りにキスをしただけのようだ。

私が固まっている間にゆっくりと陛下の体が離れていった。

動揺で固まる私に、陛下は満足げな笑みを浮かべていた。

「名残惜しいが、時間的にはそろそろ戻らねばならぬか。セシーリア嬢が大丈夫というのなら、もう少し頑張ってもらおう」

フェリクス陛下は立ち上がると、まだ座ったままの私の手を取る。そして、生地の上から手の甲へと軽く口づけた。先ほどの耳飾りへのキスの方が衝撃が強く、私はぼんやりとその口づけを受け入れていた。「さぁ参ろう」との陛下の言葉に慌てて立ち上がる。

真っ赤になっているだろう私を連れて、フェリクス陛下は夜会へと戻った。

その日、夜遅くまで夜会は続いた。

第五章

夜会が無事に終わってから、数日が経つ。レンネゴード家の父娘は牢に入れられ、一旦は爵位剥奪も検討されたそうだが、私が減刑をお願いしたこともあり、禁錮刑で落ち着いたと聞いた。

夜会の翌日は休みをもらっていて、その翌日から騎士団の業務と私の能力の検証に戻っている。たまに意見を聞かれるだけとなったけれど、黄鈴草《イエローベル》の検証も順調のようだ。

夜会で宰相より釘を刺されたが、私の気持ちは相変わらず整理がつかないままだ。悩むばかりでは仕方がないので、私もまずはできることから片付けていくことに決めた。

午前中、騎士達の浄化と治癒が一段落した後、エーリク事務官が管理をしている名簿を借りる。

やはり、第五騎士隊の名簿が埋まっていない。

「名簿をありがとうございました」

「どういたしまして」

「第五騎士隊の皆様は、まだいらっしゃらないのですね」

「グルストラ騎士団長も大分厳しく言われているそうですが、自分の体のことは自分がわかっているからと従う様子がないそうです。このままだと、何らかの処罰がくだる可能性もあります」

「そうですか。調査の方はいかがですか？」

「……それが、あまり進捗はありません」

エーリク事務官は肩を落とす。そこで、私は考えていたことを口に出した。

「でしたら、私が第五騎士隊の皆様のところに行ってみようと思います」

「え、ロセアン様、ご自身がですか？」

「はい。まれに浄化で体が驚いて倒れる方もいらっしゃるので、寝台がある医務室を使わせてもらっていますが、第五騎士隊の皆様はこちらにいらっしゃるのがお嫌のようです。もし第五騎士隊のほうでそのような方が出られたら、第五騎士隊の方にこちらまで運んでいただきます」

「ですが、ここに第五騎士隊所属の騎士を来させるのも騎士団長の仕事です」

「待っていても医務室にいらっしゃらないのなら、私が出向けばいいと思いませんか？」

「それは……」

「もちろん、第五騎士隊の方に、断られれば諦めます」

エーリク事務官が考え込むように黙った。

「ダメですか？」

「……正直、良い案だとは思います。でも、僕の一存では決められないので、一度宰相閣下と騎士団長に相談させてください。任務もありますので第五騎士隊への日程の調整も必要だと思います」

「そちらはお任せします」

「宰相閣下からの許可が下りなければ、諦めてくださいね」

「もちろんです」

頷くとエーリク事務官が諦めた顔をしながらも承知してくれた。

意外なことに、あっさりと宰相閣下と騎士団長の許可は下りた。

数日後に第五騎士隊は騎士団の建物内での内勤業務があるので、その日に伺うこととなった。

当日。一旦は医務室に出勤し、それから第五騎士隊の執務室へと向かう。

「それでは、行ってまいります」

「どうか、お気をつけください」

心配そうなサムエル医務官に見送られて、エーリク事務官と共に第五騎士隊の待つ部屋へと出発した。騎士隊にはそれぞれ、この建物内で部屋が割り当てられているそうだ。向かうように言われたのは、第五騎士隊の執務室だ。

「失礼いたします」

エーリク事務官と共に第五騎士隊の執務室へと入る。部屋の中は広く、一定の間隔で机が寄せられていて、その机の半数ほどに騎士達が着席し仕事をしていた。

取り次ぎに出てくれた騎士の案内の下、執務室から応接室へと通される。

待たされることなく、すぐに黒髪のクリストフェル・ヤコブソン隊長が入室してきた。以前食堂で見かけた通り、騎士団の中では小柄な方だが、その雰囲気は抜き身の剣のように鋭いものがあった。

ヤコブソン隊長は無表情を崩し、薄く笑みを浮かべ私たちを歓迎してくれた。

「よくいらしてくださいました。クリストフェル・ヤコブソンです」

「セシーリア・ロセアンです」

「事務官のエーリクです」

挨拶の後、ヤコブソン隊長は私たちに着席を促す。ヤコブソン隊長が席に着くと、まだ年若い騎士がお茶とお菓子を出してくれた。エーリク事務官が給仕を手伝い、私の前にシンプルなティーカップと、お菓子が並ぶ。

「こちらは私の故郷のお菓子と部下の地元のお茶になります。ロセアン殿がいらしてくださるということで用意しました。ロセアン殿は甘い物がお好みだとか。きっとお口に合うでしょう。どうぞお召し上がりください」

そう言われると、口をつけないのも失礼にあたるだろう。ヤコブソン隊長は神妙なお顔で私たちを見守っている。

「では、いただきます」

エーリク事務官と共にお茶とお菓子をいただいた。

お茶は薄い水色で、知らない花の香りがした。

お菓子は、こんがりと焼き色がついていて、クッキーよりも厚めのものだった。味は外見通りの素朴な味で、生地に混ぜ込んであるのか木の実のような風味がする。

「おいしいですね」

私の感想に、ヤコブソン隊長は少しだけ微笑んだ。

「お気に召していただいて嬉しいです。小さい頃、私もよくその菓子を食べていました。今日は私の隊のためにわざわざいらしてくださって感謝します。一日で全員は無理でしょうから、何日かにわけてお願いすることになると思います。本日は、出勤している騎士達をよろしくお願いします」

「かしこまりました」

そして、本日の浄化と治療の進め方を説明する。医務室の時と同じで、ここに騎士を一人ずつ呼んでもらい、浄化と治療が終わればその人に次の人を呼んでもらう形で進める。

もし具合が悪くなれば、状態にもよるけれど、その人は医務室に第五騎士隊の人達で運んでもらうことになる。

ヤコブソン隊長はうなずき、第五騎士隊からも一人立ち会うことを提案された。

私は第五騎士隊の皆様に問題がないのならば、立ち会いも構わないと返した。

そうして、細々としたことを決めて、治療を始めた。

治療をはじめて一時間経った頃だろうか。

そう多くの人数に浄化も治療も行っていないというのに、時間が経つにつれて、どんどん気分が悪くなってきていた。

「……これで、大丈夫です。次の方をお願いします」

「ありがとうございます」

そういって浄化と治療を終えた騎士が出ていく。

「少し休憩をいれましょうか？」

「では、次の方が終わられたら、お願いします」

エーリク事務官にも私の不調が伝わってしまっているようで、休憩を提案された。いつもならこの人数で休憩を入れるほど疲れたりはしないのに、何かがおかしかった。

原因を考えようと思ったところで、次の騎士が入室してくる。貴重な時間を割いて来てもらっているのに、待たせるわけにはいかないと、不調を押し隠してなんとか浄化と治療を行う。

次の人には時間を置いて来るように伝えてもらったところで、気が抜けたのと、込み上がってくる気持ちの悪さにその場にうずくまった。

「ロセアン様!?」

「……だいじょうぶです」

なんとか答えるけれど、全然安心できる回答ではないだろう。

「ご不調でしたら、無理はなさらず休まれてください」

同席している第五騎士隊の騎士の心配がにじむ言葉に頷いた。けれど、移動しようとしたところで、視界が黒く染まっていく。『倒れそう』と思ったのが、最後の記憶だった。

気がつくと、見慣れた医務室の寝台の上だった。どうやら意識をなくして運ばれてしまったらしい。寝台の仕切りには全てカーテンが張られている。小さく抑えられているが、カーテンの向こうから話し声が聞こえており、それで目を覚ましたようだ。

「——では、同じものを食べたエーリク事務官には異変はないのだな？」

「僕は今のところ何もありません。あの、本当に毒なのでしょうか……」

「調べてみないことにはなんともわかりませんね」

フェリクス陛下の声に、エーリク事務官とサムエル医務官の声もする。

『毒』という言葉に意識が覚醒する。聞こえる声の調子からどうやらエーリク事務官は無事なようだ。毒ならば彼にも影響が出ていそうなものだから、可能性として話題に上がっただけなのかもしれない。

私が倒れてしまったばかりにそのようなことを心配させるなんて、申し訳ない気持ちになる。

目は覚めたものの、体調は全くと言っていいほど回復していなかった。倒れる前に感じていた気持ちの悪さも一向によくなっていない。せめて目が覚めたことを伝えたいのに、力が入らず身じろぎさえ今は無理そうだった。

「俺としては、身内をあんまり疑ってほしくないが、だからといって確認もせず擁護はできねぇ。今、第五騎士隊にはロセアン嬢に提供した飲食物を提出するように伝えてあるから、もうすぐここに運ばれてくるはずだ」

「使用された皿やカップに毒が塗られている場合もありますけれど、そちらは？」

グルストラ騎士団長に、サムエル医務官が尋ねている。

「一応洗ってなかったらそれも持ってくるように伝えているが、ロセアン嬢が倒れるまでに時間も開いているし、期待しない方が良いだろうな」

「そのことですが、給仕の際に、僕も配膳を手伝っているのです。確実にロセアン様を狙うものであれば、その方法では不確実な気がします」

「そうか。それなら、食べ物から何か見つかる可能性も低い、か」

フェリクス陛下が続ける。

「提出された飲食物は王宮のパルム医師に分析を頼むつもりだ」

「そこら辺は陛下に任せる」

「かしこまりました」

グルストラ騎士団長とサムエル医務官が答え、陛下が続ける。

「では、グルストラ騎士団長は、第五騎士隊の騎士がきたら、共にパルム医師のもとに向かってくれ」

「わかった」

グルストラ騎士団長が返事をする。

「では、エーリク事務官は宰相の元に報告にいき、サムエル医務官は通常業務に戻るように」

「ロセアン嬢は？」

「私が連れて帰る」

言葉と共にフェリクス陛下であろう気配が近づいてくるのがわかり、私は思わず目を閉じた。

「失礼する」という言葉と共にそっとカーテンが開けられた。

「セシーリア嬢、起きているか……？」

陛下の声におそるおそる目を開くと、心配げな表情の陛下と目が合った。

「よかった、気がついたのか。具合はどうだろうか？」

口を開こうとしたが、口の中がカラカラだった。

声を出すことをあきらめ、ゆっくりと首を横に振る。かすかにしか動かなかったが、陛下にはそれで十分だったようだ。

「そうか。ここではゆっくりと休むことはできないだろう。部屋に送っていこうと思うが、歩くことはできそうか？」

その答えにも、少し考えて首を振った。

「ならば、しばし我慢してもらうことになるが、私が抱えて戻ろう」

騎士団の医務室に泊まるわけにはいかないだろう。

陛下の申し出を断れば、夜までにどうにかして自力で客室まで戻らなければならなくなる。

そんなことは、とても無理そうだった。

申し出に頷くと、フェリクス陛下はその表情に少しだけ安堵《あんど》をにじませた。

「では、失礼する」

陛下の介助のもと体を起こすと、横抱きに抱えられた。フェリクス陛下は私を抱えていても安定感があり、歩みも安定している。

「つらかったら、目を閉じていなさい」

気がつくと私は陛下の腕の中で再び眠ってしまっていた。


私が倒れた翌日。一晩休んだからか、昨日の不調が嘘のように回復していた。診察に来たパルム医師は首をかしげていたけれど、元気になったのならと、今日一日安静にすれば明日から通常の生活を送ってよいとの言質《げんち》を得ている。

今のところ昨日のお菓子とお茶からも毒は見つかっていないそうだ。だからこそ、一日様子を見るだけで許されたのかもしれないけれど、私は寝台の上で退屈を持て余していた。

「昨日の不調はなんだったのかしら」

「ロセアン様は、騎士団のお仕事や他にも色々たずさわっておられると聞きます。働きすぎだったのではないでしょうか」

「そんなことはないわよ。故郷にいた頃は、毎日魔力の三、四割は必ず使っていたの。使っている魔力量だけで言えば全然楽をしているわ」

「あれだけのことをなさって、楽をしているとおっしゃるなんて、さすがはロセアン様ですね」

「マリーは、ほめ上手ね」

話をしていると、マリーが不自然に体をかばっているのに気がついた。

「マリー、どうしたの？」

「朝、準備をしていた際にあやまって体をぶつけてしまったのです。ロセアン様がお気になさるほどのことではありません」

治癒魔術を使うつもりで寝台から起き上がると、マリーは首を横に振った。

「ご療養中のロセアン様にそのようなことをしていただくことはできません」

「もう元気なのだし、大丈夫よ。いつもよくしてくれているマリーが痛そうにしていると心配だわ」

「そのようなことはございません。ご心配をおかけしてしまい、申し訳ありません。本当に、それほどのことではありませんから」

「私が気になるの」

じっと見つめると、マリーのほうが折れてくれた。

「……でしたら、お願いします」

そして、魔力を込めようとしたところで、それに気がついた。魔力が、集まらない。たとえば、水を手ですくっても指をひらけば、その指の間から水がこぼれてしまうように、私の中に魔力はあるのに、そこから魔力を引き出そうとしても、できないのだ。

「ロセアン様？」

そのまま固まる私に、マリーが怪訝《けげん》な顔をしている。

「なぜ……？」

「どうなさったのですか？」

「……治癒魔術が、使えないみたい」

「そ、それは本当ですか⁉」

驚きを隠せないマリーに、私は茫然《ぼうぜん》とうなずいた。

マリーも一瞬茫然とした顔をしたが、すぐに事態を把握したようだ。

私をしっかり見つめると、ゆっくり言い聞かせるように言葉をつむぐ。

「私はパルム先生を呼んでまいります。ロセアン様は、こちらにいらっしゃってください」

マリーは迅速に行動した。人を呼べるような格好に私を着替えさせると、椅子に座らせ、いつの間にかパルム医師を呼びに行っていた。

パルム医師の診察はすぐに終わった。

「どうやら何らかの原因で、ロセアン様の魔力が乱れているようです。ですので、普段通りに魔力を扱えなくなっているのでしょう」

まだパルム医師の言葉を受け止め切れていない私に変わって、マリーが尋ねる。

「そんな……、その、魔力の乱れというのは元に戻るのでしょうか？」

「おそらくは一時的なものだと思われます。原因がわからないため確実なことは言えませんが、魔力が消えたわけではありませんから、魔力の乱れが落ち着けば元の通りになられるでしょう」

「戻らない可能性もあるのですか？」

「はっきりとしたことは、なんともわかりません。お力になれず申し訳ありません」

肩を落とすパルム医師に、私は首を振る。パルム医師は気の毒そうな表情で続けた。

「難しいと思いますが、あまりお気を落とされませんように。宰相閣下には私がご連絡にいきましょう」

頭を下げると、パルム医師は辞去の言葉を残して戻っていかれた。


先生が部屋を出られてから、私はソファに一人座り込んでいた。

(浄化魔術も、治癒魔術も使えないなんて……)

生まれてから、ずっと私とともにあった力が使えないというのは不思議な感覚だった。

実際、手元で浄化魔術を発動しようとしても、私の意思は魔力に伝わらず、静かに体内を循環しているだけだ。

幼い頃。聖女としてのお役目がつらかった時には『聖属性の魔力なんてなければよかったのに』なんて考えたことはあったけれど、それがこういう形で返ってくるとは思わなかった。

(もし、このまま魔力を扱えなければ、私はどうなってしまうのかしら――)

フェーグレーン国からは、浄化の力を持っているからと望まれたのだ。魔術が使えなければ、この国に残る意味はない。

エヴァンデル王国に戻されるのだろうか。

家族はきっとこのままの私でも受け入れてくれると思う。けれど、その想像はどうしてか胸が痛んだ。

「ロセアン様、もしよろしければ、いつも飲まれているお茶をお淹《い》れいたしましたので……」

「ありがとう、いただきます」

ぼうっと考えていたところでマリーに声をかけられた。マリーは私を安心させるような笑みを浮かべている。その笑顔に、マリーも体を痛めていたことを思い出す。

「体は、大丈夫？」

「はい。パルム先生から、私にもお薬をいただきました」

「よかった。私、自分のことばかりで」

「滅相もございません。大変なことが起きているのです。お気になさらないでください」

「……ありがとう。お茶をいただくわね」

お茶に口をつける前に、一瞬、この不調の原因についてが頭をよぎる。

疑わしい一番の原因は、昨日の体調不良――そして、その直前にいただいたお茶とお菓子だった。

(でも、パルム先生は、毒は見つからなかったとおっしゃっていた)

それに、マリーの気遣いなのか、お茶はいつも飲んでいる茶葉で淹れられたものだ。

おかしなことは起こるわけがないと自分にいい聞かせる。

「あの、やはり、お水をお持ちしましょうか？」

「大丈夫よ。ごめんなさい。疑っているわけではないの」

「いえ、あのようなことがあったのですから。申し訳ありません」

マリーの提案に首を振り、思い切って一口もらうと、それはいつもと変わらない味がした。

飲み慣れた味と香りが、体の緊張を緩めていく。

「……おいしい」

思わず漏れた一言に、マリーもほっと息をついた。

そうして何口かお茶をもらっていた時だった。取り次ぎの従者がやってきてマリーに耳打ちした。

マリーは少しためらった後に伝言を伝える。

「陛下がいらっしゃっています。お会いになりたいとのことですがどうなさいますか？」

おそらくはまだ顔色が悪いのだろう。私を見て、マリーが続ける。

「ご気分が優れないとお伝えすることもできますが……」

マリーはそう言ってくれるけれど、会わないわけにはいかないだろう。

正直、魔術を使えないこの状態で陛下にお会いするのは、少しだけ怖かった。

（今まで優しくしてくださっていたフェリクス陛下の態度が変わってしまわれていたら――）

それは、想像するだけでつらかった。

できればもう少し気持ちを立て直してからお会いしたかったというのが本音だ。

せめてこの不調が一過性のものだとわかっていれば、お見舞いに来ていただいたことをもっとうれしく感じただろう。でも、もし、陛下の態度が変わられたとしても、それは仕方のないことだ。

私は癒やしの力を必要とされて呼ばれたのだから。

能力をなくしてしまったならば不要だと言われても、それはこの国としては当然のこと。

婚約者だった方でさえ、私の能力が足りないとお考えになれば、容易に切り捨てたのだ。

（だから、取り乱したりしないように、気をつけなくては）

何があっても大丈夫なように覚悟をして、マリーに『陛下にお会いします』と返事をした。

パルム医師から話を聞いているのか、部屋に入ってきたフェリクス陛下の表情は硬かった。私がいつものように立ち上がり、礼をして出迎えたところで、フェリクス陛下はその表情を変えた。

「セシーリア嬢、寝ていなくて大丈夫なのか？　いや、私のせいだな。どうか楽な姿勢でいて欲しい」

フェリクス陛下は手に持っていた花をマリーに預けると、慌てたように私の側に来て、優しく手をとった。そのまま有無を言わさずソファへと連れていかれる。以前と全く変わらない陛下の様子に、私の方が戸惑ってしまう。

陛下は私の側に座ると、私の顔色を窺うように言った。

「突然の訪問だが、迷惑ではなかっただろうか」

「いいえ、来ていただいて嬉しく思います」

陛下は、ほっとしたように微笑む。

「少しでも慰めになればと思い、花を持ってきた」

気を利かせたマリーが花束を見せてくれる。私の好きな黄色や薄桃、白といった優しい色合いの花束に、陛下のお心遣いを感じる。

「ありがとうございます。後で部屋に飾ってもらいます」

フェリクス陛下は私の手を握ったまま従者に指示を出す。

「少し二人で話をする。そちらの侍女と共にあちらで待っていろ」

「陛下、二人きりになさるわけには――」

「扉を完全に閉じねばよいだろう」

そういうと、『返事は聞かぬ』とでもいうように、陛下は私に向き直る。従者は困惑しながらもマリーと共に退室していく。ただし、扉は完全には閉め切らずにわずかに開いていていた。

「セシー」

耳元で名を呼ばれ、マリーと従者の方に向いていた注意が、再び陛下の方を向く。

「パルム医師から、私も話を聞いた」

「フェリクス陛下……」

「今は誰もおらぬ。フェリでよい」

少しためらうような間の後、陛下は続ける。

「痛かったり、苦しいことはないのか？」

「魔力が扱えない以外の異変は、今のところありません」

「そうか」

その声には安堵がにじんでいる。

「セシーがまた倒れるのではないかと心配した」

「今のところは何の不調もありません。ご心配をおかけしました」

「よい。勝手に心配しているのだ」

形式上かもしれないが、陛下にこのように心配していただいて、心の中が温かくなる。

陛下はそんな私を見ると、続けた。

「私もだが、パルム医師もセシーのことを心配していた」

「パルム先生には、ここに来てからご心配をおかけしてばかりです」

「驚くだろうが、トルンブロム宰相もセシーのことを気にかけていた」

宰相は私の能力を高く買ってくれていたから驚くことではないのかもしれないけれど、それでも少し驚いてしまう。

「やはり意外か？」

「少し」

いいのだろうかと思いながらも頷くと、陛下が少し笑いをこぼす。

「宰相は、わかりにくいところがあるからな」

そして、すぐに表情を引き締めた。

「セシーには、謝らねばならぬ」

「……何を、でしょうか」

「故郷を離れた遠い国に呼んだというのに、私の力が足りぬばかりに、このような事態を許してしまった。本当に、申し訳ない」

真摯な謝罪に、首を振る。

「陛下に責任があることだとは、思っておりません」

「私の国で起きたことだ。すべては、私の責任だ」

「そのお考えはわかりますが、今回のことについては、私もうかつだったのです」

第五騎士隊の執務室に向かう際、心の底に『たとえ何かが起きても浄化魔術と治癒魔術があるからなんとかなるだろう』という考えがあったことは否めない。その慢心が今回の事態を招いてしまった。

陛下の謝罪に、私はあんなにも恐れていたはずなのに、自分から辞去の言葉を口にしていた。

「もしこのまま能力が戻らなければ、私は故郷に――」

言いかけたところで、陛下の指が唇を抑え、私が黙ると離れていく。

「それ以上は、言ってはいけない。私は、セシーの口から帰国する、などと聞きたくない」

どういう意味だろう。じっとフェリクス陛下を見つめると、陛下は少しむっとした表情を浮かべた。

「先日、私の気持ちは伝えたはずだ。たとえ、今後、セシーが魔力を扱えないままでも、私の気持ちは変わらない」

驚く私に、陛下は続ける。

「確かに、セシーの稀有《けう》な力がなければ私たちは逢うことはなかった。だが、私は、セシーリア、あなた自身を欲している。それは、力が戻ろうとそうでなかろうと変わるものではない」

しっかりと目を合わせたまま紡がれる言葉に、私は驚きすぎて息ができなかった。

本当だろうか。信じられないけれど、陛下が私を見つめるまなざしはまっすぐで、嘘を言われているようには思えなかった。

「信じられぬか？」

「……すみません。少し、驚いて」

覚悟していたこととは正反対のことを言われて、心が追いついてこない。

「私を、薄情者にしてくれるな」

「そういうわけではありません」

「昨日、セシーが倒れたと聞いて、私の心臓は不安で張り裂けそうだった。能力が戻るかなど、些細《ささい》なことだ。セシーの命が無事なことを、私は感謝している」

その言葉に、ぽたり、と手の甲にしずくが落ちる。

私は、一瞬遅れて自分が泣いているのだと自覚した。

陛下の指が、あふれる涙をすくう。

「泣きたいだけ、泣いてよいのだ」

その言葉に、さらに涙が止まらなくなる。きっと、私が感じていた不安は、涙に溶けて流れていっているのだろう。止めようと思うのに、自分でも驚くほどに、涙があふれてくる。そのまま陛下の腕の中に囲われ、幼子のようにゆっくりと背を撫でられる。

「フェリ様――」

「他の者には、セシーの泣き顔を見せたくない。しばし、許せ」

抵抗しようとしたところで、耳元でそうささやかれてしまえば、陛下の胸元から顔をあげられない。

私が泣き止むまで、陛下はそうしてくれていたようだ。穏やかなぬくもりに包まれて、私は気がつくと眠ってしまっていた。

魔力が扱えなくなり二日経った。私は、相変わらず魔術を使えないままでいた。

体感ではわずかに回復の兆しはある。さらさらと指からこぼれていくばかりだった魔力が微かに手のひらに留まるようになったというだけで、魔術が使えないことに変わりはなかったが、ささやかな変化でも希望となった。

私が倒れたために休止となっていた騎士団の浄化と治療と私自身の魔力の調査は、魔力が回復してから再開するということで正式に休みに変わった。普段あまり話すことのない騎士や城内で仕事をしている人の中には、私が魔術を使えなくなったと知り、態度を変える人もいる。ただ、身近にいるマリーやエーリク事務官はこれまで通りと変わらぬ態度をとってくれていた。

今日は、これから休みに入る挨拶にグルストラ騎士団長のところまで行くことになっていた。いつものようにエーリク事務官と共に騎士団の建物に向かう。エーリク事務官が取り次いでくれて騎士団長の執務室に入った。

ここに入るのは二度目だった。

「失礼いたします」

「おう。こっちだ」

執務にあたっていたグルストラ騎士団長が立ち上がり、応接用のソファに移動する。

エーリク事務官は入り口付近で待機するようだ。

私は一人がけのソファに着席する前に頭を下げた。

「この度はご迷惑をおかけして、本当に申し訳ありません」

「話は聞いてる。難儀してるのはロセアン嬢の方だろう。むしろ、うちのやつらが関わっているかもしれないんだ。謝る必要はない。その、早く回復するといいな」

「お気遣いいただき感謝いたします」

「別に気遣いってわけじゃねぇよ。まぁ座ってくれ」

グルストラ騎士団長にうながされて着席する。

「こうして、ロセアン嬢が来てくれて陛下だけではなく俺たちにも惜しみなく力をふるってくれていたことこそが幸運だったんだ。騎士団の任務は過酷だ。これまでは怪我をしたって、治療は受けられるが、自己治癒能力に頼るしかないのが普通だった。浄化魔術なんて、使えるものはいなかったんだ。だから今回のことはひとまずは休暇だと思ってゆっくり休んでほしい」

「……過分なお言葉を、ありがとうございます。そんな風に思ってくださっているなど、考えていませんでした」

「そうか？　ま、あんまり言う機会もないかもな。でも騎士団でロセアン嬢の治療を受けた人間はみんな感謝しているはずだ。そういうわけで、また力が戻ったら期待してるぜ」

当然のように私に力が戻るという態度をとる団長に心が暖かくなる。

「さて、それじゃ送っていこう」

「そこまでしていただくわけには」

「あっちの息抜きさ」

グルストラ騎士団長の視線の先には書類が山と積まれていた。思わず笑みがこぼれる。

「やっと笑ったな。騎士団の人間だって怪我をすればその期間、休むんだ。この程度のこと、気にすんなよ」

そうして、団長の部屋を退室した。エーリク事務官と三人で出口に向かい廊下を進んでいると、廊下の先の曲がり角の方から話し声が聞こえてきた。

「け、聖女様はまたお休みか」

「お前らまだ浄化を受けてないんだっけ？」

「そうだよ。やっと受けられると思ったのに、俺らの浄化は嫌だとよ。やっぱ陛下のご寵愛がある方は何やっても許されるのかな」

「おい、それくらいにしておけよ。何か事情がおありかもしれないだろ。それに、聖女っていうのは団長と陛下からやめるように言われてたろう」

「どうせ誰もいないんだしいいだろ」

隣にいる団長は怖い顔をされている。そうかと思うと一瞬後には飛び出していかれた。

「お前、所属と名前をいえ」

「え、団長⁉」

「そっちのお前もだ」

グルストラ騎士団長を追いかけると、団長は騎士の一人の上に馬乗りになり、もう一人はしっかりと手で捕まえていた。あまりの早業に、『さすが』というしかない。捕まった二人の騎士はどちらも青い顔をしている。

「わりい、こいつらから詳しく話を聞こうと思うから、ここまででいいか？」

「かしこまりました」

団長に頷いて、騎士たちの方を向く。

「一つだけ、訂正をさせてください。私は、皆様の浄化を嫌だと思ったことはありません。今は魔力が使えずに中断しておりますが、回復しましたら必ず浄化するとお約束します。それでは、失礼します」

騎士のうち、暴言を止めていた人は必死に頷いている。もう一人は、団長の下でふてくされたように顔をそむけた。

私はエーリク事務官に促されるようにして騎士団の建物を後にした。好意的に受け止めてくれる人ばかりでないことは自覚していたが、実際に言われると大分こたえた。


翌日、宰相の執務室まで呼び出しがあった。迎えにきたエーリク事務官と共に二人で向かう。

（昨日のことかしら……？）

エーリク事務官も詳しい話は知らないようで、なんだろうと思いながら向かう。

取り次ぎの後、宰相の執務室に入ると、中には宰相の他にフェリクス陛下とグルストラ騎士団長もいた。中に入ると、私だけ上座におられるフェリクス陛下の隣の席に誘導される。私の正面にグルストラ騎士団長、陛下の正面にトルンブロム宰相が座り、エーリク事務官は扉の近くに壁を背にして留まった。

私が座るなり、グルストラ騎士団長が勢いよく立ち上がり頭を下げる。

「ロセアン嬢、今回のこと本当に申し訳ない！」

「昨日のことでしたら、気にしておりません」

「そうだけど、そうじゃねぇ」

「グルストラ騎士団長、それでは話が伝わりませんよ」

「そうなんだがよ、どう言えばいいっていうんだよ」

「一つずつ、順を追って話すしかないでしょう」

見かねたトルンブロム宰相が口を挟んでくれた。

「そうだな。まずは、昨日の話からするしかねぇか」

グルストラ騎士団長が頷いて、椅子に雑に座った。フェリクス陛下は腕を組み、黙って話を聞いている。

「昨日の二人だが、悪口を言っていた騎士は第五騎士隊所属だった。止めていた方は第二騎士隊所属だ。詳しく話を聞くと、第五騎士隊の間で『ロセアン嬢の意思で浄化を休んでいる』という噂が出回っていることがわかった。他の騎士隊に話が回っていないのは、第五騎士隊以外のほとんど全員が浄化を受け終わっているからだと思う。第五騎士隊の騎士には、騎士団の規則にもとづいた懲罰を与えている。不快な思いをさせて、本当に申し訳なかった」

「お話はわかりました。ですが、昨日の件は私からもきちんと訂正いたしましたし、事情をわかってくださったのならこれ以上の謝罪は不要です」

「感謝する」

そう言うと、グルストラ騎士団長はもう一度頭を下げていた。

「もう一つ、お話があります。こちらは私の方から話しましょう」

続いて、トルンブロム宰相が口を開いた。

「ロセアン殿の魔力に関してです。第五騎士隊で出された飲み物と食べ物に、同時に摂取すると一時的に魔力を乱す成分が含まれていることがわかりました。作用するのは魔力に関してのみ。だから魔力を持たないエーリク事務官には影響はなかったようです。私の部下で魔力を持っているものに協力してもらい、作用を確認しています。パルム医師によると、摂取した量にもよりますが、長くても十日で作用は消えるだろうということでした」

「ということは、元通り魔術を使えるようになるのですね」

どこか緊張していた体から力が抜ける。魔術を再び使えるようになる、という事実がとてつもない安堵をもたらしていた。

「そうですね。それ以外に怪しいものは含まれていないとのことですからそう思っていただいて大丈夫でしょう。第五騎士隊のヤコブソン隊長に話を聞きましたが、あちらでもこの食べ合わせの作用を把握しているものはいませんでした。念のためにこちらでも調査をしましたが、菓子については隊長は頻繁に食しており、お茶については偶然里帰りしていた騎士が珍しいものだからと提供した、という証言を得ています」

納得のいく説明だ。けれど、これまで積み重なってきたことを考えると、本当に今回のことが事故だったのか、さすがの私にも疑いの気持ちが湧きあがる。

「また、第五騎士隊か」

フェリクス陛下がぽつりとこぼす。宰相も同じように考えているのか頷いた。

「そうですね。偶然にしては、第五騎士隊関連で事件が起こりすぎている気がします」

宰相は別の資料を取り出し、話を続けた。

「最初にロセアン殿の浄化を受けようとしなかった件でエーリク事務官から報告を受けていましたが、第五騎士隊を中心に再調査を行いました。そこで、第五騎士隊の隊長を務めているクリストフェル・ヤコブソンは、現在禁錮中であるレンネゴード卿の領地出身だということがわかりました。関連がないか現在調査を行っているところです」

「そうか。引き続き頼む」

「はい」

トルンブロム宰相が私に向き直る。

「ロセアン殿に一つお願いがあります。これから毎日パルム医師の診察を受けてもらいたいのです」

「魔術が使えるようになったかを、見てもらうのですね」

「そうです、よろしいですか？」

「わかりました」

話がまとまりかけた時だった。執務室の扉がノックされ、入室を求める声がする。

取り次ぎに出たエーリク事務官が、宰相に意見を伺いにやってくる。

宰相が陛下を仰ぎ、陛下が頷いた。そうして、入ってきたのは第五騎士隊のヤコブソン隊長だった。

部屋に入ってきたヤコブソン隊長はいつもの研ぎ澄まされた気配がかげり、どこかやつれた様子だった。グルストラ騎士団長が立ち上がる。

「第五騎士隊隊長ヤコブソン、呼んでいないというのに、何をしにきた」

私と陛下に背を向ける形で立ち上がったグルストラ騎士団長の声音は、厳しい。

ヤコブソン隊長はその場でさっとひざまずき、頭を下げた。

「申し上げたき儀がございます」

「それはこの場でなけりゃいけねぇことか」

「はい」

グルストラ騎士団長は、仕方ないというふうに肩をすくめると、ヤコブソンの方に近づき、陛下の方を振り返った。そして、ヤコブソン隊長と同様にひざまずいた。

「グルストラ騎士団長！」

騎士団長がヤコブソン隊長を庇おうとしていることがわかり、宰相がとがめるように厳しい声を上げる。グルストラ騎士団長は頭を下げたまま発言する。

「本来なら、突然やってきたからと発言が許されることでないのはわかっています。ですが、こうまでしてやってきたヤコブソン隊長は、何か重要な話があると思うのです。後で処罰は受けさせます。しかし、騎士団長として、陛下には、第五騎士隊の隊長に発言を許してほしく思います」

しばらくの黙考の後、フェリクス陛下は頷いた。

「よかろう。話してみよ」

頷く陛下に、宰相は短く息を吐く。けれど、何も言わなかった。

「ありがとうございます」

グルストラ騎士団長が、さらに深く頭を下げる。それに続くように、ヤコブソン隊長も頭を下げた。

「発言をお許しいただけたこと、感謝いたします。そして、まず、ロセアン殿に謝罪をお伝えさせてください。せっかくの浄化のお申し出を断り続けたこと、そして、魔力に干渉する飲食物を提供してしまったこと、大変申し訳ありませんでした」

「確認させてください。あの日、いただいたお菓子と飲み物に、魔力を乱す作用があるとはご存じなかったと伺いました。それは本当ですか？」

私が尋ねると、ヤコブソン隊長は言いにくそうに口を開く。

「……あのお茶に関しては、存じませんでした」

「おい、それはどういう意味だ」

ヤコブソン隊長の言葉に、グルストラ騎士団長が反応する。

「待て。話を聞くのが先だ」

思わず立ち上がったグルストラ騎士団長を陛下が止める。その声音は厳しい。陛下は、無言でヤコブソン隊長に続きを促した。

「あの日、本来なら別のお茶をお出しする予定でした。しかし、直前で茶葉から変な臭いがすると鼻のきく部下から報告が入り、まさかと思い確認したところ、臭いから毒だと判断しました。部下には茶葉が悪くなっていたようだと言って別の茶葉を探させたのです。代わりとなるものが、先日帰省した騎士のあの茶葉しかなく、このような結果になるとは存じ上げず、お出ししました」

「その茶葉はあるのか」

「こちらです。その茶筒も、当日のまま、触れてはおりません」

ヤコブソン隊長が差し出した茶筒を宰相に目で合図されたエーリク事務官が受け取る。

「では、茶葉に仕込まれた毒はお前が用意したものではないと、そういうことだな」

ヤコブソン隊長はグルストラ騎士団長の言葉に同意した。

「はい。信じていただけないかもしれませんが、誓って私はそのようなことをしておりません」

「あなたの言葉をそのまま信じるわけにはいきませんが、それはパルム医師の分析にまわしましょう。

エーリク事務官、至急持っていってください」

エーリク事務官が、一礼の後静かに退室する。それを見送り、フェリクス陛下が口を開いた。

「なぜ、毒があると気がついた？」

ヤコブソン隊長が顔を上げ答える。

「少し、長くなりますがよろしいでしょうか」

「話せ」

陛下が短く促す。

「ご存知かもしれませんが、私はもともと貧しい家の生まれです。レンネゴード様に取り立てていただくことができたからこそ、騎士団の試験を受けることができましたし、隊長職まで上がることもできました。その点では感謝しています。ですが、取り立てていただく代わりに、レンネゴード様の意思を汲み手足のように働くことが求められました。役職が上がってからは、特にその命令内容も酷くなり、ここでは口に出すのがはばかられるような仕事を頼まれることが多くありました」

「もしや、あの人の敵対者が不慮の事故でなくなることが多かったのは、そのせいですか」

宰相には察するところがあったのか、目を細めて頷いている。ヤコブソン隊長は続ける。

「もともと、レンネゴード様は、お嬢様のマルティダ様を陛下のお妃《きさき》様にして、権力をもっと手に入れるのだというのが口癖でした。これまでは陛下が特定の方と親しくなさることがなかったので、何もなさりようがなかったのだと思います」

ヤコブソン隊長の発言に、フェリクス陛下のお顔が不快げに歪《ゆが》んでいる。

「ですが、ロセアン殿がこの国に来られてから、それも変わられました。今まで誰ともプライベートな時間を過ごされることのなかった陛下が、ロセアン殿とは親しげに庭を散策なさり、自らメニューを策定して、お食事に誘う準備もなさっていました。これは、ついに陛下がご結婚なさるのではないかと、上層部では噂になっていたそうです」

「それはいつのことだ？」

フェリクス陛下が尋ねる。

「私の記憶が確かでしたら、ロセアン様が、まだ騎士団の業務に就かれたばかりの頃だったと思います」

ヤコブソン隊長の返答に、陛下は「なるほど」と頷いた。

「ロセアン殿が騎士団にいらっしゃるのと同時期に、私には陛下の御前からロセアン殿を排除するようにという命令がくだされました。私は接点がないということで、その要請を叶《かな》えることができないとご報告していました」

それが、私の浄化を拒んでいた理由だろうか。グルストラ騎士団長は別のことが気になったのか、ヤコブソン隊長に疑問を投げかける。

「だが、今回の毒の件はレンネゴード公の投獄後に起きている。ってことは、レンネゴード公の部下の暴走ってことか？」

「それが、昨夜、私の元にこのような指示書が届きました。ロセアン殿はご覧にならない方がよろしいと思います」

ヤコブソン隊長が取り出したのは一枚の紙きれだった。それを見たグルストラ騎士団長が顔色を変え、私の目に入らないようにヤコブソン隊長の手から取り上げる。だが、私もヤコブソン隊長の言葉を聞く前に、その紙をのぞき込んでしまった。書かれていたのは、衝撃的な内容だった。

そこには、私が治癒魔術が使えない今のうちに、今度は確実に私を害するようにということと、読み終えたこの指示書はすぐに燃やすようにと書かれていた。

「牢番にもレンネゴード公の息のかかった者がいるってことか」

「早急に担当の者を信用できる者に入れ替えましょう」

宰相の言葉に、グルストラ騎士団長がはっとしたようにヤコブソン隊長を見る。

「念のため聞くが、ヤコブソン隊長は誰がレンネゴード公の手先か、知っているか」

ヤコブソン隊長は残念そうに首を振る。

「この紙も、席を外している間に執務室の机の上に置かれていました。おそらくは私の他に、第五騎士隊の中にもレンネゴード様の息のかかった者がいるようですが、誰がそうなのかまでは存じません」

ヤコブソン隊長は言いにくそうに私を見る。

「今回、たとえ私がこの指示書を無視したとしても、おそらく別の者がやってくるだけでしょう」

「そうか。貴重な話だが、それを我々に言いに来たということは、お前はどうしたいのだ」

フェリクス陛下がヤコブソン隊長をまっすぐに見つめて問うた。

「ロセアン殿の命をお守りし、どうかレンネゴード様を止めてください。私は隊長の職を返上し、これまで騎士団を裏切っていた罰を受けます。レンネゴード様にとっては、私を助けたのは、ただ、便利に使う人間がほしかっただけのことかもしれません。ですが、何の身分も持たず、貧しかった私を、支援してくださったのはあの方だけなのです。本来なら、恩を受けた私が止めて差し上げるべきなのはわかっています。ただ、私ではレンネゴード様を止めるだけの力もなく、かといって、ロセアン殿をお守りするだけの力も足りないのです」

「ヤコブソン隊長の言い分はわかった」

グルストラ騎士団長が頷く。

「しかし、今の話だけでは、レンネゴード公を罰することはできない。そもそも、今の話をすべて信じてよいものか」

「茶葉も、直接レンネゴード公の手から押収したわけではないのだ。証拠にはなるまい。だが、セシーリア嬢が危険にさらされる可能性があるのなら、対処は必要だ」

フェリクス陛下が私の方を見る。

「この身に代えてもあなたに危険がないように取り計らうつもりだ。セシーリア嬢、あなたにもご協力願いたい」

「かしこまりました。よろしくお願いします」

陛下は頷くと再びグルストラ騎士団長とヤコブソン隊長の方を向いた。

「グルストラ騎士団長、この件に決着がつくまでヤコブソンの処分は一旦保留とするように。ヤコブソン、お前はここで拘束することになるが、よいな」

「……信じていただいて、ありがとうございます」

ほっと肩の力を抜くヤコブソン隊長に、トルンブロム宰相がいう。

「表立って拘束しては、レンネゴード卿に知られる可能性があります。何か理由を考えないといけないでしょうね」

「そうだな」

その後、さらに詳しい話がなされ、段取りが決められた。

それから、私はフェリクス陛下と過ごす時間がとても増えた。

魔力が扱えない私の警護をするのに、陛下と共にいるのが一番効率が良いからだそうだ。

名目上は文化交流ということで、私がこの国のことを学んだりエヴァンデル王国のやり方を伝えたりする、という体裁をトルンブロム宰相が整えてくれている。実際に、陛下と互いの国のやり方を話したりもして、私としても勉強になる。

そうして数日過ごし、今日は陛下の執務室でフェーグレーン国の気候について聞いていた。

「では、こちらは冬もあまり雪は降らないのですね」

「エヴァンデル王国も積雪があるとは聞いていないが」

「それでも、何年かに一度はうっすらと雪が積もることがあります」

「そうなのか。こちらより、幾分か寒いのだな」

陛下も知らないことがあるようで、お互いに有意義な時間を過ごせている気がする。

ふと、窓の外で鳥が飛び立ち、心臓にひやりとしたものが走る。

警備についている近衛騎士に緊迫した空気が漂った。

騎士二人が外を見に行き、何事もないことを確認して戻ってくると、彼らは持ち場に戻り、再び警備の任についてくれる。

フェリクス陛下と話をしていると襲撃があるということを忘れてしまいそうになるが、時々このように現実に引き戻される。それがひどく心臓に悪かった。無意識に詰めていた息を吐いたところで陛下が言う。

「いつ来るかわからないものに備えるというのは神経を消耗するだろう。疲れてはおらぬか?」

「大丈夫です。陛下にいろいろと教えていただいているので、気がつくと忘れていることの方が多いです」

「四六時中張りつめていても、つらいだけだ。可能ならずっと忘れていてよいのだぞ」

今の私には何か起きても対応する力がない。忘れてしまうことはできなくとも、気にしすぎてもよいことはなかった。頷くと、陛下が心配げな顔をされる。

「あまり毎日聞くのもどうかと思って控えていたが、パルム医師の診察ではどうなのだ？」

「大分魔力の乱れは元に戻ってきているとのことでした。もうすぐ以前のように戻るそうです」

パルム医師の見立てでは毒の影響は消えかけており、もう間もなく元のように魔術が使えるのではないかということだった。とはいうものの、私にはあまりその実感はない。本当に、元に戻るのだろうか。

黙り込んだ私をどう思ったのか、フェリクス陛下はそっと私の手を包むように握ってくれた。

「私が守るゆえ、セシーは心配などせずともよい」

「……恐れ多いことでございます」

フェリクス陛下を見上げると、心配ないというように微笑んでおられる。その笑顔に、私も微笑みを返した。

翌日のことだった。魔力が扱えなくなってから陛下が毎朝部屋に迎えにきてくださっていたのだが、今日は朝から突然時間の変更の知らせがあった。代わりに、陛下がいらっしゃる時と同じように護衛の騎士が増員されている。

知らせにきてくれたエーリク事務官によると、場合によっては今日は一日別行動になるかもしれないという。ずっと私がそばにいたので、差しさわりのある執務が溜まっているのかもしれない。部屋で陛下からお借りしていた本を手に取る。数ページ中身をめくったところで、来客を告げる声があった。

マリーが見にいってくれる。

（陛下がいらっしゃったのかしら――？）

けれど、代わりに聞こえたのは何やら言い争う声だった。珍しくマリーが声を荒げている。見にいった方が良いだろうか。

部屋の入り口には護衛騎士も立っていたはずだ。

危険はないはずなのに、どうしてか胸が騒ぐ。

迷っている間に急に静かになった。

本を机に置き、立ち上がったところで、部屋の扉が開いた。

そこにいたのはマリーではなく、見たことのない男の人だ。

騎士の服は着ているけれど、その目は濁っている。

「マリーはどうしたの？」

「侍女のことより自分のことを心配した方がいいんじゃないかい？」

男が一歩踏み出し、私は一歩後ろに下がる。

部屋の中を見回すけれど、武器になるようなものはない。この部屋には窓しかなく、庭に出ることのできる部屋は、隣だった。そちらにも警備の騎士はいる。声を上げれば来てくれるだろう。どうにか逃げなければ。

けれど、声を張り上げようとしたその時、隣の部屋への入り口があちら側から無造作に開けられた。

「ちっ、まだ終わっていなかったのかよ」

入ってきたのは、どこかで見たことがある騎士だ。発言からして、明らかに襲撃者側の人間だ。

私は、逃げ場を失ったことに絶望を覚えた。

男をよく見ると、ひげが伸びているが、騎士団で治療を始めた日に食堂でヤンネさんに絡んでいた人だった。確か、『フーゴ』という名だったか。フーゴは抜き身の剣を手に持ったままだ。その剣からは血が滴っている。その血は、庭の方の警備についてくれていた騎士のものかもしれない。

絶望的な状況に、足から力が抜けそうになるが、まだ諦めるのは早いと気を取り直す。時間を稼げば、誰かが異変に気がついてくれるはずだ。

「フーゴさん、ですか……？」

「へぇ、聖女サマは俺なんかのことまで覚えててくださったんですね」

「どうして、あなたが？」

「それは俺の事情ってやつです。あんたこそ、こんなに恨まれるなんて何をやったんです？　依頼主は、あんたをずたずたにして殺してくれっていってましたよ」

必死に話しかけるけれど、フーゴは嫌味な口調で返答し、もう一人の騎士もそれをニヤニヤしながら眺めているだけだ。

「何も、していません」

「へぇ。聖女サマは少々にぶくていらっしゃるようだ」

そうして話している間にも、剣を向けられ、私はどんどん部屋の隅に追い詰められていった。時間稼ぎはどうやら失敗のようだ。フーゴが剣を振り上げ、もう一人も私が逃げないように私に剣を向けている。

「私の命が欲しいのですか？」

「そうさ。ま、でも俺はあんたに恨みはない。生きたまま怖い思いをするのは、俺もちょっとはかわいそうだと思うよ。だから、大人しくしてくれていたら、ずたずたの方は死んでからにしてやるよ」

言外に、抵抗するならばなぶり殺しにすると告げられる。

「素直に、私が殺されるとでも？」

「抵抗できるなら、やってみろ」

突然、声を荒げたフーゴが振り上げた剣を私めがけて振り下ろす。その時だった。

「ロセアン様！」

「こいつ、動けたのかよ！」

廊下側の扉があき、マリーが飛び込んでくる。そのままマリーはフーゴに体当たりをし、共に床に倒れこんだ。フーゴの剣が手から離れ床を滑った。

「いってぇ」

「てめぇよくも！」

「マリー！」

倒れこんだフーゴは痛みで悶絶《もんぜつ》しており、もう一人がマリーに向かって剣を振り上げる。とっさに、私ももう一人の男に体当たりをした。男の体を下敷きにするようにして、床へと倒れる。マリーはというと、フーゴともつれ合いながらも起き上がり、なんとか僅差でフーゴの剣を拾い上げた。私も起き上がろうとするが、男は私を乱暴に押しのけると立ち上がった。倒れたままの私を、男が蹴り上げる。

「くっそ、この女、調子にのりやがって……！」

「ロセアン様から離れなさい！　この男がどうなってもいいのですか！」

「お好きにどうぞ。聖女サマの命さえ奪えれば、俺は別に構わないからな」

荒い息を落ち着かせようとする男が、剣を構える。

「そんな……ロセアン様、お逃げください！」

「は、ちょっと判断が遅かったな」

そうして、男は剣を振り上げ、私に向かって振り下ろした。私は、衝撃を覚悟して、思わず目を閉じた。次の瞬間、聞こえたのは男の絶叫だった。

「……間に合ったか」

聞きなれた声に目を開けると、そこには腹から血を流しうずくまる男と、その男を剣でつらぬく陛下がいた。

「……フェリクス陛下！」

「無事でよかった」

そう私に告げる陛下の顔色は、今まで見たこともないほどに白かった。

「へ、陛下は毒で死にかけてるんじゃなかったのかよ」

フェリクス陛下を見て、フーゴが叫ぶ。

私は驚きで、陛下を見つめた。陛下は荒い息をつきながらもフーゴを見つめている。フェリクス陛下の血に濡れた剣の切っ先は、フーゴに向けられたままだ。

その間に、騎士が部屋になだれ込んできて、フーゴと血を流しうずくまる男に剣を向ける。

「聖女殺害未遂だ。二人を牢に連れていけ。できればまだ死なせるな」

二人を引きずるようにして騎士たちが連れていく。それを見届けて、フェリクス陛下の体が傾いだ。

私は立ち上がると慌てて駆け寄り、陛下の体を支えるようにしてなんとか長椅子に寝かせる。

「大丈夫だ」

だが、そう言ったものの陛下は目を閉じたまま、荒い呼吸を立てている。

「陛下、……！」

答える声はなく、陛下は意識を失ってしまわれたようだった。

フェリクス陛下が倒れた直後、飛び込むようにして部屋に入ってきたトルンブロム宰相は、一緒にやってきた騎士に矢継ぎ早に命令し、至急パルム医師を呼ぶようにと緊迫感のにじむ声で告げる。

そして、長椅子に横たわる陛下とその側についている私を見て、深く息を吐いた。

「ロセアン殿だけでもご無事で何よりです」

その声には暗い絶望が滲んでいた。

私は、陛下の血の気をなくした手を握りしめて尋ねる。

「陛下のおかげで、私はなんとか無事でした。陛下は、どうなさったのですか」

「今朝、陛下は毒を盛られました。下手人は捕らえておりますが、まだ命じた者の名はわかっておりません。幸いパルム医師の処置が早く的確で、命は助かりましたが本来なら絶対安静です。しかし、あなたが心配だということで、陛下は部屋を抜け出され、こちらへ来てしまわれたようです」

知らないところでそんな事態が起きていたのか。元通りに魔力が扱えていれば、このようなことになる前に私が呼ばれていたのだろう。何もできず、ただ守られることしかできなかったという事実がつらい。

「……セシーを、責めるな」

フェリクス陛下がうっすらと目を開く。

「起きられないくらい、陛下が無理をなさったせいです」

きつい言葉とは裏腹に、トルンブロム宰相の声には心配が滲んでいた。

そうしていると、パルム医師が到着された。体が限界だったのか、診察が始まるとすぐに陛下は意識を失うように眠りにつかれた。

一通り診察を行い、パルム医師は声を落として結果を告げられる。

「ご無理をなさったせいで、最初に取り込んでしまった毒が体に回っているようです。水を多く飲んでいただき、少しでも体外に排出していただくしか対処のしようがないでしょう」

トルンブロム宰相は頷く。

「今夜、ひどく熱が上がられるかと思います。それさえ乗り切ってくだされば、ご快復も早いと思います」

「そうでない可能性もあると？」

パルム医師は目を伏せる。

「私には、なんとも」

「そんな……」

断言できないというパルム医師の言葉に、宰相は絶句する。陛下の様子から、明らかに危ない状況だということが見て取れるのだ。

「毒に、私の治癒や浄化の魔術は効きますか？」

「ロセアン様の治癒魔術であれば、おそらくは。ですが、昨日見た限りだと、魔術を使えるようになるには数日はかかると思いましたが、違いましたか？」

私はその問いには答えず、パルム医師を見つめた。

「治癒魔術が使えず、何の役にもたたないかもしれません。ですが、試してみてもよろしいでしょうか」

「悪く作用することはないでしょう。どうぞ、お気のすむようになさってください」

パルム医師の言葉に従い、フェリクス陛下の元に戻るとその手を握る。

やはり、自分の中にある魔力をつかもうとしてもつかめない。

前は、ここで諦めていた。

だけど、今回はどうしても癒やしの力が必要なのだ。

絶対にフェリクス陛下を死なせたりしない。

その思いのままに、私は自分の手の中に残ったわずかな魔力を、直接陛下に送るようなイメージを持つ。するとこぼれてしまう魔力も多いが、少しずつ、岩の間に水が染みるように、私の魔力が陛下に伝わっていく。魔術という形は与えられなかったが、聖属性の魔力はそのままでも癒やしにも似た効果がある。

予想通り、私の魔力は陛下を蝕むものに触れると、ほんのり光って消えていった。

その感覚は、どこか、ここに来たときの浄化と似ていた。

治癒できた量はあまりにもわずかで、気の遠くなるほど魔力が必要だということはわかるが、やろうと思えばできないことはないようだ。ならば、あとはそれを成せば良い。

少しずつしか魔力を渡せないので、ありったけの力を注いでいく。

どれだけの時間が経ったのか、名を呼ばれた気がして目を開けた。

集中しすぎたせいか、魔力を使いすぎたせいか、ぼんやりと頭が重い。

「セシーリア……」

目を開けた陛下が私をじっと見つめていた。

その頬には血の気が戻り、もう毒の影響は見られない。

「また、あなたが助けてくれたのか」

「フェリクス陛下……。陛下が、私を救ってくださったのです」

陛下を救うことができなければ、私は生きる意味を見出せなくなっていただろう。陛下が生きたいと願い、私の魔力を受け入れてくれたからこそ、助けることができたのだ。

気が付くと、頬を熱いものが伝っていた。

陛下は横たわったままその手を伸ばし、私の涙をぬぐうと、静かに微笑んでいた。


あの襲撃の事件から、十日ほど経つ。

この期間に、事件のあらましがわかり、停滞していた出来事が一気に片付いていった。

まず、陛下はまるで何事もなかったかのように、事件の翌日にはご快復された。

私はというと、陛下を治療した後、翌日は魔力切れの症状が出たものの、休息をとり二日も経てば元のように動けるようになった。快復すると同時に、浄化と治癒の魔術も元通りに使えるようになった。

私が体を休めている間に、レンネゴード公とつながりがある牢番が捕縛され、レンネゴード公の悪事の証拠も押さえられた。

レンネゴード公が私への襲撃事件を起こした動機は、夜会で恥をかかされたことへの逆恨みが理由だった。襲撃計画はなりふり構わないもので、ヤコブソン隊長のようにレンネゴード卿に恩があったり弱みを握られたりして逆らえない者達全員に指示して行われた。今回、レンネゴード公は、陛下を殺すつもりだった。盛られた毒も致死性のものでそれは間違いないそうだ。陛下からマルティダ嬢との婚姻の可能性をはっきりと断たれたことで、レンネゴード公は娘の輿入れを諦め、陛下を殺し直接権力を握る方向へ舵《かじ》を切っていたようだ。それを裏付ける証言を本人もしているという。

また、レンネゴード公の屋敷からは、過去の指示書と使用した痕跡のある毒薬も見つかったそうだ。指示書は昨年、辺境への任務に就いている第五騎士隊の手下へ宛てたもので、毒は周りの瘴気を集め体を弱らせるというものだった。

私がフェーグレーン国へと呼ばれる事態となった陛下の状態は、毒で作り上げられたものだった。毒を盛られたのが瘴気の濃い辺境での視察の際だったために、思った以上に瘴気を取り込んでしまったということらしい。それを聞き、私は、なぜ治療の際に、フェーグレーン国に到着し陛下を治療したときと同じような感じがしたのかということにも納得がいった。

まだ余罪を疑われているレンネゴード公は、すべての話を聞き出した後に斬首されることが決まっているそうだ。今は死刑囚の入る牢に入れられていると聞いている。

娘のマルティダ嬢は、今回の襲撃事件には関わりはないが、父の罪が重いため、牢を出た後は修道院に入ることが決まったと聞いた。

そうして、一応の決着がついてから、私は第五騎士隊の浄化任務を終わらせた。

第五騎士隊は、三分の一ほどの人数が不在だった。

つまり、それだけの人間がレンネゴード公の配下だったということらしい。

ヤコブソン隊長の姿もなかった。罪を犯した他の騎士と共に取り調べを受けているのだという。

彼は今回の陛下の毒殺未遂事件に関わっていないが、これまでのレンネゴード公の犯罪に関わっており、罪を償う必要がある。

第五騎士隊に所属しているが、今回の件に関わっていない騎士からは、謝罪を受けたり、体調を気遣われたりした。

私が聞いて差し支えのない話は、ほぼ、宰相が教えてくれた。

あれからエーリク事務官を通じて時々呼び出されるようになり、話をするようになった。

それ以外の時間は、黄鈴草《イエローベル》の生育と、私の魔力を調査することに使っている。午前中は外に出て、午後からはパルム先生の医務室に向かう毎日だ。

他に変わった点といえば、ほぼ毎日、陛下と共に夕食をとっていることだろうか。

まだ言葉にして伝えていないが、私の気持ちは固まっていた。

フェリクス陛下と夕食を共にしても、毎回別の話が盛り上がってしまい、なかなか告白をするような雰囲気にならず、伝えるタイミングを摑めないでいた。

そんなある日のことだった。

トルンブロム宰相から呼び出しがあった。至急ということなので、エーリク事務官と共に宰相の執務室へと向かう。執務室へ入ると、宰相は難しい顔をして書簡を読んでいるところだった。

「お呼び立てして申し訳ありません」

「大事な話があると伺いましたが、どのようなことでしょうか」

「落ち着いて聞いてください」

トルンブロム宰相の前置きに、何を言われてもいいように、覚悟を決める。

「エヴァンデル王国から、先ほど使者が到着しました」

エヴァンデル王国という言葉に、思わず息を吞む。

「陛下への謁見は無事に終わりましたが、できるだけ早く、陛下と個別に話をされたいということで、本日陛下との会談の場が設けられました。使者殿はロセアン殿の同席も希望しておられますが、いかがされますか」

戸惑い、返事ができない私に、宰相は冷静に続ける。

「陛下としては、ロセアン殿のお気持ちを一番に、とのことです。私もおおむね同意見ですね。もし、お断りされても、会見とは別で、ロセアン殿が希望されるようであれば会う場を設けることも可能です」

どこまでも私の意見を尊重してくれようとしてくれる言葉に、私の気持ちは決まっていた。

家族から届いた手紙のこともあり、やはり、あちらの状況を知っておきたい。

「私もその会談に同席させてください」

「そう、ですか。いえ、ロセアン殿ならそう答えるだろうとは思っておりました」

トルンブロム宰相は続ける。

「会談は、夕刻に組んでいます。それまでに、ロセアン殿は支度をしてください。マリーにはすでに指示をしています。パルム医師の元へはこちらで連絡をしておきます」

「支度ですか？　私は、別にこのままでも――」

「いいえ。是が非でも着飾っていただく必要があります。使者殿に、ロセアン殿がいかにこちらで尊重されているか、見せつけておく必要がありますからね」

トルンブロム宰相の言葉の圧に、それ以上の反論はできず私は頷いたのだった。

宰相の言葉通り、マリーにはすでに指示が通っていたようで、部屋に戻ると準備万端で待っていた。

ちなみに、襲撃があった客室では私が落ち着かないだろうからと、滞在している客室も変わっている。

用意されていたドレスはエヴァンデル王国風の装飾を取り入れながらも、全体的にはフェーグレーン国風の形をしていた。『私がこちらで受け入れられている』ということを示そうとしてくれているフェリクス陛下たちの思いが嬉しい。

支度が調うと、そう待つことなく呼び出しの者がエーリク事務官と共にやってきた。

三人で会談の行われる謁見の間へと向かう。

「セシーリア・ロセアン様がいらっしゃいました」

取り次いでもらい中に入ると、まだ使者は来ておらず、中にはフェリクス陛下だけがいらっしゃった。案内されるまま、陛下の隣に向かう。

「同席をお許しくださりありがとうございます」

「セシーリア嬢が望むのなら、よほどのことでない限り私は妨げることはない。それにエヴァンデル王国側の希望でもある」

陛下を見上げると、どこか普段よりも不機嫌な様子だ。けれど、私にかけられる言葉は優しく、その不機嫌のもとは、これから行われる会談にあるのだろうと察せられた。

「ドレスをありがとうございます。私のために用意してくださっていたと伺いました」

教えてくれたのはマリーだ。

「ああ。よく似合っている」

そうして話していると、エヴァンデル王国の使者の訪れを告げられた。

陛下が許可を出し、使者が入室する。

使者は、エヴァンデル王国での次期王妃教育で、何度か顔を合わせたことのあるオルヴァー・カールソン伯爵だ。四十代だったかと思う。エヴァンデル王国の王太子殿下からは交渉の達人だと聞いていた。カールソン伯爵は陛下の隣にいる私を見てわずかに片眉をあげたが、すぐに取りつくろうと陛下に礼を取る。

「フェーグレーン国の国王陛下におかれましては、ご機嫌うるわしゅうございます。本日は会談の場を設けてくださり、感謝いたします」

「使者殿たっての願いだ。話だけは聞こう」

「かたじけなく存じます」

そしてカールソン伯爵から語られたのは、私の一時帰国を願う言葉だった。

私の後に聖女となったエミリ・シーンバリ伯爵令嬢が体調を崩しているそうだ。

「聖女殿は、前聖女殿を呼び戻すほどに体調がお悪いのか」

フェリクス陛下の言葉に、カールソン伯爵は悲しげな表情を浮かべる。

「原因不明と伺っております。ですが、周囲がどんなに勧めてもお務めを放棄されることもなく、婚約者でもあるアルノルド殿下が心配なさり、少しでもシーンバリ伯爵令嬢を楽にするためにと、ロセアン様に一時帰国を願いに参りました」

「カールソン殿の言葉を疑うようだが、本当に一時帰国か。フェーグレーン国は、ロセアン嬢をこちらへお招きするのに、大金を払っている。万一ロセアン嬢が帰国し戻ってこなければ、エヴァンデル王国はわずか数ヶ月の聖女の貸し出しで、大金をもうけたことになるが」

「失礼ですが、ロセアン様は、元・聖女でございましょう。それに、ロセアン様に願うのは、あくまで一時帰国であって、決してそのような詐欺のような真似はいたしません」

カールソン伯爵が、フェリクス陛下の言葉を訂正する。

「ああ、今の聖女殿は、そのロセアン嬢よりも能力が高い、という話を聞いている。だったら、なおのことロセアン嬢の力など、不要ではないのか。この国で、ロセアン嬢が成したことを思えば、なおのことそう思うのだが」

「ロセアン様が成したこと、でしょうか。それは何か、お伺いしてもよろしいですか？」

「もちろんだ。隠さずとも、きっとこの王宮で誰に尋ねても同じようなことを聞くことができるだろう。ロセアン嬢は、一日で数十人の騎士に対し癒やしの力を奮い、この数ヶ月で我が国の騎士団の絶大な信頼を勝ち取った。国内で魔獣が発生した際も、私と騎士団と共におもむき、村人に治癒魔術を施し、原因の除去にも絶大な力を振るってくれている。その上、相手が誰であろうと分け隔てなく接し、人柄も申し分ない。この国にとっては、まさに聖女という働きだった。新しい聖女殿は、そのロセアン嬢以上の能力をお持ちなのだろう？」

「そのようなことを、ロセアン様が成されたのですか？」

カールソン伯爵は、驚いて私の方を見ている。フェリクス陛下は、重々しく頷いた。

「だからこそ、この要請をエヴァンデル王国が我々に詐欺を仕掛けているのではないかと疑ったのだ」

「陛下のご懸念はわかりました。ですが私も王太子殿下から、必ずロセアン様にご帰国いただくようにと言われております。私の誓いにどれほどの価値を持っていただけるかはわかりませんが、誓って詐欺のような真似はいたしません」

「それを私に信じろというのか」

カールソン伯爵は、頭を下げる。数秒の後、体を起こすとそのまま言葉を続けた。

「それに、陛下はご失念されているようですが、契約書には、ロセアン様の派遣は『双方の合意のもとに行われる』との文言があったはずでございます」

「ほう、使者殿は私を脅迫するのか」

「滅相もございません」

「私も、もちろん、その文言は記憶している。だが、だからといってロセアン嬢を帰せといわれて簡単に帰すと思うのか」

「では、ロセアン様に問いましょう。こちらで随分大切にされているようですが、久々にご家族にもお会いしたいのではないですか。このまま二度と会えなくなるかもしれませんよ」

まるで家族を人質にするかのような言葉に、私ではなくフェリクス陛下の方がカールソン伯爵を威圧する。カールソン伯爵は、意図の読めない笑顔で私を見つめている。

私はその視線を受け止め答えた。

「家族は、私のことを信じてくれるでしょう」

「そうですか。そういうことでしたら、今日は出直しましょう。また明日、説得のお時間をいただくことはできますか？」

「どう言われても私の気持ちは動かぬが、機会を与えることくらいは許そう」

「では、また、明日、お伺いします」

「それがよいだろうな」

そうして、会談は終わった。

カールソン伯爵が退室すると、部屋には沈黙が落ちた。まさか、戻ってこいと言われるとは思わなかった。それだけエヴァンデル王国の状況に余裕がないのかもしれない。陛下を見上げ、先ほどの件についてどう思っているのか読み取ろうとしたが、その表情からはうかがえなかった。

陛下が重い口を開いた。

「セシーに話しておかなければいけないことがある」

「何でしょうか?」

「実は、セシーの御父君から密かに手紙を頂いている」

驚く私に、フェリクス陛下は穏やかに頷いた。

「父からですか……?」

少し前に私も手紙をもらったが、そのようなことは全然書かれていなかった。

どうしてだろうと首をかしげると、陛下も頷く。

「セシーからの手紙で、私を信頼することにしたそうだ。おそらくは、あの使者殿よりも少し後に出された手紙だろう。内容からして、このことをあの使者殿が知っていれば、もう少し違う態度を取っただろうからな」

「……どういうことが書かれてあったのですか?」

最新のあちらの国の状況がわかるのだ。

しかも、お父様からの情報なら、今日会ったあの使者よりもはるかに信頼がおける。

「手紙には、突然手紙を送りつけたことに対する謝罪と、こちらでセシーが無事に過ごせていることへの感謝。そして、あちらの国の状況がつづられていた。今、あちらの国では魔力が高くない者にもわかる程に瘴気が濃くなり、国中で魔獣が発生しているそうだ。しかも大地からあふれる魔力は日々増えているという。まだ各地の領主や兵士達で対処はできているようだが、いつ手に負えない魔獣が現れるかわからない状況だと書いてあった」

「そんなに状況が悪いのですね」

「そのようだ。そしてもう一つ、手紙には大事なことが書いてあった」

「大事なこと……？」

「このことを知らせると、セシーは気に病み、戻ってくると言い出すだろうから、事態が落ち着くまでは何としてもこちらで引き留めておいてほしい、と」

「そんな……！」

あまりの内容に絶句する。確かに、あの場では断ったものの、あの使者の話を聞いて心が揺れなかったかと言われれば嘘になる。けれど、お父様に戻ってくるなと言われるとは思わなかった。黙り込む私に陛下が言う。

「危険だからだろう」

「瘴気に関しては、聖女様の次くらいには、お役に立てるはずです」

「セシーの能力に関しては、疑っていない。だが、あちらの王家に対してはどうだ。今の聖女に何かあったか、力が足りないか、何かしらの要因があるから、今の状況が発生しているのだろう。そこにセシーが戻れば、またエヴァンデル王国の王家に縛り付けられる可能性もある。だからこそ、戻ってくるなと御父君は言われているのだろう」

そこまで言われてしまうと、頷くしかなかった。陛下の言葉には、納得できる部分も大きい。

「あの使者殿はセシーのことをまだ諦められないようだ。今後さらに心を惑わせることなども言われるだろうから、どうか御父君の言葉を忘れないでほしい」

「わかりました」

話が一段落ついたところで、次に陛下に面会を申し入れている人が待っていると取り次ぎの従者が入ってきた。

「では、私も退席いたします」

陛下は頷くと、部屋にいた騎士に私を部屋に送るよう指示を出し、グルストラ騎士団長にこちらに来るよう伝えた。私は騎士と共に静かに部屋を退室した。

謁見の間を出て、廊下を少し進んだところで、先ほどのカールソン伯爵に声をかけられた。

「少し、ロセアン様とお話ししたいのですが、よろしいですかな」

騎士は警戒するように私の前に出たが、カールソン伯爵は笑いながら言う。

「そんなにご心配召されずとも、お話をするだけです。ロセアン様も、我が国の状況や、ご家族のことなどもっと詳しくお知りになりたいのではと思ったまでです。フェーグレーン国の国王陛下の前では言えぬことも、ございますからな。ご不要でしたら、すぐに退散いたしましょう」

その言葉に、心が揺れなかったわけではない。だが、直前にフェリクス陛下に注意を促されていたこともあり、二人で話をする気にはならなかった。

「陛下の前でお話することができない内容を、私一人で伺うことはできかねます」

「そうですか。では、仕方がありませんね」

いうなり、カールソン伯爵がこちらに一歩、足を踏み出す。騎士が私をかばおうと間に割り込む。けれど、カールソン伯爵の手の一振りで騎士は意識を失った。カールソン伯爵の突然の豹変に、私は声をあげる。

「騎士様!? だれかっ――」

けれど、私が叫ぶよりも早く、カールソン伯爵の動きの方が早かった。カールソン伯爵は私に向かって魔術を発動する。薄れていく意識の端で、カールソン伯爵が私に向かって言う言葉が聞こえた。

「殿下から、できるだけ早く、無理矢理でもいいから連れ帰れ、とのご命令です。悪く思われませんように」

そして、意識は闇に呑み込まれた。


気がつくと、私は薄暗く狭い場所にいた。拘束されており、身動きは取れない。

まだ夜のようで、辺りは暗く、外の様子もわからなかった。

振動から、馬車の中にいるのだということだけはわかる。かなり速度を出しているのだろう。揺れは激しく、時々体が固いものにぶつかった。

心の中で後悔が募る。カールソン伯爵への用心が足りなかった。あのような場で、思い切ったことをするなど思いもしなかった。

もっと注意していれば、今このようなことにはなっていなかったかもしれない。

何か手がかりになる声は聞こえないかと、しばらく耳を澄ませていたが馬車が走る音しか聞こえなかった。幸い何もできないと思われているのか魔力は封じられていない。跡を残すことはできそうだ。誰も気づいてくれなくとも、逃げ出した後の帰る目印になるだろう。

私は魔力を集中させ続け、そのまま一睡もせずに朝を迎えた。

馬車の隙間から光が差し込んでくると、放り込まれたこの場所の様子が確認できる。

どうやら乗せられているのは荷馬車のようで、私の周りには空き箱が積まれているようだ。

私が時々体をぶつけていたのは、その箱のようだった。

今どのあたりだろうか。考えていたところで、馬車が止まった。

「お目覚めになられましたか」

荷馬車の入り口から顔を覗かせるカールソン伯爵をにらみつける。

「どうやら眠られなかったようですね。それでは体は持ちませんよ」

「……このようなことをして、許されると思っているのですか」

「あなたに許される必要はありません。私は王家の命に従っています」

「このような方法で連れ帰っても、私は協力はいたしません」

「それは私の仕事ではありませんからね。きっと殿下が何か考えておられるでしょう。しかし、お元気そうでよかった。まだ休憩は不要のようですね。しばらくはこのまま先を急ぎます」

「――きっと、フェリクス陛下が見つけてくださいます」

「さて、それはどうでしょう。私も準備はしてきているのですよ」

カールソン伯爵が不敵に言い放ったその時だった。

「ほう、エヴァンデル王国の王家は我が国のことを、随分侮っておられるようだな」

聞き覚えのある声と共に、カールソン伯爵の後ろから見知った人影が現れた。

「フェリクス陛下……！」

「セシー、無事か？　遅くなった」

カールソン伯爵の喉元には銀色の刃が当てられている。

その剣を握るのはまごうことなきフェリクス陛下だった。

「――な、なぜ!?」

動揺するカールソン伯爵に、陛下が答える。

「この国の誇る魔馬をご存じないのか。夜通し普通の馬を走らせた程度で、撒《ま》けるなどとは思わないことだ」

「ほ、他の馬車は――」

「お前が用意していたおとりは、三つのうち二つは王都の検問で止めた。もう一つも、今頃、他のものが捕まえているはずだ」

話している間に、騎士がやってきて、陛下が騎士へとカールソン伯爵を引き渡す。

だが、カールソン伯爵は納得いかない様子だ。

フェリクス陛下が縛られている私の拘束を解いてくれた。

「で、でも、なぜこちらだと――」

「セシーリア嬢が、痕跡を残してくれていたからな」

どうやら、フェリクス陛下が気がついてくれたようだ。馬車が通った道の黄鈴草《イエローベル》を不自然に成長させ花を咲かせるよう、私は夜通し魔力を使い続けていた。

都合良く道端に黄鈴草《イエローベル》が生え続けているわけではないので、気がついてもらえるかどうかは賭けだった。もし気がついてもらえなくとも、なんとかして逃げだした時に帰る方向がわかればよいと思ったのだ。カールソン伯爵が、騎士に拘束されながらも信じられないといった瞳で見てくる。

「そんな能力も、おありだったのですか」

「私もこちらに来て知った能力です」

カールソン伯爵は諦めたようにうなだれる。

「逃げられないよう、しっかり見張っておけ」

陛下の言葉に、騎士はカールソン伯爵をどこか別の場所に連れていった。

フェリクス陛下が荷馬車から降ろしてくれる。

外に出ると体がこわばっていたためうまく動けず、陛下が支えてくれた。

荷馬車のすぐ側にはスヴァルトと、第三騎士隊の面々がこの馬車を守るように待機してた。

陛下の指示で、私が休息を取れるように、支度が始まる。

私は少し体を動かした方が良いだろうと、陛下に支えられて騎士隊に見守られながら安全な場所へと誘導された。

「セシーリア嬢、危険な目にあわせてしまい、申し訳ない」

フェリクス陛下の謝罪に、首を横に振る。

「陛下のせいではございません。来てくださって、ありがとうございます」

「当然だ。あなたが誘拐されたというのに、私が追いかけないわけがない」

無事でよかったと囁くようにおっしゃる陛下に、私は心配をおかけした申し訳なさと、けれど言葉通りに追いかけてきてくださった嬉しさの両方を感じながら頷いた。

「――私についてくださっていた騎士の方はご無事でしょうか」

「ああ。眠りの魔術がかけられていただけで、外傷はない」

その言葉にほっとする。陛下にもその気持ちが伝わったのだろう。

「疲れただろう。休息をとったのち、私たちも戻ろう」

フェリクス陛下が足を止めて私を見る。本来なら、その言葉に素直に頷くべきなのだろう。その目を見つめ、私は何と答えるべきか、言葉を探した。

カールソン伯爵は、なんとしても　私を連れて帰るよう命令を受けていたという。無理矢理に誘拐しても私を連れ帰らなければならないほど、エヴァンデル王国の状態は悪いのだろう。

昨晩。一人放り込まれた馬車の暗闇の中、助けを願うのと同時に、ずっとそのことを考えていた。聖女として守っていた国だ。お父様には、戻ってくるなと言われたが、どうしても、気になってしまうのだ。

「陛下に、お願いがあります」

「なんだ？」

「絶対に、この国へ戻ってきます。ですので、一度、エヴァンデル王国へと帰らせてください」

「……こうして私が追いかけてきたのは余計なことだったか？」

「いいえ。来てくださって、とても嬉しく思っています。ですが、エヴァンデル王国で起きていることも、気になるのです」

「あなたを売った国なのに、救いたいというのか……？　それとも、セシーリア嬢は元婚約者のことを──」

言いかけたフェリクス陛下のお言葉を、失礼だと思いながらも遮る。

「誤解です！　王太子殿下──婚約者だった方に、特別な感情などありません。私が気にしているのは、あの国の民のことです。六年もの間、私はあの国で聖女を務めていました。そして、末端とはいえ、私はあの国の王家の血を引き、まだ正式にはあの国に所属しています。長い間守ってきたあの国の民にできることがあるのなら、何かしたいと思うのです」

「『まだ』という言葉に、私は期待をして良いのか？」

真剣な表情のフェリクス陛下に、それが何を意味しているのかを察し、私は頷いた。

「──陛下が、今も望んでくださっているのなら」

「私の気持ちが変わるわけがないだろう。だが、そうか。未来の妻のわがままを叶えるかどうかも、私の度量の見せどころか」

「えっ？」

フェリクス陛下は私を抱き寄せると、耳元で囁く。

「私は好意を伝え、セシーは了承を告げたのだ。私に嫁いでくるつもりがあるのだろう？」

「あ――」

その言葉を否定できず、うろたえる私を、陛下はただ楽しげに見つめている。

「婚姻を結ぶのなら、セシーのご両親にも挨拶が必要だろう。それに、あちらの国の王家にも一言知らせる必要があるだろうからな。我々も共に向かう」

驚く私に、陛下は問う。

「セシーの御父君の手紙には、国中に魔獣が湧いているとあった。瘴気は浄化できるだろうが、実は、魔獣に対抗する術《すべ》を持っているのか？」

「……いいえ」

「ならば、そのような場所に一人で帰すわけにはいかないではないか。見たところ、あの使者には魔獣への備えがあるようには見えなかった。何が起きているのかわからない危険なところに、何の準備もなく向かわせるような真似をさせられるものか」

「……よいのですか？」

フェリクス陛下が来てくださるなら心強いが、一国の王を私情で振り回すことになる。

「ああ。私はその可能性も考慮してここに来ている」

思わず見上げると、フェリクス陛下は満足げに笑みを浮かべていた。

幕間　アルノルド・エヴァンデル

三百年以上前、神魔戦争の末期に誕生し、続いてきたエヴァンデル王国。

私は、その国の王族にして次代の王として育てられた。

生きていく上でのすべての道筋は整えられ、何かに不自由を感じたことさえない。

この国の王になるからこそ、すべてを与えられ、代わりに自ら何かを選び取るという自由は持つことができない。

だが、物心つく前からの教育で、それこそが最適に王国を存続させていくために必要だと知っていた。乳母《うば》は、たまに『もっと甘えても良いのですよ』などと意味のわからないことを言っていたが、私には、教育係から施される教えに従い生きることに何の疑問も不満もなかった。父上も私と同じ教育を受けてきているのだ。乳母は、私に父上よりも劣った王になってほしいのだろうか。

そう問うと、乳母は悲しい顔をして謝罪を述べ、以降何も言わなくなった。

ある日、父上に呼び出された。

「そろそろ聖女の血を王家に取り込む必要がある」

「承知いたしました、父上。次の聖女となる者を、妻といたしましょう」

「わかっているならばよい。つつがなく取り計らえ」

教育係から聞いていたことを念押しされ、素直に答えると、父上も満足したようだった。

聖女選定の儀で選ばれたのは、曾祖父の代で血縁上のつながりがある少女だった。義務で私の妻となるのだ。最低限の務めさえ果たしてくれればそれ以上は望むまい。そう思って接していた。

物覚えも悪くないようで、取り立てて不満はなかったが、ある日、シーンバリ伯爵領での瘴気の噴出事故が起きた。国内で瘴気による被害が起きるなど、三百年を超えるこの国の歴史で初めてのことだった。

聖女としての能力が一番高いと選ばれたのではなかったのか。

王宮から調査もさせたが、結果は聖女の力不足という結論だった。

このように能力が低い者が自分の妻となり、いずれ生まれる子供にこの国を継がせることはできないと、父上との話し合いの末、婚約を解消することにした。

新たな婚約者は、私に恋人のような振る舞いを求めたが、それで満足し力を振るうのならば些細なことだった。

はじめは、次の婚約者となる新聖女に満足していた。

次期王妃教育では、向上心が見られ、それに伴う実力もすぐに身についてきた。

だが、しばらくすると異変が現れた。

前聖女の時には起きなかった国内での異変がちらほらと報告されてくる。どれも浄化しきれない瘴気が原因だと思えるものだ。聖女としての能力が高いのではなかったのか。力を出し渋っているのだろうか。一度目は呼び出して次はないと伝え、一瞬、持ち直したかのように見えたが、すぐに細々とした異変が報告されてくる。

私は念のため、裏で手を回すことにした。

前聖女を呼び戻すよう、使者を出した。見切りをつけるには早すぎるかもしれないが、国の安全には代えられない。

それからも状況の悪化は続き、国の上空には毎日暗雲が立ちこめ、その範囲は広がっていった。空気にも微かに瘴気が混ざるようになってきている。体質が敏感な者の中には、瘴気のせいで体調を崩す者が出始めていた。

そして、聖女であり、婚約者でもあるエミリ嬢に二度目の呼び出しを行った。

私の執務室にやってきたエミリ嬢は、ひどく顔色が悪く、憔悴《しょうすい》していた。

だが、だから何だというのだろう。

「この状況、どう収集をつけるつもりだ？　次はないといったはずだが」

「……申し訳ございません」

「今ほしいのは、謝罪の言葉ではない。この状況に対する解決策だ。何かあるのだろう？」

目の前で顔を伏せる婚約者に声をかけるが、しばらく待った末に聞こえたのは「ありません」という言葉だった。

「エミリ嬢、あなたは聖女なのだ。最初はできていただろう？」

「——魔力が、足りないのです」

「魔力を補う魔石はどうしたのだ？」

「なぜ、それを！」

「むしろ、隠しきれると思っていたのか」

その通り、隠しきれると思っていたのだろう。驚いた様子が私のことを侮っているようで腹立たしい。

確かにエミリ嬢が魔石から魔力を補っているのを知ったのは最近だった。シーンバリ伯爵がやたらエミリ嬢に物資を差し入れているので、王宮の支給品で足りないものがあるのかと思って調査させたのだ。伯爵たちが新しく生み出させた術式は、詳細はわからないものの王宮の研究者も興味を示しているが、それはよい。今は、この瘴気の浄化を急がなければいけなかった。

今回のことで、かつてシーンバリ伯爵領で起きた事故についても秘密裏に再調査を命じた。結果は半ば予想していた通りだった。

当時の調査担当者にシーンバリ伯爵が金を積み、事実を捻《ね》じ曲げ報告を上げさせていた。

そう何度も騙《だま》すことができると思わない方がよいという意味を込め、私は彼女が知らないであろうことを教えてやることにした。

「魔石といえば、ロセアン公爵からも面白い報告が来ている。なんでも、わが国の加護の届かぬ異国で、違法に購入した奴隷に魔石を掘らせている者がいる、とか。陛下はひどくご立腹だったよ」

「そんな、お父様が、まさか……！」

こちらの調査通り、エミリ嬢は違法奴隷については知らなかったのだろう。

私の言葉が信じられないといった様子だが、思い当たることがあったのだろう。

元々青い顔で狼狽《うろた》えていたが、さらに顔色を白くし口を閉じた。

そう。普通に考えればわかるはずだ。

エミリ嬢が消費する大量の魔石は、一般には流通していない。

一回二回は仕入れることができたとしても、定期的に手に入れることがどれだけ難しいか。

「私が嘘をついてもなんにもならんだろう。だが、それも、お前の働き次第だ。よく働けば、それに見合った減刑を私から陛下へ奏上しよう」

私が何を言わんとしているのかわかったのだろう。

エミリ嬢は悲痛な表情で私へと訴えるように言葉を発した。

「減刑など願えません。それより、本当に、私では無理なのです！　私が、間違っていたのです。私では、能力が足りません。本当の聖女は――」

「そうか。お前の見込みが甘かったために、我が国は被害を受けているわけだな」

エミリ嬢は泣くのをこらえているのか、涙声がいらだたしい。

泣けばすむことではないのだ。

「本当の聖女は、お前だろう。本当に、お前にできることは何もないと申すのか？」

「……もとの、先代の聖女様を呼び戻してください」

「なんだそんなことか。呼び戻すよう、使いなら、もう出している」

「驚くことか？　国に異変が起きたのだ。すぐに対処するに決まっているだろう」

驚く気配を隠すことすらできなくなった少女に、そんなこともわからないのかと思う。

「ですが、私は何も聞いておりません」

「なぜ、お前に言う必要がある。実際、このような事態に至るまでに、お前も私に何も言わなかっただろう」

「それは、私もなんとかしようと思って、色々試していたのです――」

「それで？」

黙り込む少女にため息をついた。

「前聖女には使いをやっている。その上で、お前はどうする」

「……聖域に、向かい、力を尽くします」

「そうか。良い報告を待っている」

退室を許可すると、手元の書類に目を落とした。町で魔獣が発生したため、至急派兵を求める要望書だった。

このような要望は各地から送られてきている。すべてに対処することは難しい。兵の数にも限りがあるのだ。これからを考えるならば、この王都にも兵を残しておく必要がある。

領主に可能な限り対処させ、派兵は優先度の高い主要な都市に絞った方が良いだろう。

最終決定は王がするが、前聖女が戻るまでに、被害を最小限に抑えねばならなかった。

「まったく、頭が痛い」

どうしてこのようなことになったのか。

私はめったにつかないため息を、ゆっくり吐き出した。

◇◇◇

エヴァンデル王国へ向かう行程は、来たときよりも遥かに快適だった。

私がフェーグレーン国へ向かった時の倍以上の速度で進み、あっという間にエヴァンデル王国へと到着した。

王国内は、酷い状態だった。民に話を聞くと、頻繁に町や村が襲われており、安全に外に出ることもできないという。それでも最近は、一時期に比べると瘴気の拡散が落ち着いているということだった。大きい町には王都から兵士が派遣されており、そこまで被害がないようだが、中小規模の町や農村では、兵士が足りずにかなりの被害が出ているということだ。

私たちは可能な範囲で出遭う魔獣を倒しながら進んだ。

「人から聞く話では、このエヴァンデル王国は緑あふれる楽園のような国ということだったが……」

荒れ果てた大地を進むフェリクス陛下が呟く。

「確かに以前はそうでした。私もこのように酷いことになっているとは思いませんでした」

立ち寄った町や村は、どこも魔獣の対処に苦労しているようだ。配給の列を襲っている魔獣を排除したり、怪我をしている人の手当をする。

『聖女様が戻られた』という噂になっているようだ。フェリクス陛下もその話を煽《あお》るように振る舞われるので、行く先々で歓迎されるようになった。

本来ならすべての町に立ち寄り魔獣を狩ることができればよいのだろうけれど、浄化の魔法陣を起動させ、生まれた魔獣を全て倒してしまわなければ根本的な解決には至らない。

しかし、何日経っても浄化の魔法陣が起動される様子は見えず、聖域で何が起きているのだろうと疑問が浮かぶ。

私たちは、聖域のある王都まで急いだ。

王都にたどり着くと、そこには見たことのない光景が広がっていた。本来なら、扇状に広がる町並みの要の部分に王宮があり、その奥に浄化の泉のある聖域が存在する。それが、今は聖域を覆うように障壁が展開されている。

障壁は王宮を半分ほど包み込み、中はすごい瘴気の密度だ。瘴気を拡散させるのを押しとどめているのだろう。障壁内は真っ黒いガスのように可視化した瘴気に覆われており、中の様子は全く窺うことができない。誰が障壁を張っているのかわからないが、障壁の表面は時々波打ち、障壁自体が限界に近づいていることが見ただけでわかった。あの量の瘴気が拡散されてしまえば、ここら辺一帯はもう人が暮らすことができなくなってしまうだろう。

「瘴気を拡散するのを防ぐ障壁か。だが、あれは悪手ではないのか……?」

隣に来て、共にこの光景を眺めるフェリクス陛下が呟く。

瘴気を浄化する術があればあの方法は有効だが、それでも限度はある。

それに、浄化の魔法陣はあの瘴気の中にあるのだ。あの量の瘴気の浄化を人の手で行うには、途方もない魔力が必要となるだろう。

私も陛下に同意しようとして、あることに気が付いた。障壁から、うっすらとシーンバリ伯爵令嬢の魔力が感じられるのだ。

どこまで信じて良いかわからないが、カールソン伯爵は聖女であるシーンバリ伯爵令嬢が体調を崩していると言っていた。これほどの規模の障壁を展開させるなど大丈夫なのだろうか。

だが、それを口にする前に、陛下の元へと従者が知らせを持ってきた。

「国王陛下の使者がいらっしゃっています」

「めざといな」

何も知らせていないのに、あちらから使者が来るなど思いもよらなかった。

「会う必要を感じないが――」

言いかけて、フェリクス陛下が口をつぐんだ。「お待ちください」という声を引き連れて、誰かがやって来ようとしている。人影の合間から見える顔には見覚えがあった。

「王太子殿下……」

私の呟きを聞き、フェリクス陛下が表情を引き締める。アルノルド殿下が私たちを見つけ、こちらへやってきた。

「ロセアン公爵令嬢、遅かったな。だが、戻ったならば遅参は許そう。陛下から公爵令嬢に、あの瘴気の浄化を命じる、という伝言を預かっている。早急に取り掛かるように」

一息に告げられる言葉に、反論をする隙はなかった。

「さぁこちらだ」

そして、私の手を取ろうとアルノルド殿下の手が伸びる。

「待て」

アルノルド殿下の手が私に触れる前に、フェリクス陛下が私をかばうように前に出られる。

「お前は……？」

フェリクス陛下のことは目に入っていなかったのだろう。

「私はフェーグレーン国王、フェリクスだ」

「は!?　なぜ他国の王がここにいるのだ」

「そちらは？」

「私は、この国の王太子、アルノルドだ」

「私がなぜここにいるかは、エヴァンデル王国の使者殿がよくご存じだろう」

そして縄で縛られたカールソン伯爵が連れてこられた。

「これは、どういうことですか？」

連れてこられた使者を見て、アルノルド殿下が怒りを抑えながら尋ねる。

フェリクス陛下はその疑問に涼やかな顔で答えた。

「これがエヴァンデル王国流の流儀ではないのか。私の王宮にいたセシーリア嬢を、そちらの使者殿がこのように拘束し、まるで誘拐するかのように連れて行かれたので、そう理解しているが」

「……それは、我が国の使者がご無礼を働いたようです。申し訳ありません」

謝罪を述べた後、アルノルド殿下の目が一瞬冷たくカールソン伯爵を見た。

「こちらへは彼女の希望で参ったが、本来ならそのまま彼女と我が王宮へと戻るところだ。だから、ロセアン嬢を無事に連れ帰るまでは、目を離すつもりはない。それに共に参ってよかったかもしれん」

フェリクス陛下は王都の様子を確認するようにあたりを見て、アルノルド殿下に視線を戻された。

「緑あふれる楽園ともいわれるこちらのエヴァンデル王国が、まさかこのように瘴気にあふれ、魔獣の跋扈《ばっこ》する土地になっていようとは、思いもよらなかったからな」

フェリクス陛下の言葉に、アルノルド殿下の目に怒りと屈辱の色がにじんだ。

「ロセアン公爵令嬢を送ってきてくださったことは感謝します。この礼は後日改めていたしましょう。しかし、今は急ぐのです。ロセアン公爵令嬢をこちらへ」

「ここで殿下のお言葉に従っても、もう彼女を私の国へは遣わしてくださるつもりはないのでは？」

フェリクス陛下の言葉に、アルノルド殿下は大仰な仕草で驚いてみせる。

「まさか、そのようなことはいたしませんとも」

「その言葉だけを信じるほど、私も愚かではないのだ」

アルノルド殿下の要求に従わないフェリクス陛下に、アルノルド殿下は矛先を変えたようだ。

「ロセアン公爵令嬢はどう考えているのだ。この国の公爵令嬢でもあり、我が王家の血も流れている、お前はこの光景を見て何も思わないのか。今、この事態を収める力があるのは、ロセアン公爵令嬢だけだろう。その血に流れる義務を果たし、国に忠誠を示すべきだと私は思う」

「セシーリア嬢、答えなくて良い」

私を挑発するアルノルド殿下の言葉に、フェリクス陛下が首を振る。

その時だった。障壁がいびつに膨れあがり、きしむような音が響く。なんとか消失はまぬがれたが、障壁は今にも破れそうで、ところどころ亀裂が入っている。

ほっとしたのも束の間、亀裂から噴き出た瘴気が集まり、魔獣へと姿を変えた。魔獣は地の底に響くようなうなり声を上げ、聖域を不安そうに見つめていた人々から悲鳴があがる。

それを見て、アルノルド殿下は顔をしかめた。対して、フェリクス陛下は後ろに控えていた騎士隊長に指示を出し、襲われている民を騎士たちが助けに向かう。

私は、その間にアルノルド殿下に向き直った。

「義務を果たす、というのならば、まずは聖女様がなさるべきでしょう。今、この国の聖女様はどこにいらっしゃるのですか？」

アルノルド殿下は、苦虫を噛み潰したような顔で答える。

「あの中で瘴気を抑える障壁を張っている」

「あの中で、ですか!?」

驚きで一瞬、次の言葉が出てこない。

いくら聖属性の魔力を持っていようとあの瘴気の中に居続けるのは、尋常ではない。

「それで、殿下は何をされていたのですか？」

「……っ、だからお前を呼び戻したのだろう！　そんなこともわからないのか！」

怒鳴るアルノルド殿下を、不思議と怖いとは思わなかった。それは、騎士たちに指示を出し終えたフェリクス陛下が私の後ろで見守っていてくれるからかもしれない。

「ここに参るまでに、いくつかの村に寄りました。大都市以外では、どこも、領主に助けを求めたものの、兵は派遣されない、もしくは派遣されても数名で、とても村の安全は確保できないと言っていました。彼らは魔獣に襲われても、自分たちでなんとかするしかなく、被害は甚大です。彼らの生活を守り、助けるための力を王家はお持ちなのではないですか。私のことを呼び戻すよう指示をして、それを待つ間に他にできたことはあったのではないですか？」

「王家だからと言って、民のすべてを救えるわけではない。守るべき価値のあるものに、力を集中させたのだ」

「では、質問を変えます。なぜ、今湧き出したあの魔獣から、この国の民を助けようとしているのは、殿下ではなく、フェリクス陛下なのでしょうか」

「それは……」

何かを言いかけ、結局やめた殿下に、私は続ける。

「殿下は、目の前で襲われる民すら、その手で救おうとなさらないのですね。私も、殿下に同じことを問いましょう。襲われる民を見て、殿下は何もなさらないのですか？」

「衛兵！　私の警備の者を残し、あちらの騎士と共に、我が国の民を助けよ！」

アルノルド殿下は近衛兵に命令をくだし、私に向き直る。

「それで、ロセアン公爵令嬢はどうその義務を果たすのだ」

「もちろん、私も、私の義務を果たすために戻りました。もし私が戻らなければ、両親には殿下からお伝えください。それでは、失礼いたします」

「なっ」

アルノルド殿下に背を向け歩き出す。

だが、数歩もいかずに、私の腕を、フェリクス陛下にとられた。

「セシーリア嬢、何をするつもりだ」

振り返ると、フェリクス陛下が私を見つめていた。

「聖域に向かいます」

「それは、あの瘴気の中に向かうということか」

「はい」

「ならば私も行こう」

アルノルド殿下が叫ぶ。

「他国の者を聖域に入れるなど――」

「殿下もご覧になったであろう。瘴気から魔獣が生まれるのだ。そのようなところにセシーリア嬢を一人で行かせるなど彼女を殺すつもりか」

「護衛なら我が国の兵士がいる」

「目の前で襲われている自国の民を助けるよう殿下に進言もせず、見ているだけだった者らに、彼女を守ることができるのか？」

黙るアルノルド殿下を置いて、フェリクス陛下と共に聖域に向かった。

そして、障壁の前に着くと、シーンバリ伯爵令嬢が張っているのだろう、障壁の壁に触れた。


瘴気が濃いせいか、障壁の中も魔獣が湧いていた。本来なら、聖域を囲み森のようになっていたはずの木も立ち枯れ、どす黒く変色した葉を落としていた。

中にいるだろうシーンバリ伯爵令嬢が心配だが、魔獣を倒さねば前に進めない。私は陛下と共にスヴァルトに乗り、騎士達に守られながら先に進んだ。護衛は先ほど障壁から生まれた魔獣の退治に向かった隊とは別の隊になる。

これから何が起きるかわからないというのに、皆不満を表すことなく、魔獣が襲ってきても危なげなく対処してくれる、本当に優秀な人達だ。私は下手に動くと危ないからと、スヴァルトに乗った陛下の腕の中で大人しくしているように言われていた。

「今の聖女様がこの障壁を張っておられるはずです。おそらくはこの先の泉にいらっしゃるでしょう。

それらしい姿を見つけたら教えてください」

「わかった」

可視化している瘴気のせいで視界は悪い。その時、後ろから騒がしい物音が近づいてきた。

「待て、私も行く」

誰に向かって言ったつもりなのだろうか。王太子殿下が護衛を連れてついてきていた。

「勝手になされよ」

フェリクス陛下がお答えになった。振り返り、陛下を見上げると、陛下は眉根を寄せている。

「セシーリア嬢の邪魔にならぬとよいが」

陛下はついてきている王太子殿下を見なかったことにされたようで、魔法陣のある聖域の中心部へと進んだ。


途中、何度か魔獣に襲われた。陛下と騎士達は、これまで同様、魔獣に対処している。殿下の方もなんとか魔獣を追い払うくらいのことはできているようだ。彼らの手に負えない程の魔獣が出ればどうするのかと陛下に尋ねると、さすがに危なくなれば手を貸すが、積極的に助けることはしないそうだ。

そうして、魔獣に対処してもらいながら進むと、聖域の中心にある魔法陣のある泉へとついた。

驚くことに、この辺りの方が瘴気が濃い。用心しながら進んでいくと、泉の中央にある魔法陣の台座の上で、今代の聖女、シーンバリ伯爵令嬢らしき人が倒れているのを見つけた。台座が何か不思議な力を持っているのか、倒れていても魔獣に襲われることはなかったようだ。

「フェリクス陛下、下ろしてください」

騎士たちの警戒の下、スヴァルトから降りる。すぐにでも様子を見たかったが、陛下に引き留められ、騎士の一人が確かに人間であると判断した後、彼女に近づくことが許された。

疲労と酷い魔力切れのようだ。

魔力を使いすぎた代償か、金色をしていたはずの髪の毛は白銀に色を変えている。シーンバリ伯爵令嬢の体に負担をかけないよう、力を絞って浄化魔術をかけた。髪色に変化はないが、呼吸が穏やかになり、無事に瘴気を浄化できたのだとわかり、ほっと息をつく。治療は最小限となったけれど、これで命に別状はないだろう。シーンバリ伯爵令嬢の身柄を進み出てくれた騎士に預ける。

次は、この瘴気の浄化だ。王太子殿下たちは、いつから遅れているのか、まだ姿が見えない。ちょうど良いと彼らが不在のうちに取り掛かる。

浄化の泉は、酷い有様だった。本来は白いはずの石柱は、今は黒く瘴気に染まっている。泉の方も、本来は水底が透けて見えるほどの透明度を持っているはずなのに、今は、墨を落としたように濁っていた。これをどうにかしなければいけない。

「何をするのだ？」

前に出た私に、フェリクス陛下が問う。

「泉と石柱を浄化し、浄化の魔法陣を起動します」

「いくらセシーリア嬢がすぐれた浄化魔術の使い手とはいえ、こんなに酷い状態でも起動できるのか？」

「おそらくは。やってみないことには、わかりません」

確約できない私は、フェリクス陛下が返答する前に、魔力を注ぐための台座へと進んだ。

台座に魔力を注ぎ魔法陣とつながる。すると、新たなことがわかった。

泉と石柱を浄化しさえすれば、すべての瘴気を一気に浄化できるはずだと思っていた。

しかし、実際は、それらはただ瘴気に染まっているだけではなく、自ら瘴気を取り込み続けている。

(それでも、やることは変わらないわ)

まずは、魔法陣を浄化しなければならない。そのためには、一旦、瘴気の流入を止める必要があった。

どれだけの魔力が必要かは、わからない。それでも不思議と、できないとは思わなかった。

「参ります」

しかし浄化する範囲が広大過ぎて、手ごたえが全くない。

ここで私が諦めてしまえば、被害が拡大する一方で食い止める術もないのだ。ありったけの魔力を大地に注いでいく。

だが、それでも完全には瘴気の流入を止めることはできない。

何か方法はないのか。必死で探ると、大地に根付く、なじみのある感覚を見つけた。黄鈴草《イエローベル》だ。

——女神様。どうか、お力をお貸しください。

そうして、黄鈴草《イエローベル》に意識して魔力を注ぐ。

「何を無駄なことをしているのだ！」

「セシーリア嬢の邪魔はやめよ！」

ようやく追いついたのか、後ろで王太子殿下の怒鳴り声がした。

大地に魔力を注ぐのをやめるよう私に命令する声も聞こえたが、フェリクス陛下が止めてくれたようだ。

背後が気になるが、振り返って確認する余裕はない。魔力を注ぎ続け今まで以上に一気に魔力を持っていかれたあと、泉の周囲に黄鈴草《イエローベル》が咲き誇り、大地からの瘴気の流入が止まった。

「お願い、これできれいになって！」

後先考えず、台座の魔法陣を浄化するための魔力を注いだ。

まるで体内にあるすべての魔力が引っ張られ、外に出ていくかのような感覚だった。

代わりに、浄化の魔法陣から光があふれだす。光は石柱を蝕む瘴気を浄化し、かつてのように浄化の力を帯びた魔力が石柱の間の移動をはじめた。

「おお！　ロセアン公爵令嬢、よくやったぞ！」

アルノルド殿下はこれでもう大丈夫だと思ったようだが、私にはそうは見えなかった。

浄化の魔法陣が引き寄せる瘴気の量が多すぎるのだ。

瘴気は魔法陣の光に触れると浄化される。

障壁内の全ての瘴気を取り込む勢いで質量を増していく浄化の光は、ついには石柱を巻き込み、竜巻のように育っていった。同時に、魔法陣を作るのに必要な石柱もぼろぼろと砂のように崩れていく。

瘴気を取り込んだことで石柱自体が弱っていたのか、この量の瘴気を取り込むことを想定していなかったのかはわからない。風圧に呑み込まれるように崩れていく姿に、石柱がもう限界だというのは見てわかった。

「浄化の石柱が……。建国の時より伝わる聖なる遺物が、崩れるだと!?」

なんとかしろと叫ばれるが、魔法陣はすでに私の制御下から離れている。

できるのは、今あるすべての瘴気を浄化するまで、この石柱が持つのを祈ることだけ。

（お願い――）

竜巻は、上空にわだかまっていた黒雲すらも引き込み、ぐんぐん育っていく。

そして、竜巻の回転がおそらくは最高速度に達したとき、無数の光が上空で解き放たれ、きらきらとしたものが大地に降り注いだ。おそらくはもう二度と見ることができないその光景を目に焼き付けようと、私は空を見上げた。

光が消えても、誰も言葉を発しなかった。

まるで女神様からの祝福が降り注ぐような光景に、皆目を奪われていたのだ。

はっとして視線を下げると、泉は何事もなかったかのように凪いでいた。その周辺の大地には見渡す限り黄鈴草《イエローベル》が咲き誇っている。だが、魔法陣はその根幹をなしていた石柱の台座のみを残し、すべて跡形もなく消えてしまっていた。

「でき、た——?」

「ああ。瘴気はすべて浄化したようだ」

フェリクス陛下のお声が、すぐ側で聞こえる。振り返ると、陛下もまた眩《まぶ》しげに空を見上げていた。

陛下の後ろにいる騎士たちは、呆然と私を見ている。目が合うと、彼らは一斉にひざまずいた。

「聖女様……」

そう呼ばれているのが聞こえたけれど、私の方も限界が近い。

早く休めるところに行きたかった。

けれど、そうもいかないようだ。

「ロセアン公爵令嬢、これはどういうことだ」

「……王太子殿下」

兵士たちを連れて近寄ってきた殿下は、浄化の泉の有り様を指さす。

「浄化の魔法陣が取り込んだ瘴気が多すぎたのか、瘴気に触れた素材が弱っていたのかはわかりませんが、石柱は浄化の力に耐えられなかったようです」

「浄化の力に耐えられなかった、だと。『壊した』の間違いではないのか！」

「そう言われましても、私が浄化の力を注いだだけなのは、殿下もご覧になっておられたはずです」

「だが、……神話の時代から伝わる遺跡だぞ。それがこんなにも簡単に消えるのか。お前が何かしたのではないのか」

「それこそ、どうやってでしょうか。私にそのような力がないことは、殿下もご存じでしょう」

アルノルド殿下は、事実が受け入れられないようだった。

「……浄化の魔法陣なしに、これから、この国はどうすればいいのだ」

誰にも答えることのできない叫びに、私は言う。

「殿下。この国以外は、どこも浄化の魔法陣など持っていません。それでも、人々は暮らしを立て、生きているのです。これからは、この国も聖女や魔法陣なしでやっていくしかないでしょう」

殿下は、私の言葉が聞こえないのか、呆然と膝をつき、泉を見ている。その姿にこれ以上何を言っても同じだろうと、私は背を向けた。待ってくれていたフェリクス陛下に、微笑みかける。

「戻りましょう」

「ああ。共に帰ろう」

フェリクス陛下が差し出してくれた手を握り、陛下を見上げる。

「フェリクス陛下」

「なんだ？」

「わがままを聞いてくださってありがとうございました」

「気にするな。私がしたくてしたことだ」

えっと思う間もなく、耳元で囁かれる。

「私の想いの深さが、これで少しは伝わっただろう？」

思わず頷いた私に、陛下は満足げに口の端を上げた。

私も、微笑みを浮かべたが、同時に、目の前が暗くなっていく。魔力切れのようだ。

「申し訳ございません。なんとか見栄を張っていましたが、もう限界のようです。後を頼んでよろしいですか？」

「ああ。あとは任せるといい」

陛下は私の発言に、一瞬驚いたように目を見開く。

私はというと、陛下の返事を聞いたところで、もう限界で――。

崩れ落ちる体が優しく抱き留められる感覚をどこか遠くで感じていた。

幕間　エミリ・シーンバリ　3

闇の中で、私は今までのことをひどく後悔していた。

与えられた、聖女にはなれないという評価を素直に受け取っていれば。王太子殿下に憧れ、欲をいだかなければ。魔石の連続使用で、不調が出始めた時に、すぐにでも罪を打ち明けていれば。

引き返すことのできる段階のことごとくを、私は無視して今へと突き進んできた。

はじめから、私が間違っていた。

許されるのならば、私とお父様で陥れた本来の聖女、ロセアン公爵家のご令嬢、セシーリア様に謝罪したい。あのお方が、幼い頃から長い間どれだけのことを成していたのか今になってやっとわかったのだ。

私は私の愚かさが恥ずかしい。

荒れ狂う瘴気の渦は、王都からエヴァンデル王国中に被害をもたらしているという。

起きてしまった事態を前に、私にできることはささやかなことだった。

穢れてしまった魔法陣を浄化するだけの魔力は、私にはない。

できるのは、生まれ続ける瘴気をまき散らさないよう、障壁を張ることだけだ。

そうすれば、新しく生まれた瘴気は障壁内に留まり、これ以上の被害が出ることはないはずだ。

この事態を落ち着けるために、本来の聖女であるセシーリア様は呼び戻されるのだという。

本当の聖女様が戻ってこられるのならば、すべてを任せてしまえば良いのかもしれない。

けれど、私のせいで、瘴気を浄化していたはずの魔法陣は瘴気を自ら取り込み噴き出すようになっている。私は少しでも責任を取らなければならない。

今、私はアルノルド殿下に約束した通り、聖域で障壁を張っている。濃くなり続ける瘴気のせいで、息が苦しい。吸い込む息に瘴気が混じり、生来の聖魔力で中和されるとはいえ、瘴気の濃い空間に何日もいると、全身がひどく痛かった。

時々、瘴気から生まれた魔獣が私の近くにやってくることがあった。

泉の魔法陣の加護があるのか私が襲われることはなかったが、怖いことに変わりはなかった。

(これは、私が本来手に入らないものを手にしようとした罰なのね)

そう思い、私は障壁を張り続けた。

どれだけの時間が経ったのか、あまりにも長い間魔力を使い続けていたからわからない。

意識を失う頻度が増え、もう、限界が近かった。このまま、私も瘴気に呑まれれば楽かもしれない。

でも、それはあまりに無責任だ。

聖域の中はこれ以上ないほどに瘴気が満ちている。

これがすべて解き放たれてしまえば王都は大惨事になるだろう。

それは避けなければいけない。

けれど、もう、何もかもが限界にきていた。細い糸のような正気が途切れかけ、一瞬、障壁がゆるむ。

その隙をついたように結界内で瘴気がふくれあがる。

(どうしよう、だめ。待って――)

一瞬、暴れ回る瘴気を抑えようと障壁が拮抗《きっこう》するが、尽きかけた魔力でできることは少なかった。

ずっと障壁を張り続けていたせいもあるのだろう。

瘴気の暴走に耐えられず、障壁にひびが入る。そこから瘴気が外へ吹き出し、穴を広げていく。尽きかけた力をかき集め、なんとか耐えたけれど、次はもうできないだろう。

私が絶望に呑まれたその時、ふいに、なにか清浄なものが障壁に触れた感覚があった。

瘴気のもたらす暗闇を割り開き、聖なる光が近づいてくるのを感じる。

私が浄化もできず、ただ聖域にとどめるだけだった瘴気が、ただ一筋の光に触れただけでなすすべもなく、浄化されていく。聖女様が、いらっしゃったのだ。

もう、大丈夫。安堵が、体に広がっていく。

私は未来を確信し、結末を見ることなく意識を手放した。

第七章

気がつくと、どこか知らないベッドの上にいた。

閉められている天蓋をめくり外を見ると、室内の装飾の豪華さから、ここが王宮の客室のようだと察する。

控えていた侍女が、私が目を覚ましたことに気づいて来てくれた。

「ロセアン様、気がつかれたのですね」

「ここはどこですか？」

「王宮の客室になります」

「フェリクス陛下は……？」

「隣室にご滞在されていらっしゃいますが、お呼びになりますか？」

「お願いします」

簡単に身なりを整えてもらったあと、侍女が陛下を呼びに行ってくれる。

フェリクス陛下は、あまり待つこともなくやってきた。王宮の一角をフェーグレーン国の一行で貸し切っているという。

「顔色も大分良くなっているな。体調はどうだ？」

「かなり良いです。フェリクス陛下、私はどのくらい寝ていたのでしょうか」

「二日、寝ていた」

「二日も……」

「あれだけの魔力を使ったのだ。それで済んで幸いだろう。明日まではゆっくりするといい」

良いのだろうか。迷う気配を見せる私に、陛下の目つきが鋭くなる。

「足りぬならもう一日、伸ばすだけだが――」

「わ、わかりました。明日までこうしています」

「いい子だ」

陛下が柔らかく微笑まれる。

「では、名残惜しいが、あまり話していても体に障るだろう。何かあれば呼びなさい」

陛下と少ししか話をしていないのに、まだ体が本調子ではないのだろう。そのあと、また眠ってしまった。

陛下との約束の期間を過ぎてからも、結局、あまり部屋から出ない生活を続けていた。

私の外出には、フェーグレーン国の騎士達がついてきてくれるので外出を止められることはないけれど、私がうろうろすると邪魔になるのがわかって大人しくしている。

王宮も無傷ではない。半分ほどは瘴気を抑える結界に取り込まれていたため、そちら側の損傷が激しいようだ。なんでも、高濃度の瘴気に触れていた箇所の石材の硬度がもろくなっているそうだ。早速修理の手配がされているらしい。

フェリクス陛下は日中は出かけておられるようで、不在がちだ。毎回夕食を共にすることはないが、朝食は共にとっている。そんな退屈を持て余している私に、シーンバリ伯爵令嬢から面会の申し込みがあった。

フェリクス陛下に相談すると、私の好きにしたら良いとのことである。

了承すると、後日王城の一室を借りてお会いすることとなった。

約束の日。部屋に入ると、シーンバリ伯爵令嬢はすでに待っていた。

記憶よりもやつれている。美しかった金髪は、銀色に変わったままだ。

「本日は、来てくださって、ありがとうございます」

立ち上がり礼をする姿は美しい。

きっと、真面目に王太子妃教育に取り組まれていたのだろうと思う。

「いいえ、私も聖女様のことを心配しておりましたので、こうしてお姿を拝見でき、とても嬉しく思います。もう、お加減はよろしいのですか？」

「はい。これでも、かなり調子は良いのです。それと今日は聖女ではなく私個人として参りました。どうぞ名前でお呼びください」

「かしこまりました」

シーンバリ伯爵令嬢の希望で、侍女たちにはお茶を淹れた後、部屋の外に出るよう指示する。

フェーグレーン国の騎士には、残ってもらっている。それが、フェリクス陛下の出した条件でもあり、シーンバリ伯爵令嬢も気にした様子はない。

「ロセアン様。本日は、どうしても直接お礼をお伝えしたくて参りました。この度は、私とこの国を救ってくださりありがとうございました」

「私は、私にできることを行っただけです。エミリ様にとっては越権行為だと感じられたかもしれません。もしそう思われているとしたら、申し訳なく思います」

「そんなことはありません！　私とこの国を救ってくださったのは間違いなくロセアン様です。本来なら、私に聖女と名乗る資格はないのです。あの時、あの場所で、ロセアン様が私に浄化魔術をかけてくださらなければ、私は魔力の使いすぎと体内に取り込んでいた瘴気により命を失っていたでしょう」

「倒れていらっしゃる方を治療するのは当然です。それに、あの場でエミリ様が結界を張っていらしたから、国内の被害が抑えられていたのだと思います」

実際、あそこでシーンバリ伯爵令嬢が結界を張っていなかったら、最終的に瘴気の浄化はできたとしても王都の住民にはかなりの被害が出ていたと思う。けれど、私の言葉にシーンバリ伯爵令嬢は驚いた顔をして、そして泣きそうに顔を歪めた。

「エミリ様?」

私の呼びかけに、シーンバリ伯爵令嬢は立ち上がると、その場にひざをついた。

「ロセアン様にお伝えしたいのは、感謝の気持ちだけではありません。私は、今までどれだけロセアン様がこの国のために身を削られていたのか知りもせず、不当に聖女の地位を奪いました。どうか謝罪をさせてください」

「エミリ様が、何をおっしゃっているのです」

「いいえ。違うのです」

私はシーンバリ伯爵令嬢の側に寄り、ひざまずいた。

シーンバリ伯爵令嬢は驚いた顔をすると、とうとう、その瞳から涙をこぼした。

そして、これまであったことを話し出した。

それはシーンバリ伯爵令嬢がアルノルド殿下に一目惚れ《ひとめぼ》したところから始まる長い話だった。

正直、信じられない話ばかりだった。

けれど、それを嘘だと判断できるほどの情報を私は持っていない。

それに、浄化の魔法陣があのようになってしまった経緯は、私には納得できることだった。

「今回帰国し、全てを浄化してくださったこと、本当に感謝しています。私が命をかけても、あの瘴気を浄化しきることはできませんでした。そして、本当に申し訳ありませんでした」

シーンバリ伯爵令嬢の謝罪と告げられた真実が衝撃的で、私はすぐには言葉が出てこなかった。

自分の力が足りなかったから起きたと言われた事故。うまくいっていなかったとはいえ、婚約者から婚約解消を告げられ、遠方の地へとお金と引き換えに売られるように派遣されたこと。そこでフェリクス陛下と出会うことができたとはいえ、あの事故が仕組まれたことだと知って、すぐに全てを消化して飲み込むことは難しかった。

「私には、まだ、エミリ様からの謝罪をどう受け取るべきか、気持ちが整理できません」

シーンバリ伯爵令嬢は、神妙な顔で頷く。

「私を許せないのは、当然のことかと思います。私からお伝えしたかったことは、以上になります」

シーンバリ伯爵令嬢はもう一度頭を下げる。

「真実を話してくださったことに、感謝いたします。エミリ様もお立ちください」

私は立ち上がると、シーンバリ伯爵令嬢に手を差し出した。シーンバリ伯爵令嬢もためらった末に、私の手をとると立ち上がる。

「どんな経緯があろうと、エミリ様、あなたは聖女の地位に就かれました。そして、色々と間違ったことを積み重ねられたかもしれませんが、最終的には、聖女として、このようになるまで王都の民を守ろうとなさったのです。その点は、どうか、ご自身を認めて差し上げてください」

「ロセアン様……」

「それでは、私は失礼いたします」

再び涙が止まらなくなったシーンバリ伯爵令嬢を置いて、私は退室した。

外に控えていた侍女には、もう少ししてから中に入るように告げ、部屋に戻った。

翌日は、珍しく陛下も何もご予定がないようだった。

「セシーリア嬢、今日は何か予定があるか？」

「いいえ」

「なら、少し付き合ってくれぬか」

そう言われ、城の外に連れ出される。そのままスヴァルトに乗ると、改修の進む王宮の一部を遠回りして、聖域の方へと向かった。遠回りした際に、少し王都の様子が見えたけれど、そちらも復興が進んでいるようだ。聖域にいた魔獣もすべて退治されたようで、危険な気配はしない。浄化の泉へは、問題なく辿り着いた。

最後に浄化を行った日のままの姿で、泉は静かにそこにあった。水辺には黄鈴草《イエローベル》の花が咲き乱れている。一帯に、甘やかな匂いが広がっていた。陛下にスヴァルトから降ろしてもらい、あたりを見渡した。もう一度ここへ来たいと思っていたけれど、私から言い出すと余計な憶測を生みそうでなかなか言い出せずにいたのだ。

「どうして、こちらにつれて来てくださったのですか？」

「セシーリア嬢は責任感が強い。あの後どうなったか、気になっているのではないかと思ったのだ」

陛下はスヴァルトにしばらく好きに過ごすよう告げてから、私の手を取った。

そして共に泉へと向かった。

「すでにこちらの国の研究者が報告を上げたようだが、ここの魔法陣は、瘴気に触れると劣化する性質を持つ石材で作られていたそうだ。今、この世界中を探しても、この国以外ではもう見つけることのできない、神魔戦争以前の素材らしい」

「そうだったのですね」

大地を瘴気が満たしている他の地域では見ることのできない素材だったのだろう。けれど、もうそれも過去のことだ。

「つまり、もう、再現はできないのでしょうか」

「石柱に刻まれていた魔法陣は記録されているようだから、他の石材で、再現できるかだろうな」

再現できなければ、この国は他の国と同じ道を進むことになり、瘴気と付き合っていくことになるだろう。

重要な、浄化の魔法陣の根幹をなす部分に、そのような絶対的な弱点がある物を使っていたのだ。おそらく他の素材では再現できないだろう。

「私は、どのような責任を負うのですか？」

「セシーが？」

フェリクス陛下は不思議そうな顔をされる。

私の行った浄化はあの石柱の寿命を縮めたようなものだ。

「ここの敷地の管理者は王家で、セシーに浄化をせよと命じたのはこの国の国王だ。言われた通りに仕事を果たして、結果も出しているのに、どんな責任を取るというのだ？」

「石柱が、私の浄化で崩れてしまいました」

「研究者が言っていたが、あそこでセシーが浄化の力をふるわなければ、数日であの石柱は自壊していたそうだ。むしろ、石柱があるうちにあの量の瘴気を浄化できたからこそ、王都はこの程度の被害で済んでいるともいえる。だから、セシーは褒められこそすれ、罰せられることなどない」

「……そうなのですね」

陛下の答えに、心のどこかで張り詰めていた緊張が解けていく。

「すべての責任は、聖なる地だと知りながらこの地に瘴気を持ち込んみ、持ち込ませた者達が取るべきだろう」

フェリクス陛下は続ける。

「浄化の魔法陣がなくなったせいか、この国の野心の高い者たちから、遠回しに、この国が欲しくないかと言われた」

「どう、答えられたのですか？」

「断った。我が国も常に問題を抱えている。こちらにばかり、注力もできないだろう。せめて、領地が接していれば違っただろうが、このような離れた場所に領土をもらっても困るのだ。自ら国土を広げる幸運を断った私を、不甲斐ないと思うか？」

「いいえ」

心のままに答えると、陛下の表情が少しやわらぐ。

「王家にはセシーとの婚姻を認めさせた。セシーの気持ち次第だが、問題なく嫁いでこられる」

驚く私に、陛下はその場にひざまずくと手を取った。

「セシーリア、愛している。どうか私と結婚すると誓ってくれ」

お父様が反対することはないだろうが、まだ話さえしていない。

けれど、陛下には十分、待ってもらっている。それに陛下を失いかけたあの時のことを思い出すと、結論は出ていた。私こそ、陛下の存在が必要だ。

「はい。私も、愛しています」

私の答えに陛下は私の手を額に押しいただく。

「生涯をかけて、あなたを守ると誓おう」

誓いの言葉の後、陛下は立ち上がり、私を抱きしめた。

「セシーが承諾してくれて嬉しい。だが、何をためらったのだ？」

目ざとく私のためらいを見とがめた陛下に、素直に答える。

「……まだ、父には了承を得ていません」

そう答えた私に、陛下が微笑んだ気配がした。

「もし、セシーの御父君が反対なさっても、必ずや説得しよう。それ以外にも、不安があれば何だって私がしりぞけよう。他は何が不安だ？」

その頼もしすぎる答えに、私も微笑む。

「何もありません。これからも、どうぞよろしくお願いします」

そう続けると、陛下の腕が緩み、今度は頬に手が添えられる。

頬にかかった髪の毛をすくわれ、耳にかけられた。

陛下が近づく気配がして、私は、反射的に目を閉じる。

そうして、柔らかなものがそっと唇へと触れた。

今まで感じたことのない甘いしびれに、体中から力が抜けていくようだった。

最初は軽く、次第に深くなる口づけに身を任せ、私たちは時間を忘れて、スヴァルトが迎えにくるまで、ずっとそうしていた。

スヴァルトが『帰ろう』と迎えにきて、私はあわてて陛下から距離をとった。

「そう慌てて離れずともよいだろう」

陛下がからかうように言われるけれど、恥ずかしいものは恥ずかしいのだ。

私は首を横に振る。

「そういうわけには参りません。あの、帰る前に、泉に祈りを捧げてもよろしいですか？」

「ああ。好きにするといい」

もう、私がこの場所に来ることもないだろう。

魔法陣に魔力を注ぐための台座があった場所に立つと、これまでの感謝と、次の世代に浄化の魔法陣を残せないことの謝罪の気持ちを込めて祈りを捧げる。

祈りを捧げている最中、ざわり、と私が魔力を注いだ黄鈴草《イエローベル》がゆらめいた。彼らが枯れれば、ここもほかの場所と同じく瘴気が侵食していくだろう。少しでも長くこの光景が持つように、私は祈りを捧げながら、魔力を注いだ。

するとどうだろう。黄鈴草《イエローベル》に変化はないが、魔力を注ぐほどに泉が光を湛《たた》えていく。私は驚いて魔力を注ぐのをやめた。

魔力を断つと、泉は輝きを落としていき、やがて元に戻る。

「セシー、今度は何をしたのだ？」

フェリクス陛下の言葉に、私は首を横に振る。陛下は、かまわず泉に近づき、水に手を触れた。とたんに陛下の体が輝き、すぐに元に戻る。

「セシーに浄化魔術をかけてもらった時のような心地がする」

「浄化、ですか？」

「試してみなければわからないが、今この水は浄化の力を宿しているようだ。これを使えば、瘴気も浄化できるのではないだろうか」

「ですが、どうして……？　浄化の魔法陣はもうないのに」

　私の疑問に、少し考えて陛下が答える。

「私も専門家ではない。ただの憶測だが、もしかしたら、あの魔法陣は、この泉の力を増幅する装置だったのかもしれないな」

「増幅する、装置……」

「この泉の水は有限だ。人間が欲望のままに採取すれば、すぐに涸《か》れてしまうだろう。あの魔法陣があれば、泉の水を減らすことなく、国土中を浄化できたわけだからな」

　この魔法陣を組まれた方々は、そこまで考えて、あの魔法陣を作ってくださっていたのだろうか。

「……そのような大切なものを、私たちは失ってしまったのですね」

「壊れてしまったものは仕方がない。だが、セシーのおかげで、希望は見つかったのだ。それをよかったと考えよう」

　フェリクス陛下は少し考え込むと、水を採取し、口を開いた。

「セシーに、お願いがある」

「何でしょうか」

「この件、私に任せてもらえないか？」

「かまいませんが」

「では、私がいいというまで、さっき起きたことを誰にも話さないでほしい」

「わかりました」

　このことを知らせずに帰ることはできないが、あの王家に任せきりにできるものでもないということは、私にもわかる。陛下ならば然るべく取り計らってくださるだろう。

その後、フェリクス陛下は数日かけ、国王陛下と話し合いを行っていた。けれど合意には至らなかったようだ。表向きは穏やかに王宮からの退去の準備を進め、けれど裏では騎士に何らかの指示を行っているようだった。エヴァンデル王国の国王陛下から私には、説明も謝罪もなく『今後もフェーグレーン国との架け橋になるように』という言葉だけをもらった。

フェリクス陛下の話し合いが終わると、私たちは王宮を辞去した。

フェーグレーン国へ帰る途中にロセアン公爵領へも立ち寄っていただけるという。

久々に家族に会えることが嬉しい反面、フェリクス陛下との婚約の報告もあり、少しどきどきしていた。

ロセアン公爵領は、王都の東にあたる。道中、目にする農村は、魔獣の被害はないようだけれど、畑の作物は葉が茶色に染まっているものもあり、この間の瘴気の被害が目に見える形で感じられた。公爵領まであっという間で、本来なら何日もかかる旅程を数日で辿り着く。広大な土地を進むと、こちらも被害は出ているけれど、王都とは違い、農民たちの表情は明るい。それを眺めながら、公爵家の居城に向かう。

城には陛下が連絡をしてくださっており、私たちは温かく迎えられた。

「お父様！　お母様！　ロイドお兄様！」

出迎えてくれた従僕に外套《がいとう》を渡して身なりを整えると、応接室に陛下と共に案内される。

そこにはお父様とお母様、そしてお兄様が待っていた。

三人とも元気そうだ。

「よく戻ったな」

「無事で良かったわ」

「セシー、おかえり」

両親と兄に抱きしめられて、私も抱きしめ返す。

そして、三人にフェリクス陛下を紹介した。

「娘にずいぶんと良くしていただいているようですね。ありがとうございます」

「礼を言うのはこちらの方だ。彼女には、その誰に対しても分け隔てない慈悲深い性格とたぐいまれな能力で、私だけではなく、私の国も救ってくれた」

「光栄なことです」

お父様が頭を下げる。

「ロセアン公爵にお願いがある。どうか、彼女との結婚の許可をいただきたい。もちろん、この国の王の許可は得てきた」

頭を下げたフェリクス陛下に、お父様が問う。

「それは、娘をフェーグレーン国へと引き留めておくためですか？」

「違う。私は、私の手でセシーリア嬢を幸せにしたいのだ。はじめは、私の一目惚れだった」

驚いて目を瞬《しばたた》かせるお父様たちと一緒に、私も驚く。

一目惚れだなんて、聞いたことがなかった。

「セシーリア嬢が我が国に参られたとき、私は毒を盛られ、体には瘴気が溜まり、ほとんど意識がなかった。そこを、セシーリア嬢が救ってくれたのだ。おぼろげな意識で、私に浄化魔術を施す姿を見て、この方こそが女神だろうと思ったのだ」

あの時、一瞬目が合った気がしたけれど、どうやら私の思い違いではなかったらしい。

「体が回復した後、セシーリア嬢に実際に会って、話をし、食事を共にすることで、素晴らしいのはその能力だけではなく、心根も美しいのだと知った。その責任感が強いところも、意志が強いところも、知れば知るほどに私はセシーリア嬢に惹かれる一方で、そして――」

どんどん出てくる、陛下が私を褒めたたえる言葉に、動揺で顔が赤くなっていく。

まだ続けようとしたフェリクス陛下を遮り、父が言う。

「わ、わかりました。十分です。どうやら、陛下はセシーリアのことを心から望んでおられるようです。娘が望むなら、反対する理由はありません」

その言葉に、お父様とお母様、お兄様とフェリクス陛下の瞳が私を見る。

私は恥ずかしさで、声が出せそうにないところを、なんとか絞り出した。

「私も、陛下をお慕いしております」

お父様は難しい顔をして頷いた。

「そういうことでしたら、セシーリアのことを頼みます」

「こちらこそ、よろしく頼む」

「ですが、セシーが少しでもつらい目にあえば、すぐにでも迎えに行きますから」

「そのようなことには絶対にさせないと誓いましょう」

お父様はフェリクス陛下と握手を交わした。

お母様は、キラキラとした瞳でフェリクス陛下と私を見ている。

「では、今夜はお祝いになるわね」

「まさか、フェーグレーン国の国王陛下を射止めてくるとはな」

しみじみと呟くお兄様に、陛下は言う。

「私的な場では、私のことはどうかフェリクスと呼んでください」

戸惑うお兄様に、フェリクス陛下は追い打ちをかける。

「私も、兄上とお呼びしたが良いだろうか」

「滅相もございません。私のことは、ロイドと、名前でお呼びください」

「ロイド殿、承知した」

どうやら、フェリクス陛下は家族に受け入れられたようだった。


数日間ロセアン公爵邸に滞在し、私たちはフェーグレーン国へと戻った。

帰国早々、私たちはトルンブロム宰相の準備していた婚約書類にサインした。これからは一年後の結婚式に向かい、準備を進めることになる。

私たちが帰国したタイミングで、エヴァンデル王国の王家は、国中を瘴気が覆った事件を『浄化の魔法陣の寿命』だったと発表した。私が聖女を降りるきっかけとなったシーンバリ伯爵領での事故はその前兆であり、私に責任はなかったことだと告知され、一応の名誉の回復がはかられた。また、シーンバリ伯爵令嬢は、聖女として魔法陣の崩壊に対処しようと取り組んだが、一人の力で崩壊を止められるものでもなく、結果、エヴァンデル王国も他国と同じように今後瘴気の被害を受けることになるとの説明もあった。

真実はシーンバリ伯爵令嬢が聖域に瘴気を持ち込んだからだが、王家もそれを知っていて黙認していた。そのことを広めると、王家にも都合が悪いからだろう。命を削り対処した身としてはやるせない話だが、統治者の立場に立つと仕方のない対応かもしれなかった。

シーンバリ伯爵は違法奴隷の件で、処罰を受けたそうだ。全財産没収のうえ、国外追放だという。

シーンバリ伯爵令嬢は父の犯した罪もあり、聖女の地位を返上し、戒律の厳しい修道院に入れられるそうだ。

フェーグレーン国の王宮の一室で、フェリクス陛下よりエヴァンデル王国の王家の発表の内容を聞き、私はため息をつくのを我慢していた。それも容易に見破られてしまったようだ。

「あちらの王家のやり方が不満か？」

頷くに頷けない私に、陛下は微笑むと、意味深なことを言う。

「まぁ、見ているといい。彼らは自ら結末を選んだのだ」

「どういうことでしょうか」

「今は言うことができぬが、すぐにわかるだろう」

それ以上のことをフェリクス陛下は教えてはくれなかったが、陛下の言葉の意味はすぐにわかった。

エヴァンデル王家の発表に、当時、ほとんど支援されることのなかった大都市以外の町や村に住む人々が、『それだけであのような非常識な量の瘴気があふれるとは信じられない』と不満の声をあげたのだ。

また、彼らの土地への対処を行わなかったことで、その補償を求める声も大きい。日々強くなる民衆の疑問と不満の高まりに応え、ロセアン公爵――お父様が『王家が隠した真実を公表する』と立ち上がった。そして、実際に、王家が隠したかったほとんどのことを、民衆に広めてしまった。

どうしてお父様がそのことを知っているのかと一瞬思ったのだけれど、陛下が話したのだという。

そういえば、二人はロセアン公爵邸にいる間に二人きりで長い時間話をしていた。

事実を知った民衆の怒りはすさまじかった。王家の責任で魔法陣を失ったことに対し、連日、責任を取れという声が王宮にまで物理的に届くほどだという。王家はお父様の発表を信じないようにと声明を出したが、聞くものはおらずついには王宮に閉じ込もった。

そんな王家の態度に、民衆は、真実を広めたロセアン公爵こそが今後この国の王に相応《ふさわ》しいともてはやすようになった。

お父様に危ないことをしてほしくはないけれど、王家に喧嘩を売ったのだ。何事もなく終わるはずがない。

ロセアン公爵は『王家に責任を取らせる』という大義名分のもと、手勢を率いて王都へ向かった。義勇軍などは募っていないのに、行く先々で同行を申し出る者が増え、結局はたくさんの人間がお父様の元に集まった。その姿にさらに民衆からの支持が集まり、それを見て大多数の貴族もお父様についた。

それでも、王族とその周辺にいる一部の貴族は今の王家側についている。

どうなることかと思ったけれど、決着はお父様が王都入りする前についた。

国王と王太子は、王宮に忍び込んだ王都の民の手によって捕縛されたのだそうだ。

捕縛された二人はお父様に引き渡され、裁判にかけられた後、幽閉された。お父様がエヴァンデル王国の国王となり、ルーカス・ロセアン・エヴァンデルと名を改めた。そして国内が落ち着いたタイミングで私たちのところにも使者が訪れ、改めて国交が結ばれた。

お父様の統治は始まったばかりだが、うまくいっているようだ。聖域を調査させ、浄化の泉に、聖属性の魔力を持つ者が祈りを捧げると浄化作用を持つようになることを公表した。そのことが希望となり、民衆の支持は高い。

浄化の泉の水を取り過ぎないよう、管理はロセアン王朝と、フェーグレーン国の二国で行うようだ。

フェーグレーン国からも瘴気の浄化の研究を行っている専門家を派遣するという。泉に浄化魔術をかける者は、一人きりに頼らずともよいように、複数の聖属性の魔力を持つ者が交代で担当できるよう、研究も始めるそうだ。

聖属性の魔力を持つ者は、珍しいとはいえ何人もいる。

その人達で協力して、浄化の泉を次世代に残すよう取り組んでいくという。

スムーズに決まっていく事態に、私は陛下に尋ねた。

「どこまで、最初から考えていらっしゃったのですか？」

「何のことだ？」

「エヴァンデル王国の浄化の泉のことです」

最初にあの泉を見つけた時点では、エヴァンデル王国の幽閉された前国王に告げるという選択もあった。

「幽閉された前王は、一度浄化の魔法陣の管理に失敗している。反省があるかどうか見ていたが、あの後も事実を隠蔽し、何も変わらない様子だった。セシーに謝罪もなく、感謝もなかった」

フェリクス陛下はそのように考えておられたのか。陛下は続ける。

「あれでは、任せてもまた同じことが起きるだけだろう。私はセシーが守ろうとしたものを、確実に守ることのできる者へと引き継げるよう支援しただけだ」

陛下は、エヴァンデル王国内に騎士隊の一部を残し、お父様のサポートも行っていたそうだ。

あまりの周到さに絶句する私に、陛下は微笑む。

「セシーも満足のいく結果になっただろう？」

「そう、ですね」

あの泉を、あのままアルノルド殿下と前国王陛下に任せきりにするのは私も抵抗があった。

おそらくは、一番よい結果に落ち着いたのだろう。

「ならば、褒美をねだってもよいだろうか」

上目遣いに私を見つめてくる陛下に、私は辺りを見回した。

今、この部屋は人払いがしてあり、私たちの他には誰もいない。

「目を閉じてくださいませ」

「セシーの恥ずかしがる顔を見ていたいのだが」

「フェリ様」

軽口をとがめると、陛下は静かに目を閉じた。

いたずらに煌めく青銀の瞳が隠れ、頬にまつげの影が落ちる。

美術品のように綺麗な顔立ちは、そうすると触れるのが怖い程に神々しい。

私は、おそるおそる頬に手を添え、弧を描く唇へと自らの唇を重ねた。


一年後。

結婚の準備はつつがなく終わり、今日は結婚式の当日である。陛下は儀礼用の白の軍服だ。

私は、エヴァンデル王国風の白いウェディングドレスを着ている。

この後、列席者が見守る中、女神様に誓いの宣誓を行うのだ。

エヴァンデル王国からはお兄様が、王家を代表して参列してくれている。

ほかにも、フェーグレーン国の貴族だったり、周辺国の使者も来てくれていた。

エヴァンデル王国の王位をお父様が継いだことで、私が聖女と名乗ることを咎めるであろう者はいなくなった。そのためフェリクス陛下や宰相、騎士団からの熱い要望を受けフェーグレーン国での聖女の称号を授かることになった。エヴァンデル王国での名誉も回復し、お父様からも改めて聖女を名乗るように言われている。

そのこともあって、この婚姻は近隣各国からも注目されているようだ。

控え室で陛下と二人、呼ばれるのを待っていると、ふと陛下の視線を感じて隣を見上げた。普段と違う色をまとう陛下は、周囲が輝いているように見えて目が離せない。陛下が低い声で囁く。

「セシー、とても綺麗だ。セシーの美しさを表す言葉を探していたが、どの言葉も不足しているような気がして伝えるのが遅くなってしまった。本当に、女神のような美しさだ」

心の準備もなくそのようなことを言われてしまい、私はうつむいた。きっと頬が赤くなっているだろう。

「どうした？」

「フェリ様のせいです。私だって陛下に見とれておりました」

そうしているうちに侍従が呼びにきた。

そろそろ式が始まるようだ。陛下が私の手を握り、足を踏み出す。私もエスコートされるままに進み出た。

「本日、エヴァンデル王国ロセアン国王のご息女であり、両国の聖女でもある、セシーリア王女を我が妻として迎える。私はこの命尽きるまで、彼女を愛すると女神イリスに誓う」

「私もフェーグレーン国の国王、フェリクス陛下への終生の愛を、女神様に誓います」

一瞬の間の後、会場には祝福の拍手が満ちる。静まった後に、陛下は告げた。

「この良き日に、駆けつけてくれたこと感謝する。今日はエヴァンデル王国から祝いの酒も届いている。我が国の料理もぜひ堪能していってほしい」

披露宴は立食式だ。各国の使者や貴族たちからの挨拶を受けた後、礼装に身を包んだトルンブロム宰相がやってきた。驚くことに、あの長かった髪が切られている。

「陛下、妃殿下、ご結婚おめでとうございます」

「ああ」

「ありがとうございます」

髪型のことを、伺ってもよいだろうか。私がためらっていたところを、フェリクス陛下が尋ねる。

「その髪はどうしたのだ？」

「願いが叶いましたので切りました」

「そうか。ヘンリクの短髪は懐かしいな」

「陛下の兄上のオリバー様の初陣の時から、伸ばしていましたので」

「そうか」

「きっと、オリバー様も、ベルトルド様も、お喜びでしょう」

「ああ」

オリバー様とベルトルド様というのは、陛下の二人の兄上のお名前だ。

陛下の二人の兄上に三人で献杯をしたところで、お兄様がやってきた。

「陛下、並びに妃殿下、本日はおめでとうございます」

「ロイド殿下。来てくださって感謝する」

「宰相殿、先日の会談では貴重なお話をありがとうございました」

「お役に立てたのであれば幸いです」

お兄様は宰相ともすでに面識があるようだ。挨拶を交わした後、私達に向きなおる。

「本当は両親も来たかったようなのですが、さすがに今は王位を継いだばかりで国を出ることができなかったようです」

「仕方がありません。王位に就かれたばかりなのですから。そうでなくても国王陛下が国を空けるなんていう事態は、できれば避けたいものですからね」

浄化の泉の権利を持って帰ったからよいものの、一年前、陛下が当初考えていた以上に長期間国を空けたことに関して、宰相は思うところがおありのようだった。当時を思い返している様子の宰相に陛下は微笑みかける。

「私には優秀な宰相がついているから、大変助かっている」

「うらやましい限りです」

お兄様が頷いている。お父様が王位に就かれた影響で色々と大変なのかもしれない。

「私にはもったいないお言葉です。ところでロイド殿は妃殿下の事実無根の噂のために西の国々も回られたのすか？」

「よくご存じですね」

「最近あちらの国の情勢が変わったようで、少しお話を聞きたいのですが」

「ではここでは、少々目立ちすぎますので、あちらでお話ししましょうか」

「よろしくお願いします」

宰相はお兄様を連れて行ってしまった。背を向けた宰相の耳の縁が少し赤くなっているのが見えたので、照れているのかもしれない。

「私たちも少し外に出よう」

陛下に連れられて、私も外に出る。

庭に出ると外は抜けるような青空だった。

前庭が城下の民に開放してあり、私たちの結婚を祝うにぎやかな声が聞こえてくる。

騎士団は、今日は第一騎士隊が出動してくれている。

彼らには後日、休暇と祝い酒が振る舞われる予定だ。

「疲れてはいないか?」

「いいえ。陛下はいかがですか?」

「やっとセシーを妻に迎えることができるのだ。疲れるどころか少し、浮かれている」

そう言って、陛下は微笑む。

「このままここを抜け出しても良いのではないかと考えているくらいだ」

さすがにそれは許されないだろう。

「だから、今はこれで我慢するつもりだ」

そう言って、軽いキスが唇に落ちる。化粧が崩れるからと、侍女たちには朝から止められていた。

本当は、私も止めなくてはならない。

けれど、私ももう少ししたらフェーグレーン国風のドレスへとお色直しを行うことになっている。

それまで、少しくらい良いだろう。

唇がふんわりと重ねられ、私は陛下の背に手をまわした。

お忍びデート

フェリクス陛下との結婚式が無事に終わり、二ヶ月が経った。

結婚式の準備と片付けで慌ただしかった日常がようやく落ち着いたので、今日は王都の町に出かけるのだ。今回もお忍び用の服を準備してもらい、今、私はフェリクス陛下と共に馬車に座っていた。

結婚後は毎日顔を会わせているけれど、いつもと違う服に身を包み外に出かけるのは新鮮だ。ちらりと隣にいる陛下を見ると、目が合ってにこりと微笑まれる。その笑顔に、出かける前にマリーから『陛下とのデート、楽しんできてくださいね』と送り出されたことを思いだした。

「どうした？」

動揺しているのが伝わってしまったのだろう。陛下が言う。

「少し考え事をしておりました」

ごまかそうとするが、真っ赤になっているせいでどんな内容かは想像がつくのだろう。陛下が楽しげに問いかける。

「考え事とは何か、聞いても良いだろうか」

なんとか言わずにすませないものかと考えるものの、良い考えは思い浮かばない。

「その、結婚後、陛下とデートで町に行くのは今回が初めてだと考えていたのです」

「そうか。そう言われると、そうだな」

動揺のにじむ同意の言葉に、視線を戻すとフェリクス陛下も耳を染めていた。滅多に見ない表情に、私もつられて照れてしまう。

そうしているうちに、馬車の速度が落ち、停止した。

「ついたようだな」

陛下にエスコートされ馬車を降りると、前回とは異なる通りのようだ。

「行きたいところはあるか？」

「もし可能でしたら、以前、連れて行ってくださったロクムのお店にまた行きたいです」

「そうか。あそこは私も行きたいと思っていた。この道を行くと前回の通りにつながっている。通りにある店を見ながら、あの店を目指そう」

陛下から手をつながれ、私達は歩き出した。

「気になる店はあるか？」

こちらの通りは、食べ物の店が多いようだった。店先で大きなお肉の塊を回転させながら焼いているお店、大きな栗を焼いて売っているお店など、いい匂いが漂ってくる。

「あちらで売っているあの食べ物は何ですか？」

店の前に、一口大の小さな四角いパイのようにも見えるお菓子がつみあがっている。

「バクラヴァだな。食べたことはあるが、とても甘い。だが、セシーは好きかもしれんな。食べてみるか？」

「では、一つだけ」

陛下が注文すると、目の前の山から一つ取り分けられ、油紙に包まれて渡された。

「ありがとうございます」

「もう少し進むと広場があり、そちらにはベンチもあったはずだ」

「では、そこで食べましょう」

広場に向かう途中で、陛下もお肉の串を購入した。広場では運良く空いていたベンチに座り、紙に包まれたバクラヴァを一口かじる。一番上の生地は蜜の味がするけれど、その下のパイ生地はさっくりした食感で、下にいくほど蜜が染み込んでいる。中にはナッツが挟み込まれていて、そして陛下がおっしゃっていたようにとても甘い。陛下の言うとおり、私が好きな味だった。

「甘くておいしいです」

「そうか」

「フェリ様もいかがですか？」

「私は、こちらで十分だ」

手に持ったお肉の串を口にされる。回転しながら焼かれるお肉を薄く切り、それを串に刺しているものだ。

「食べてみるか？」

差し出されたお肉に、一瞬迷ったものの、一口かじりつく。お肉自体はやわらかく、酸味のある果物の果汁がかかっているのか、予想に反して味はさっぱりとしている。

「こちらも、おいしいですね」

「そうだろう」

嬉しそうに微笑まれるフェリクス陛下に、私も幸せな気持ちになった。


二人とも食べ終えたところでレモネードを買い、町歩きに戻る。いくつか目についたお店をまわり、トルンブロム宰相やマリー達にお土産を購入して、前回のロクムのお店に到着した。店主は私達を覚えていたのか、大歓迎された。並べられたロクムを見ながらフェリクス陛下が言う。

「今回も、お互いに相手にロクムを贈り合うというのはどうだ？」

「賛成です」

「よし。では、普通にやってもつまらぬから、好きな味をあてられたら願いを一つ聞いてもらうということにしようか」

「えっ」

驚く私に、フェリクス陛下は楽しげに口の端をあげた。陛下は外す気がないのだろう。そういう私も陛下の好みの味はわかるようになっているから、いい勝負ができるはずだ。

「では、始めるとしようか」

陛下の言葉で、ゆっくりとロクムの並べられた棚に目を滑らせた。いくつか気になるフレーバーはあるけれど、これだと思うものはなかなか見つからない。陛下が酸味のあるものを好まれるのは知っているが、前回はレモンのロクムを贈ったので今回は変化をつけたい。

「うーん」

「難しいようだな」

考え込んでいると、陛下が私の様子を見にこられた。

「フェリ様はもうお決まりですか？」

「まだ目星をつけているところだ。セシーが喜ぶものを贈りたいから迷っている」

「陛下もですか？」

「ああ、だからゆっくり選ぶといい」

そうしたやりとりの後、ついにこれだというものを見つけた。

「決まったのか。では、私の分と彼女が選んだ分を一粒だけ取り分けて、残りを包んでくれ」

フェリクス陛下が代金の支払いと共に店員に包むよう依頼する。今回は瓶は買わず、帰宅してから前回の瓶に詰め替える予定だ。取り分けられたロクムは、それぞれ薄桃色と黒色をしている。私は黒色の方を選んだので、陛下が薄桃色のロクムを選んだのだろう。薔薇のロクムよりも色がほんのりと薄い。何の味だろうと考えていると、陛下が微笑みながら私を見ていた。

「セシー、答え合わせをしようか」

陛下は薄い桃色のロクムを摘んだ。自分で食べられると言おうとしたところで、口の中に入れられてしまう。目で訴えるが、陛下に気にした様子はない。幸い店主はこちらを見ていないようだ。

「これは、桃と、薄荷ですか？」

ロクム自体は好きな味だ。爽やかさと共に、ふわりと果実の甘さが広がっていく。

「正解だ。気に入ったようだな」

「はい」

甘いけれど、後味に薄荷の風味が残ってすがすがしい。

「さあ次はセシーが何を選んだのか教えてくれ」

そう言われ、ロクムの小皿を差し出される。これはフェリクス陛下がやったように食べさせてほしいということだろうか。私は意を決してロクムを手に取り、そっとフェリクス陛下の口へと運んだ。

「……これは！」

驚くフェリクス陛下に、答え合わせをする。

「フェリクス陛下がよく召し上がっておられるコーヒーのロクムです」

「なるほど。黒いから何の味かと思ったが、コーヒーか。よくこの味を見つけたな」

陛下が感心したように言う。

「お気に召しましたか？」

「もちろんだ」

陛下が頷いたところで、店長から声がかかる。もしかして、タイミングを計られていたのだろうか。

「こちら、ご用意ができました」

「ああ。では出ようか。セシー、手を」

店を出ると、来た時と同様に手をつなぎ、馬車へと戻った。馬車の中で陛下が言う。

「そういえば願い事を聞きそびれたな。セシーの願いから聞こうか」

「私からよろしいのですか？」

陛下は頷く。

「では、今度は、スヴァルトも一緒に出かけたいです」

陛下は一瞬驚いた後、嬉し気に笑った。

「確かに、王宮にいるとセシーがスヴァルトに会う機会はあまりないな。次はスヴァルトと共に遠駆けに行こう」

「嬉しいです。フェリ様の願いは何ですか？」

私が尋ねると、陛下は少し考えた後に言う。

「そうだな。では、私は、いつかエヴァンデル王国へ行った時にはあちらでも、セシーとこうしてデートがしたい」

思いも寄らない言葉に陛下を見ると、陛下は優しく微笑んでいる。いつ頃実現できるかはわからないが、エヴァンデル王国との交流は増えているし、兄が結婚する時には、私達も夫婦で呼ばれるだろう。

「その時は、私に案内させてください」

「楽しみにしている」

そして夕暮れの中、私達は王宮へと帰るのだった。

あとがき

この度は『売られた聖女は異郷の王の愛を得る』をお買い上げいただき誠にありがとうございます。乙原《おとはら》ゆんと申します。

本作はウェブで掲載していましたが担当様にお声掛けいただくことで書籍という形でお届けできる次第となりました。ウェブ版から応援してくださった皆様に感謝申し上げます。

書籍版の見所は、何と言っても今回イラストを担当してくださった、ここあ先生の美麗な表紙と挿絵です。文章を通じて想像するしか出来なかった場面に生命が吹き込まれ、初めて拝見したときは嬉しさのあまり眠れませんでした。感謝以外の言葉がありません。

担当様、ここあ先生、並びに、この本が書店に並ぶために関わってくださった全ての方々、そして何より、お手に取ってくださった読者様にも、この場を借りて御礼申し上げます。本当にありがとうございました。

発売に合わせウェブ版にも短編を掲載しております。もし興味がございましたら、ぜひ一度覗いてみてください。

いつかまたお会いできることを祈っています。

二〇二三年　一月　吉日　乙原ゆん

Niμ NOVELS

好評発売中

名も無き幽霊令嬢は、今日も壁をすり抜ける
～死んでしまったみたいなので、最後に誰かのお役に立とうと思います～

朝姫 夢

イラスト：冨月一乃

幽霊でも恋の一つくらいするものですわ

ここはどこ？　わたくしはだれ？

気付けば見知らぬ部屋で、記憶も名前もなくして浮いていたわたくし。

どうやら死んで幽霊になってしまったみたいです。

部屋の主である王子・リヒト様は命を狙われているらしいので、幽霊として城中の壁をすり抜け、
お役に立とうと思います！

彼から「トリア」という名前をもらい、協力して黒幕を探していくうちに、「私は幽霊と婚約者になるのもやぶさかではない」なんて言われるほど、距離が縮まってしまって――！？

幽霊令嬢と腹黒王子のドタバタラブコメディ♡

Niμ NOVELS

好評発売中

空の乙女と光の王子
-呪いをかけられた悪役令嬢は愛を望む-

冬野月子

イラスト：南々瀬なつ　キャラクター原案：絢月マナミ

私って……もしかして、悪役令嬢？

魔法学園の入学式。前世の記憶とともに
自分がヒーローとヒロインの仲を引き裂く悪役令嬢だったことを思い出したミナ。
けれど八年前に侯爵家を抜け、今は平民として生活をしていた。
貴族との関わりもなく、小説とは全く違う世界で
このまま自由な学園生活を送れると思っていたのだが……。
第二王子・アルフォンスと並ぶ魔力量や、特殊な属性のせいで
目立ちたくないのに目立ってしまって――！？
愛されたかった元悪役令嬢の転生×逆転ラブファンタジー！

ファンレターはこちらの宛先までお送りください。

〒110-0015　東京都台東区東上野2-8-7
笠倉出版社　Niμ編集部

乙原ゆん 先生／ここあ 先生

売られた聖女は異郷の王の愛を得る

2023年3月1日　初版第1刷発行

著者
乙原ゆん

発行者
笠倉伸夫

発行所
株式会社　笠倉出版社
〒110-0015　東京都台東区東上野2-8-7
[営業]TEL　0120-984-164
[編集]TEL　03-4355-1103

印刷
株式会社　光邦

装丁
CoCo.Design 小菅ひとみ

Niμ公式サイト　https://niu-kasakura.com/

ISBN　978-4-7730-6412-4
Printed in Japan